EXIL

MAO UND DIE 72 AFFEN

oder Die geheimen Memoiren des Ewigen Vorsitzenden

samt dem Interview über
die Corona-Pandämonie

herausgegeben, übersetzt
und kommentiert von

Bernd Wagner

edition buchhaus loschwitz

Impressum

Friedrich-Wieck-Straße 6, 01326 Dresden
www.kulturhaus-loschwitz.de

Druck: B. KRAUSE GmbH
Druckerei · Kartonagen · Verlag
Satz und Gestaltung: impulsar-werkstatt.de

ISBN 978-3-9822049-0-1

Inhalt

Es war in den ersten heißen Junitagen
des Jahres 1966 der alten Zeitrechnung.

Mein letzter Marsch

Es war in den ersten heißen Junitagen des Jahres 1966 der alten Zeitrechnung. Es schwitzten Himmel und Erde, die Berge, die Täler und die Flüsse schwitzten, die Maulbeerbäume und die Seidenraupen, die Rinder und die Ziegen* auf den Feldern schwitzten, die Schleierwolken am Himmel und die Fische im Wasser, die staubigen Straßen und die Strommasten schwitzten und die Stare, die sich auf den Leitungen niedergelassen hatten wie Noten auf einer Partitur.** Auch ich schwitzte und alle Genossen, die sich im Speisewagen

* Oder auch Schafe. Im Chinesischen werden beide Tierarten als *yang* bezeichnet. (Nicht zu verwechseln mit dem bekannten Prinzip des Männlichen, das in einer anderen Tonhöhe ausgesprochen wird.)

** Hier, wie noch öfter, war die besondere Kreativität des Übersetzers gefragt. In mehreren Passagen benutzt der Autor nämlich den klassischen Wen-yen-Stil seiner Frühwerke, der ihm einst von seinem Lehrer »Yuan der Große Bart« vermittelt worden war. Dessen gedankliche und poetische Dichte adäquat wiederzugeben übersteigt die ohnehin beträchtlichen Schwierigkeiten bei jeder Übertragung aus dem Chinesischen um ein Vielfaches.

des Sonderzuges versammelt hatten, um mich auf der Reise in meine geliebte Heimatprovinz Hunan zu begleiten.

Ich öffnete ein Fenster. Der schwülwarme Fahrtwind ließ mein Schläfenhaar wehen, während ich verzückt die gemächlich vorbeiziehenden Strommasten betrachtete, mit denen ich das Land meiner Väter beglückt hatte. Ich liebe die Hitze, und ich liebe das Reisen! Und ich liebte es, so warm und leicht wie vom Südwind, von einem Lippenpaar unterhalb meines linken Ohres berührt zu werden. Es waren die Lippen von Zhang Yufeng, der jungen Schlafwagenschaffnerin, die, seit sie mir das erste Kännchen mit Jasmintee in mein Abteil gebracht hatte, mein schweres Leben als Revolutionsführer teilte. Ich liebe die Jugend, besonders in ihrer weiblichen Gestalt, und ganz besonders, wenn sie von solcher Biegsamkeit ist wie die der kleinen Yufeng. Sie hatte mich von der Melancholie befreit, die mich gelähmt hatte, seit sich unser Volk als unfähig zu dem »Großen Sprung nach vorn« erwiesen hatte und zurückgesunken war in den Morast seiner vier alten Übel, als da sind: alte Gewohnheiten, alte Ideen, alte Sitten, alte Gebräuche. Sie hatte meinen Körper wie meinen Geist verjüngt und letzteren beflügelt zu der Idee, daß aus diesem Morast nicht anders zu entkommen sei als durch eine neue Revolution, eine Revolution der Jugend, der wir den Namen gaben »Große

Proletarische Kulturrevolution«. Sie hatte sich, wie jetzt am Zugfenster, an mich geschmiegt, als ich meine erste Wandzeitung verfaßte. Sie war dabeigewesen, als ich auf der Tribüne am Tiananmen-Platz den Zehntausenden jungen Rotgardisten zugewinkt hatte, die sich, die *Worte des Vorsitzenden* gen Himmel reckend, zu meinen Füßen versammelt hatten. Sie trug an ihrer Schaffnerinnenjacke inzwischen selbst das rote Armband der Gardisten, und ihr Anblick würde mich befeuern, die Flamme der Revolution in die südlichen Provinzen zu tragen.

»Sieh nur!« sagte Zhang Yufeng und wies auf die Rotgardisten, die sich zwischen den Strommasten postiert hatten und in ihren Händen Schilder mit Zitaten aus meinen Werken hielten. Der Bahnhofsvorplatz von Changshan war voll von ihnen. In den ersten Reihen standen die Hauptschüler, die in dem Wald von Transparenten und roten Fahnen wie Zwerge wirkten, dahinter die Oberschüler und die Studenten der Wirtschaftsschule, wie ich einst selbst einer gewesen war, und die mir zur Freude einige gefesselte Lehrer mit papierenen Schandhüten auf den Köpfen mitgebracht hatten. – Wie war ich von ihren Vorgängern gequält worden, als sie mir die Vokabeln der englischen Langnasensprache sowie völlig nutzlose, weil über keinerlei magische Potenzen verfügende Zahlenreihen einzutrichtern versucht hatten. Jetzt standen sie mit gebeugten Häuptern vor mir und wurden, als aus den Lautsprechern die majestätische Weise von »Der Osten ist rot« erklang, von ihren Schülern zum Kniefall gezwungen. Ich hatte die von den Bürokraten der Bezirksparteileitung errichtete Tribüne ignoriert und stand auf der Ladefläche des Lastwagens, der uns in die abgelegeneren Teile der Provinz bringen sollte.

Als der Lautsprecher schwieg, ließ ich mein »Hurra, Genossen!« erschallen, was mit einem dreifachen Echo erwidert wurde. Mit der einen Hand brachte ich die Menge zum Schweigen, mit der anderen forderte ich die Lehrerschaft auf, sich wieder zu erheben.

»Genossen«, rief ich, »wir wollen nicht die Kranken bekämpfen, sondern die Krankheit. Laßt die Lehrer, nachdem sie genügend Selbstkritik geübt haben, in ihre Schulen zurückkehren. Sollen sie dort vor den leeren Schulbänken unterrichten! Euch aber erteile ich für heute und auf unbegrenzte Zeit hitzefrei! Werft die Bücher weg, die nur eure Hirne vernebeln und eure Herzen verdorren lassen, und zieht mit wehenden Fahnen durch unser Land, um es mit einer neuen Revolution zu entflammen.«

Dann klopfte ich auf das Fahrerdach, und unser Lastwagen bahnte sich seinen Weg durch die sich zu einem machtvollen Chor vereinigenden Massen, der mir wie aus einer Kehle nachrief: »Zehntausend Jahre lebe unser Großer Vorsitzender Mao Tse-tung!« Dem warmen Südwind gleich blähte der Ruf die Segel meiner drei oberen Seelen und ließ uns durch die Straßen der Vorstädte schweben, bis sie Gemüsegärten und Melonenfeldern wichen; dahinter türmten sich bereits die Gipfel des Shaoshan-Gebirges auf. Jetzt mußte der Fahrer die Geschwindigkeit drosseln, denn vor uns lagen die roten Erdpisten der südlichen Provinz. Um mich befand sich nur noch ein gutes Dutzend besonders vertrauenswürdiger Genossen, alle anderen, einschließlich der diesen Strapazen nur unzureichend gewachsenen Zhang Yufeng, hatte ich zum Gästehaus Donghu vorausgeschickt, von wo aus ich zum Jangtsekiang aufbrechen wollte, um ihn in meinem bewährten Partisanenstil* zu durchschwimmen.

Einer meiner Gefährten nach dem anderen ließ sich auf der Ladefläche nieder. Ich allein stand noch aufrecht und labte mich am Anblick der so lange entbehrten Heimat. Ich grüßte die Melonen auf den Feldern, die Rettiche, die Zwiebeln und die kleinen roten Chilischoten, die von klein auf das revolutionäre Feuer in mir geschürt hatten, wenn ich gebratenen Schweinespeck in ihre Sauce tunkte und mir einverleibte. Ich grüßte die Schweine und die Wasserbüffel und die Strommasten, zwischen denen nach zweistündiger Fahrt sich

* Er bestand in einem Zickzackkurs, mit dem er sich den Strömungen anvertraute und flußabwärts bis an das andere Ufer treiben ließ.

allerdings keine Leitungen mehr spannten, auf denen sich Stare hätten niederlassen können.

Das war bereits hinter unserer Kreisstadt Shaoshan. Wir hatten die Stadt passiert, ohne darin haltzumachen. Meine oberen Seelen flogen dem heimatlichen Dorf zu. Es tauchten die ersten terrassierten Reisfelder auf, über denen die glückverheißenden Kraniche nach Insekten jagten. Manche waren abgeerntet, in einigen stand üppig das Getreide, in anderen spiegelten sich in den frisch bepflanzten Wasserquadraten die Bananenstauden und die umliegenden immergrünen Hügel.

Plötzlich fiel unser Lastwagen, nachdem er soeben noch phönixgleich emporgestiegen war, abrupt in die Tiefe und blieb mit ersterbendem Motor liegen.

»Achsenbruch«, sagte der Fahrer, als er mit rotverstaubter Uniform wieder unter dem Wagen hervorkroch. Auf der Ladefläche erhob sich Murren.

»Absitzen!« befahl ich und ließ in Zweierreihe antreten. »Was gibt es da zu maulen? Wer den Kommunismus aufbauen will, muß mit kleinen Rückschlägen rechnen. Haben wir auf dem Langen Marsch 25 000 Kilometer zurückgelegt, um jetzt wegen acht Kilometer Fußweg zu lamentieren? Aber ich sehe schon, wie sehr ihr euch an eure Politbürosessel gewöhnt habt. Nur die Genossen Tschu En-lai und Feng Shi werden mich begleiten. Ihr anderen helft dem Fahrer, die Achse auszubauen und wartet, bis ich eine Reparaturkolonne geschickt habe.«

Genosse Feng Shi war mein an der Lomonossow-Universität in Moskau ausgebildeter Leibarzt, ohne den ich damals, obwohl ich bereits ernste Zweifel am Sowjetsystem hegte, keinen Schritt unternahm. Er packte seinen Instrumentenkoffer, und da ihm Tschu En-lai auf meine Bitte hin den Beutel mit den Medikamenten abnahm, konnten wir rüstig ausschreiten. Trotz meines fortgeschrittenen Alters* lief ich voran. Als meine Füße die Landstraße unter sich spürten, verjüngten sie sich und wurden wieder die des Studenten, der, nachdem er sich und seinen Kommilitonen die Zöpfe abgeschnitten hatte, lange Wanderungen durch die Bergwälder organisierte, ungezählte Seen und Stadtmauern umrundete und, gleichgültig ob die Sonne brannte oder uns Regen- und Graupelschauer peitschten, dabei nie ein Hemd trug. Weder zu dieser Zeit noch auf dem Langen Marsch der Revolutionsarmee ließ ich mich jemals dazu herab, den Rücken eines Maultieres oder eines Pferdes zu besteigen.

»Reiten ist etwas für Mongolen«, sagte ich zu Tschu En-lai und wirbelte den roten Staub auf. Er hustete.

»Hier auf diesen Feldern mußte ich bereits als Siebenjähriger die Schafe** hüten«, unterrichtete ich

* Mao war zu diesem Zeitpunkt 72, wie Konfuzius, Karl der Große und Hölderlin, als sie starben.

** Oder auch Ziegen, s. o.

meine Begleiter. Mein Vater, der über ausgedehnten Landbesitz verfügte, entfachte als gnadenloser Ausbeuter schon früh meine klassenkämpferischen Instinkte und ließ mich eine Einheitsfront aus mir, meiner Mutter und den leider nur bedingt zuverlässigen Geschwistern schmieden. Ich haßte die Feldarbeit, und als ich meinem Vater bedeutete, daß er, der mindesten doppelt so alt wie ich war, auch doppelt so viel arbeiten müsse, jagte er mich mit seinem Bambusstock durch das Haus. Ich flüchtete zu dem Teich vor unserem Gehöft und drohte mich hineinzustürzen, falls er den Stock gegen mich erheben würde. Er verlangte einen Kotau für die Beleidigung seiner väterlichen Autorität. Wir unterhandelten und einigten uns schließlich darauf, daß ich den Kotau mit nur einem Knie vollziehen und er mich nicht schlagen würde.

Unter diesen und anderen Gedanken erreichte ich mit meinen Begleitern den Dorfrand von Shaoshanchong. Tschu En-lai hustete noch immer, der seit einem Fußtritt von mir etwas gehbehinderte Doktor Feng humpelte mit seinem Instrumentenkoffer hinterher. Gemeinsam schwitzten wir. Als sich vor uns eine braune Wasserlache infolge eines Dammbruchs an einem Bewässerungsgraben auftat, zog ich meine Schuhe aus, übergab sie dem Genossen Tschu und watete barfuß durch die Pfütze. Weiter vorn erhob sich ein schwarzglänzendes Fleischgebirge aus dem Wasser: eine Familie von Wasserbüffeln, die sich in der Suhle breitgemacht hatte und mit ihren Hörnern den Zugang zum Dorf versperrte. Wenn sie Junge hatten, war mit ihnen nicht zu spaßen, so daß wir uns ihnen mit gebührender Vorsicht näherten. Doch als ich mit einer beschwörenden Geste auf die Mutterkuh zutrat, schreckte mich ein Peitschenknall zurück und das Tier samt ihren Kälbern in die Höhe.

Von der brüchigen Terrassenmauer, durch die das Wasser auf die Straße sickerte, sprang ein kurzhosiger Junge mit einem Bambusstock, an den er ein Stück Stromleitung von beträchtlicher Länge geknüpft hatte. Mit ihr knallte er abwechselnd auf das Wasser und die Rücken der Büffel, die sich daraufhin erhoben und auf einen Feldweg abbogen. Der junge Revolutionär folgte ihnen, ohne uns ein anderes Zeichen der Beachtung zu schenken, als seine Peitschenschnur kurz vor uns niedersausen zu lassen, nachdem wir an die Durchquerung der Senke gegangen waren. Mit bis über die Knie verschlammten Hosen kamen wir daraus hervor. Nun hatte ich weitere Gelegenheiten, zu betrachten, wozu die werktätige Klasse mit ihrer schöpferischen Phantasie die Stromleitung nutzte. In etlichen Gehöften flatterte Wäsche auf ihr, der Drachen eines im Hemd, aber ohne Hosen die Dorfstraße entlangrennenden Knirpses stieg an ihr empor, und über die privaten, insbesondere über die mit Buchweizen bewachsenen Parzellen spannten sich Drähte, an denen zusammengedrehte Seiten des Organs der Parteileitung von Shaoshan flatterten, während die kollektiven Felder ohne jede Vogelscheuche auskamen, da es auf ihnen kaum etwas zu plündern gab.

Auch dafür, daß uns weder Musik aus Lautsprechern noch eine Delegation der Volkskommune, sondern eine merkwürdige Stille empfing, war die Unterbrechung der Stromleitung verantwortlich. So hatte ich Gelegenheit, mein Heimatdorf mit den Augen eines fremden Wanderers oder eines Landstreichers zu betrachten. Nun, es gab hier nicht viel zu holen, mußte ich mir eingestehen. Die Wäsche auf den Drahtleinen war äußerst ärmlich, Kleinvieh sah ich kaum in den Höfen, und an Feldfrüchten fiel nur der in gelben Rechtecken auf der Dorfstraße zum Trocknen ausgebreitete Reis ins Auge. Ein altes Weib war dabei, ihn mit einem Holzschieber auf ihrer Matte zu wenden. Sie erinnerte mich an mein armes Mütterchen und daran, daß sie und, dem Himmel sei Dank, mein leuteschindender Vater schon längst tot waren und ich auf dem Anwesen unserer Familie, das jetzt hinter dem Teich auftauchte, in dem ich mich einst hatte ertränken wollen, nur einige entfernte Verwandte antreffen könnte. Daß der Kamelienhain, der früher den Teich umgeben hatte, sowie sämtliche Bäume im Dorf abgeholzt worden waren, um Brennmaterial für die während des Großen Sprungs errichteten Hochöfen zu gewinnen, wußte ich von meinem letzten Besuch.* Schon damals hatte man mit dem Abriß der Seitengebäude begonnen und die Lehmziegel für den Bau der drei Hochöfen auf unserem geräumigen Innenhof verwendet, mit denen auch die Familie Mao dazu beitragen wollte, das hochmütige England in der Stahlproduktion zu überholen. Was ich erblickte, als ich jetzt das Hoftor öffnete, ließ mich allerdings erschauern. Bis auf das Haupthaus, in dem früher mein Vater residiert hatte, waren sämtliche Gebäude Ruinen, und auch von den Stahlöfen waren nur noch Trümmer übrig. Überall im Hof lagen Metallklumpen herum, Zeugnisse der Unfähigkeit dieser Bauernsippe, aus ihren durch das Kantinenessen überflüssig gewordenen Bratpfannen und Töpfen sowie ihren Landwirtschaftsgeräten hochwertigen Stahl zu kochen. Niemand, außer einem Köter, der uns aus dem ansonsten leeren Haupthaus entgegenschoß, ließ sich blicken. Ich gab ihm einen Tritt, daß er sich jaulend verzog. Tschu En-lai hustete, Doktor Feng blinzelte hinter seiner moskowitischen Brille.

»Nun, dann laßt uns zur Kantine der Volkskommune gehen«, entschied ich, »dort werden wir wohl jemanden finden.«

* Er fand 1959 statt und ist gut dokumentiert, während der, von dem hier die Rede ist, in keiner der bekannten Biographien erwähnt wird.

Die Verwaltungsgebäude der Kommune befanden sich am anderen Ende des Dorfes. Der mir über die Brauen laufende Schweiß ließ sie in der Luft verschwimmen. Als ich ihn aus den Augen gewischt hatte, erkannte ich mein Porträt über dem Portal, das mit einem Betonbogen versehen war. Wir schritten unter ihm hindurch. Auch die in einem Quadrat angeordneten Gebäude hatte man aus Beton errichtet und den Hof damit ausgegossen, in dessen Mitte ein angerosteter Traktor stand, um den herum Werkzeug lag. Einige Bauten waren noch ohne Dach, andere mit Schilf gedeckt. Nur die Kantine, die man anläßlich meines letzten Besuches eingeweiht hatte, trug Dachziegel. Von Tischen und Stühlen war in dem Halbdunkel allerdings nichts zu sehen. Matten lagen auf dem Boden und darauf Bananenblätter mit den Resten der Buchweizennudeln, die man in einem großen Kessel gekocht hatte, von dem aus sie die Luft noch immer mit ihrem Gestank verpesteten. Ich habe sie nie gemocht, obwohl es hieß, daß ihr Genuß Glück bringen solle.

Wir wechselten von der Kantine in das Büro, wo wir endlich auf den ersten Volkskommunarden trafen. Er hatte seinen Kopf auf den Schreibtisch gelegt und schnarchte. Als Genosse Tschu ihn an einem Haarbüschel zog, schreckte er auf und starrte uns verdattert an. Nach einer weiteren Schrecksekunde, in der er mich erkannt hatte, schoß er von seinem Stuhl hoch, um sich zu einem Kotau auf den Boden fallen zu lassen.

»Steh auf, Genosse Buchhalter, diese Zeiten sind vorbei«, sprach ich ihn an. »Wo sind die anderen Genossen? Ich nehme an, auf den Feldern.«

»Ja … Nein«, stotterte er, nachdem er sich erhoben hatte. »Sie sind auf dem Friedhof.«

»Ahnenverehrung?« herrschte ich ihn an. »Noch immer der alte Unfug?«

»Keineswegs, Genosse Vorsitzender. Die meisten Gräber sind verfallen, und da der Friedhof der größte freie Platz im Dorf ist, halten wir dort unsere Versammlungen ab.«

»Verstehe.«

»Und manchmal«, fügte er mit verlegenem Grinsen hinzu, »finden dort auch kleine Hahnenkämpfe statt und …«

»Zum Beispiel heute«, schnitt ihm Genosse Tschu das Wort ab.

»Richtig. Der Genosse Vorsitzende und seine Begleitung sind dazu herzlich eingeladen. Wenn Sie gestatten, werde ich mit dem Rad vorausfahren und Bescheid sagen.«

Damit schob sich der Mann an uns vorbei und aus dem Büro hinaus. Ich ließ mir von Tschu En-lai meine Schuhe geben. Als ich mich bückte, um sie zuzubinden, wurde mir zum erstenmal schwindlig. Nach einigen tiefen Atemzügen machten wir uns auf den Weg, den ich genau kannte, denn an der Seite meiner Mutter, die in dem dortigen buddhistischen

Tempel regelmäßig Räucherstäbchen angezündet und Papiergeld verbrannt hatte, war ich ihn oft gegangen. Die Maulbeerbäume an seinem Rand waren allerdings ebenso wie der hölzerne Tempelschrein dem Heißhunger der Hochöfen zum Opfer gefallen. So schleppten wir uns durch die pralle Sonne dem Friedhof entgegen, von dessen Nähe die immer lauter werdenden Hahnenschreie kündeten. War das alte Laster des Hahnenkampfes mit den dazugehörigen Wetten, den Würfelspielen und dem Branntweintrinken also immer noch nicht ausgerottet! Deshalb hatte es in der Kantine glückbringende Buchweizennudeln gegeben, deshalb war das gesamte Dorf wie leergefegt.

Das Hahnenkrähen wurde, als wir auf der vor dem Friedhof gelegenen Anhöhe auftauchten, von dem Ruf »Zehntausend Jahre lebe unser Vorsitzender Mao Tsetung!« übertönt, den mir die versammelte Dorfbevölkerung entgegenschmetterte. Das versöhnte mich ein wenig mit ihr, auch wenn sie nur unvollkommen uniformiert war und mir im übrigen weniger zahlreich erschien, als ich sie in Erinnerung hatte. Sie war in einem quadratischen, etwas unregelmäßig ausgerichteten Block angetreten, aus dessen vorderster Reihe sich der Buchhalter, der Parteisekretär und der »dritte Wu« lösten, mit dem ich einst die Schulbank geteilt hatte und der als Vorsitzender der Volkskommune fungierte. Sie stürzten heran und führten uns nach einer umständlichen Begrüßung zu dem mit Palmwedeln gedeckten Bambusgestell, das der Kommunenleitung als Sonnenschutz diente. Wohl oder übel nahmen wir auf der Fußmatte Platz. Von Branntweinflaschen, Würfeln und sonstigem Spielgerät war nichts zu sehen, die Hähne hatte man in ihren Körben in eine hintere Ecke des Friedhofs verbannt. Ihr Krähen überhörte ich und kam, damit der Vorsitzende sein Gesicht wahren konnte, weder auf den Hahnenkampf noch auf die fehlende Stromleitung zu sprechen.

»Genosse dritter Wu«, sagte ich, »wie sieht es mit der Ernte aus?«

»Oh«, antwortete er, »der Buchweizen steht ausgezeichnet.«

»Das sehe ich«, erwiderte ich, denn in diesem Augenblick schleppten zwei junge Männer mit einer Tragestange den Kessel mit Buchweizennudeln heran. Einer der Träger, der eine Ballonmütze mit rotem Stern trug, erinnerte mich mit seinem forschen, aufrechten Gang an meine jungen Jahre.

»Ist das nicht einer meiner Großneffen?« fragte ich den dritten Wu.

»Oh nein, Genosse Vorsitzender. Von Eurer Familie wohnt niemand mehr im Dorf.«

»Wo sind sie?«

»Nun ja, einige liegen seit dem Großen Sprung dort drüben.« Er zeigte auf die Friedhofsecke mit den Hähnen. »Andere sind vor der Hungersnot, die uns damals die Imperialisten geschickt haben, in den Süden geflohen.«

»Und wer wohnt im Haus meines Vaters?« wollte ich wissen.

»Nun«, wand sich der dritte Wu, »ich habe mir erlaubt, es zusammen mit meiner Frau zu beziehen und so vor dem endgültigen Verfall zu bewahren … Aber greif doch zu, Genosse Vorsitzender.«

Seine Frau hatte mit einer großen Kelle die Nudeln auf die Bananenblätter und in eine eigens für mich herbeigeholte Porzellanschüssel verteilt und Eßstäbchen ausgelegt. Als ich die ersten Nudeln geschluckt hatte, spürte ich, wie sich mein empfindlicher Magen hob, und ich raffte mich vom Boden auf.

»Wo ist die Latrine?« rief ich.

»Hier draußen gehen wir in die Büsche«, sagte der dritte Wu, »wartet, ich begleite Euch.«

Doch in dem Moment, als ich meine Beine bewegen wollte, versagten sie mir ihren Dienst. Wie mit Hanf ausgestopft fühlten sie sich an, und meine Hand, die ich auf die Schulter des Kommunenvorsitzenden legen wollte, griff ins Leere. War es die brütende Hitze, die inzwischen doch ungewohnte Anstrengung des Fußmarsches oder der mir seit der Kindheit verhaßte Geschmack von Buchweizennudeln – ich spürte Schwärze aus meiner Leber aufsteigen, mir die neun Sinne überschwemmen und mich mit einknickenden Knien zu Boden sinken.

Als ich wieder zu mir kam, sah ich das schiefe Gesicht von Doktor Feng über mir. Die Augen hinter seiner Moskowiterbrille waren geschlossen, er lauschte auf die Herztöne im Stethoskop.

»Nun, Genosse Feng, was ist?« flüsterte Tschu En-lai.

»Das Herz schlägt«, befand der Doktor.

Dieser Trottel war nicht in der Lage, zu unterscheiden, wann ich aus taktischen Gründen simulierte und wann eine Erkrankung vorlag.*

»Das ist wohl offensichtlich«, zischte Tschu. »Aber was gedenken Sie zu unternehmen?«

»Einen Einlauf?« ließ sich Doktor Feng vernehmen.

Da meine Füße mir noch nicht gehorchten, konnte ich ihm leider keinen Tritt versetzen. Wie oft hatte ich ihm gesagt, daß ich Einläufe nur den zarten Fingern von He Zizhen** gestatten würde und, seit diese mir nicht mehr zur Verfügung stünden, keine derartigen Eingriffe mehr dulde.

* Das Vortäuschen von Krankheit gehörte zu Maos schauspielerischem Repertoire, mit dem er seine Besucher zu verwirren pflegte. Den sowjetischen Botschafter Stepan Tscherwonenko empfing er beispielsweise in Frotteetücher gehüllt, um ihm einen gebrechlichen und halbblinden Alten vorzuspielen, unfähig Chruschtschows Botschaft zu entziffern.

** alias Guiyuan, Wen Yun; Maos dritte Frau. Sie verschaffte dem Großen Steuermann mit Salzwassereinläufen Erleichterung, als er auf dem Langen Marsch in Ermangelung anderer Nahrungsmittel die Devise »Nieder mit dem Kapitalismus! Eßt Kürbisse!« ausgab und, wie die gesamte Armee, an Verstopfung litt.

Langsam kehrten meine Kräfte zurück, und ich richtete mich auf. Als daraufhin der dritte Wu und mit ihm alle Volkskommunarden ein dreifaches »Zehntausend Jahre lebe unser Vorsitzender Mao Tse-tung!« anstimmten, huschte ein Lächeln über meine Lippen, und ich fand die Sprache wieder.

»Was sagst du dazu?« sprach ich den Doktor an. »Werde ich noch zehntausend Jahre leben?«

»Nun«, wagte der Quacksalber zu antworten, »zehntausend Jahre vielleicht nicht, aber …«

»Was soll das heißen?«

»Das heißt, das heißt«, stotterte er, »daß auch Ihr eines Tages sterben werdet, denn kein Herz auf dieser Erde kann ewig schlagen.«

Das war eine Erkenntnis, die man mir bisher vorenthalten hatte, und wenn mich auch in gewissen Momenten Ahnungen von ihr gestreift hatten, so traf sie mich jetzt wie ein Hammerschlag.

»Das ist Kapitulantentum«, brach es aus mir heraus. »Ich sollte dich wegen Feigheit vor dem Feind vor ein Revolutionsgericht stellen lassen. Geh mir aus den Augen und übe Selbstkritik!«

Der Doktor packte seinen Instrumentenkoffer und schlich davon. Um mich zu beruhigen, wedelte der dritte Wu mit einem soeben geschlachteten Hahn vor meiner Nase herum.

»Den werden wir jetzt rupfen und kochen«, verkündete er. »Er ist der Sieger im Hahnenkampf und wird den Großen Vorsitzenden schnell wieder zu Kräften bringen.«

Ich winkte ab und ließ mich zurück auf die Matte sinken. In diesem so wirren wie deprimierenden Augenblick löste sich eine lange Gestalt von dem Pfosten, an dem sie bisher unbeteiligt gelehnt hatte, und näherte sich mir. Sie trug, wie die meisten, eine zerschlissene Uniform, doch die ehemals gelbe Farbe der Jacke wies sie als die eines daoistischen Priesters aus; sie wurde durch eine Schnur zusammengehalten. Eins seiner langen geschlitzten, wenn inzwischen auch leeren Ohrläppchen streifte mein Gesicht, als er sich über mich beugte.

»Bruder Hängeohr?« flüsterte ich.

Er senkte und hob bestätigend die Lider, seine Augen waren hell wie durchsichtiger Bernstein. Ich kannte sie seit meiner Kindheit. Damals war er der junge Lehrling unseres Geomanten gewesen, der bei meiner Namensgebung dafür gesorgt hatte, daß in meinem Rufnamen* das Zeichen für »Wasser« auftauchte, weil es in meinem Horoskop fehlte. Später übernahm er den Umhang aus Kranichfedern seines verstorbenen Lehrers und versorgte auch den

* *Tse* enthält im linken Teil drei Striche, die für »Wasser« stehen; gleichzeitig bedeutet es Güte, Milde und Freundlichkeit, was zusammen mit *tung* (Osten) »Wohltäter des Ostens« ergibt.

buddhistischen Tempel, den ich mit meiner Mutter so häufig besuchte.

»Wenn du wirklich zehntausend* Jahre alt werden willst, dann steh auf und folge mir«, flüsterte er mir ins Ohr.

»Ja, aber …«

»Du kannst«, schnitt er mein Wort ab.

Und tatsächlich strömte aus seinen Bernsteinaugen, als er mit ihnen in meine blickte, eine solche Kraft, daß ich mich leicht wie eine Feder, unter die ein Windhauch fährt, erhob und gemeinsam mit Bruder Hängeohr aus dem Schatten des Palmendaches auf den sonnendurchglühten Friedhof trat. Nur dem Genossen Tschu En-lai gestattete ich, uns zu folgen, die Dorfbewohner verharrten an der Schwelle des Pavillons. Wir gingen hinüber zu den Körben mit den Hähnen, unter denen die Asche meiner Ahnen lag. Als sie das Nahen des Priesters spürten, hörten die Hähne einer nach dem anderen zu krähen auf. Nur die Zikaden konnten nicht schweigen.

»Da!« hörte ich den in einen Hustenanfall übergehenden Schrei des Genossen Tschu.

Er zeigte auf den Schwarzen Maulbeerbaum, der als einziger den Äxten der Volkskommunarden entgangen

* »Zehntausend« bedeutet im Chinesischen soviel wie unendlich, der Wunsch, zehntausend Jahre alt zu werden, also den nach Unsterblichkeit.

war und noch immer einen Winkel des Friedhofs beschattete. An seinem untersten Ast baumelte, den Instrumentenkoffer zu seinen Füßen, Doktor Feng an einem Stück Stromkabel.

»Komm«, sagte Bruder Hängeohr, »von nun an darfst du nicht mehr nach hinten blicken.«

Wir betraten den Tempel bzw. das, was an verwittertem Gestein von ihm übriggeblieben war. Vom ehemaligen Schrein kräuselte aber immer noch der Rauch einiger Weihrauchstäbchen. Bruder Hängeohr entnahm seiner Uniformjacke zwei neue Stäbchen, entzündete sie und stellte sie zu den anderen. Dann verneigte er sich vor dem inzwischen kopflosen Buddha und sprach ein Gebet, dessen Murmeln mich so sehr an die Tempelbesuche mit meiner Mutter erinnerte, daß auch ich die Handflächen aneinanderlegte und, da ich die Gebetsformeln vergessen hatte, still wartete, bis der Priester endete. Dann wandte er sich an mich.

»Du mußt jetzt deinen Genossen zurückschicken«, sagte er. »Den nun vor uns liegenden Weg müssen wir allein gehen.«

Er zeigte auf den dunstverhangenen Gipfel des Shaoshan. Ich nahm Tschu En-lai beiseite und gab ihm die nötigen Instruktionen.

»Wenn ich bis zum morgigen Sonnenuntergang nicht zurück bin, tritt der Plan ›Zweiter Drache‹ in Kraft.«

Genosse Tschu wurde noch grauer im Gesicht als gewöhnlich. Als er etwas erwidern wollte, verbat ich mir jeden Kommentar.

»Keine Diskussionen! Das ist ein Befehl.«

Der genannte Plan besagte, daß der erste meiner drei Doppelgänger, die bei Auftritten in der Provinz schon erprobt worden waren, meine Rolle als Führer von Partei und Staat übernehmen sollte. Voraussetzung für ihre Auswahl war außer ihrer Ähnlichkeit in Statur und Physiognomie, daß sie ausdauernde Schwimmer waren und den Dialekt des Distrikts Hunan perfekt beherrschten. Besondere Schwierigkeiten bereitete meine kleine Hautausstülpung am Kinn, die aber unsere Chirurgen durch die Implantation einiger Sesamkörner überwanden.

Als Genosse Tschu En-lai den Rückmarsch antrat, blickte ich ihm weisungsgemäß nicht nach. Meine Augen waren auf den vor mir laufenden Bruder Hängeohr gerichtet. Erstaunlich, wie rüstig der doch immerhin Achtzigjährige ausschritt. Von ihm konnte man wahrlich sagen, daß er das Ziel daoistischer Meditationen, den Leib zu »dürrem Holz« werden zu lassen, erreicht hatte. Dieses Holz aber war elastisch und erschien als die Verkörperung seines Geistes, der so leicht wie unaufhaltsam voranstrebte. Nicht weniger erstaunlich war, wie dieser Geist mich gleichsam nach sich zog, ohne daß mich der Anstieg und die Hitze ermüdeten.

Wir hatten die letzten, am Hang sich festkrallenden Hütten hinter uns gelassen und bewegten uns zwischen den höchsten Reisfeldterrassen des Ortes, der bei jedem Blick in das Tal tiefer unter uns lag. Ich kannte den Weg und wunderte mich, daß der Mönch das unterhalb des Ahornwaldes liegende Wiesenstück nicht auf dem üblichen Pfad, sondern in Zickzacklinien überquerte.

»Wir müssen die Dämonen abschütteln«, antwortete er auf meine Frage, »sie können nur geradeaus laufen.«

Als wir unter die roten Blätter des Ahornwaldes tauchten, wurde es kühler. Der Weg schlängelte sich zwischen Felsen, rund wie Elefantenrücken, entlang. Sie wurden immer höher, und als sie sich zu einem den Wald überragenden Felsmassiv vereinigten, begann der schwierigste Teil des Aufstiegs. Die aus dem Gestein gehauenen Stufen waren feucht von dem Gesprüh des Wasserfalls, unter dem ich so häufig meinen jugendlichen Körper gestählt hatte. Nun kamen wir in die Zone des Rhododendrons und danach in jenen unterhalb des Gipfels gelegenen Eukalyptuswald, der mich immer besonders angezogen hatte. Auch jetzt ragte eine Vielzahl der Bäume als von Blitzen getroffene Skelette in die Höhe, bei anderen waren die Füße so schwarz verkohlt wie der von Kriechbränden verheerte Waldboden. Doch als wir den Rand des Waldes erreichten, sah ich über uns nicht nur das Felsgetürm des Gipfels, sondern noch einen zweiten, beträchtlich höheren, den ich niemals zuvor erblickt hatte. Sein jadegrünes Schimmern zwang mich stehenzubleiben.

Bruder Hängeohr verharrte ebenfalls. Nachdem er einen Stein aus der Sandale geschüttelt hatte, forderte er mich auf, neben ihm auf einem umgestürzten Baumstamm Platz zu nehmen.

»Bevor wir in den neunten Himmel aufsteigen, habe ich dir einiges zu erklären«, begann er. »Als sich die Tage meines Lehrers, des dir noch bekannten Bruders Sturmlocke, dem Ende näherten, nahm er mich beiseite, um mir sein Vermächtnis zu offenbaren. In deinem Horoskop habe er gelesen, sagte er, daß du eine Wiedergeburt des großen Laotse seist, von der man zwar nicht wisse, ob sie ihrer Bestimmung folgen oder durch planetare Störungen davon abgebracht werde, die ich aber unbedingt im Auge behalten solle. Ich habe es getan und angesichts deiner kindlichen Faulheit bald bemerkt, daß eine gewisse Verwandtschaft mit unserem großen Meister nicht auszuschließen ist. Deine weitere Entwicklung erregte in mir einige Zweifel, doch da du nun die Prophezeiung des Bruders Sturmlocke erfüllt hast und in deinem zweiundsiebzigsten Lebensjahr nach Shaoshan-chong zurückgekehrt bist, erfülle ich gern seine Weisung und führe dich auf den Berg des ewigen Lebens.«

Ich war, gelinde gesagt, überrascht.* Bisher hatte ich eher geglaubt, eine Reinkarnation des erlauchten Kaisers Qin Shihuang-ti zu sein, dem Einiger Chinas. Seine Bücherverbrennungen hatten mich durchaus bei der Planung der Kulturrevolution inspiriert, und daß er 4000 Konfuzianer lebendig begraben lassen hatte, war mir Ansporn, es auf mindesten 40 000 zu bringen. Jetzt sollte ich dieses große Werk meinem tölpelhaften Doppelgänger überlassen und meine drei Seelen mit denen des Urvaters aller Daoisten vereinen? Aber der Anblick des grünen Jadegipfels war so verführerisch, daß ich, der es gewohnt war, stets voranzugehen, dem Mönch weiterhin folgte wie ein Diener seinem Herrn.

Nachdem wir die dunkle Senke zwischen den beiden Berggipfeln durchschritten hatten, befahl mir Bruder Hängeohr, seinem Beispiel zu folgen und die Schuhe auszuziehen. Doch während er seine Sandalen in der Hand trug, sollte ich meine Schnürstiefel zurücklassen, da ich sie nicht mehr brauchen würde. Das Gestein fühlte sich kühl an und war so glatt, daß selbst mit bloßen Füßen schwer Halt zu finden war. Mehrmals

* Der Übersetzer nicht weniger, als er von der angeblichen Verbindung des von ihm verehrten Verfassers des *Tao te king* mit dem des *Roten Büchleins* erfuhr. Ich bezweifle diese Reinkarnationstheorie, vermute dahinter vielmehr den Trick einer geheimen Daoistensekte, um den Vorsitzenden in ihre Fänge zu locken und den Verlauf der Kulturrevoluton zu beeinflussen. Insbesondere die im nächsten Kapitel folgenden Bruchstücke seiner Kosmogonie deuten weniger auf Laotse als auf irgendwelche obskuren Epigonen.

faßte ich, um nicht auszugleiten, nach dem Arm des Daoisten, der seinerseits so sicher seine Schritte setzte, als würden sie von einer magnetischen Kraft geleitet. Er folgte einem imaginären Pfad, auf dem wir uns serpentinenartig fortbewegten. Das fast durchsichtige Flaschengrün der Jade ließ mich an das Eis gefrorener Flüsse und Seen denken. Und so kalt wie Eis wurde auch der Stein unter meinen Füßen, nachdem wir eine gute Stunde aufgestiegen waren. Den Gipfel verhüllte inzwischen eine Wolke, aus der trotz ihrer Zartheit vereinzelte Flocken herabsegelten. Die Welt begann zu frieren. Es froren Himmel und Erde, es froren der Wolkendunst und die Schneeflocken, das Gestein und meine bloßen Füße, es froren all meine Glieder, die Knochen und die Sehnen, die Eingeweide mit ihren Organen, meine Augen, Ohren und Haare und meine Haut unter der Uniform, die ebenfalls fror.

Nur Bruder Hängeohr schien nicht zu frieren. Trotz seines Alters bewegte er sich anmutig wie ein Tänzer durch Schneefall und Nebel, bis er schließlich darin verschwand. Noch nie hatte ich mich so allein gefühlt. Ich blieb stehen. Da ich nichts sehen konnte, versuchte ich zu hören. Was ich aber vernahm, erschien mir als akustische Halluzination, denn es glich dem Affengeschrei, das ich zwar aus der Umgebung unseres Dorfes kannte, sich jedoch in dieser kalten Bergwelt vollkommen fremd ausnahm. Ich sah nach oben. Dort wurde die Schneewolke von der Sonne durchleuchtet, anfangs noch fahl, dann mit immer stärker werdender Kraft, so daß ich Zeuge wurde, wie sie in zeitrafferartiger Schnelle den Nebel aufsog und den Bergkegel in seiner grünlichen Pracht erstrahlen ließ.

Oben stand der Daoist. Auf allen Vieren erklomm ich den letzten Anstieg, bis ich mich neben ihm aufrichten konnte. Was von unten nach einem einsamen Gipfel ausgesehen hatte, erwies sich jetzt als Teil eines Plateaus, das sich leicht gestaffelt in südlicher Richtung abwärts zog. Über ihm wallte Dampf, den ich für von der Sonne noch nicht aufgelöste Wolken hielt, bevor ich bemerkte, daß er aus Wasserbecken stieg, die sich in unregelmäßigen Abständen aneinanderreihten. Aus diesem Dunst drangen die erwähnten Tierschreie, und als wir an das oberste Becken traten, sah ich, daß sie tatsächlich von einer Horde Greifarmaffen stammten, die teils bis zum Hals in den warmen Quellen saßen.*

»Silencio!« gebot Bruder Hängeohr. Die Affen verstummten und drehten uns ihre krebsroten Gesichter zu.

»Verstehen sie unsere Sprache?« fragte ich.

»Sie verstehen sie, aber sie weigern sich zu sprechen, weil sie befürchten, dann arbeiten zu müssen.«

* Bisher war das nur von den Schneemakaken auf Hokkaido bekannt. Dieser Teil der Zoologie muß also berichtigt werden.

Das fand ich sehr vernünftig. Es kam mir auch insofern entgegen, als ich mich in dem Augenblick, als uns die Affen ihre Gesichter zuwandten, an die Sitzungen des Politbüros erinnert fühlte. Höchst erfreulich, daß ich hier nicht so törichte Bemerkungen wie von meinen Genossen zu erwarten hatte! Denn sie, die Affen, würden in Zukunft meine Gesellschafter sein, wie mir der daoistische Mönch erklärte.

»Ihnen sind die neun Becken unterhalb der höchstgelegenen Quelle vorbehalten, die die neun Provinzen von China symbolisieren, in denen sich jeweils eine Gruppe von acht Individuen* aufhält. Du selbst wirst, den Blick nach Süden gerichtet, in dem oberen und größten Bassin residieren. Es liegt exakt im Schnittpunkt aller kosmischen Kräfte, deren Tschi dich durchströmen wird. Hier befinden sich das Yang des Himmels, des Nordens und des Links in vollkommenem Gleichklang mit dem Yin der Erde, des Südens und des Rechts, und wenn du ihn nicht durch unkontrollierte Bewegungen störst, wirst du, den alten Kaisern gleich, die Welt durch dein Nichttun regieren.«

* Inwiefern die sich daraus ergebende Zahl 72 etwas mit den 72 Jungfrauen im muslimischen Paradies zu tun hat, kann ich nicht beurteilen. Allerdings ist unbestritten, daß die nahöstliche Zahlenmystik Verbindungen zur chinesischen hat; in beiden spielt die 72 eine wesentliche Rolle: In dieser galten von den Schülern des Konfuzius 72 als legitim und ist von ebenso vielen irdischen Dämonen die Rede, während in jener beim Turmbau von Babel 72 Sprachen entstanden, die judäischen Hohepriester 72 Glöckchen an ihren Mänteln trugen usw.

Auf die Frage nach meiner Ernährung antwortete er, daß mir allein der Duft der Früchte genügen würde, die sich die Affen aus den tiefer gelegenen Wäldern besorgten. Selbst zur Essenz geworden, würde ich nur noch der Essenzen der Dinge bedürfen.

»Und was ist mit dem Rauchen*?«

»Dazu brauchst du keine Zigaretten mehr. Wenn du inhalieren willst, kannst du es mit dem Dampf über den Quellen tun.«

Ich probierte es, und auch wenn der Dampf etwas schweflig schmeckte, so entsprach seine Würze doch dem, wonach meine Lungen verlangten.

»Nun ist es genug«, meinte der Mönch. »Du solltest dich jetzt auskleiden, damit du ins Wasser steigen kannst, wenn die Sonne hinter den westlichen Bergen verschwunden ist und sich das Yin der anbrechenden Nacht im Gleichgewicht mit dem Yang des schwindenden Tages befindet.«

Wir nennen das die gelbe Stunde. Sie hatte bereits begonnen, das Grün des Jadegesteins, die kalkfarbenen Beckenränder und das ebenfalls weißliche Wasser mit ihrem Messingglanz zu überziehen. Sie war mir stets die liebste Stunde des Tages gewesen, und daß in

* Mao rauchte täglich zwei bis drei Schachteln Zigaretten, anfangs englischer und amerikanischer Herkunft, später der Marke »Kleiner Panda«, deren beißenden Qualm er gern Nichtrauchern wie Chruschtschow ins Gesicht blies.

dem Augenblick, in dem ich ins Wasser steigen würde, laut der Erklärung Hängeohrs die Zeit stehenbleiben würde, hatte etwas sehr Verlockendes. Andererseits fühlte ich mich noch zu jung, um dem irdischen Leben völlig zu entsagen. Vor allem der Gedanke, daß sich in Zukunft mein bäurischer Doppelgänger an den Reizen der jungen Zhang Yufeng erfreuen sollte, war mir angesichts meiner noch immer beträchtlichen sexuellen Kraft äußerst zuwider.* Als der Mönch die Möglichkeit verneinte, die Sonderzugschaffnerin in mein Becken zu holen, fragte ich ihn, womit ich mir dann die Zeit vertreiben solle.

»Mit Nahsehen«,** erwiderte er. Er zeigte auf ein kleines Becken, unterhalb des meinen gelegen, das im Unterschied zu den anderen mit glasklarem Wasser gefüllt war. In ihm könne ich sämtliche Programme aus der großen weiten Welt der Television empfangen.

»Nicht nur das«, fuhr er fort und wies mich auf ein kleines, direkt neben dem Becken angelegtes Zwiebelbeet hin. »Wenn du mit einem dieser Zwiebelchen die ihm innewohnende außerordentliche Struktivkraft zu dir nimmst, so kannst du die Astralkörper je-

* Nach Aussagen von Doktor Feng Shi gegenüber dem sowjetischen Geheimdienst soll Mao 248 junge Genossinnen mit Tripper angesteckt haben.

** Er meint Fernsehen.

der im Wasser sichtbaren Person herbeizitieren und mit ihr Gespräche führen.«

Das überzeugte mich. Auf diese Weise sollte sich mein alter Traum erfüllen, ich konnte mich in die Berge zurückziehen* und trotzdem in Kontakt mit der Welt bleiben, ja ihren Lauf so beeinflussen, wie es noch keinem Menschen vergönnt gewesen war.

»Es ist soweit«, sagte Bruder Hängeohr mit Blick auf die soeben hinter den Bergen verschwindende Sonne. »Du steigst jetzt ins Wasser der immerwährenden Glückseligkeit, und ich gehe zurück ins Tal, denn mein Auftrag ist erfüllt.«

Ich zog nun auch meine Unterhose aus und setzte mich auf den wulstigen Beckenrand.

»Ai! Ai!« schrien die Affen, als ich mich ins Wasser gleiten ließ.

* Damit und mit der Drohung, dort eine neue Partisanenarmee aufzubauen, schreckte er regelmäßig die Parteigremien auf, wenn sie seinen genialen Ideen Widerstand entgegensetzten.

Die Geschichte des irdischen Lebens bis zu meiner Himmelfahrt

Ich habe es nie bereut. Ich lebe hier im Himmel auf Erden und zugleich in einem köstlichen Wasser, das meinem – zuletzt etwas schwergewichtigen – Körper eine ungeahnte Leichtigkeit verleiht. Diese drei Elemente vereinen ihre edelsten Eigenschaften, um mich in einen Zustand niemals getrübter Geistesklarheit zu versetzen. Da statt der Zeit nur noch die immerwährende Gegenwart existiert, bleiben mir die unangenehmen Wiederholungen erspart, die auch mein Alter zu überschatten begannen. Die Sonne beispielsweise belästigt mich nicht mehr mit ihren Auf- und Untergängen, sondern verharrt unbeweglich hinter den westlichen Bergen, die sie nicht daran hindern, ihren milden Glanz über meinem Ruhesitz zu ergießen. Daß der goldene Himmel zuweilen von Vögeln gekreuzt wird, stört mich nicht, ja es erfreut mich ähnlich wie der Anblick der unablässig ihre Gestalt wechselnden, aber nie den Himmel verdunkelnden Wolken.

Senke ich den Blick, so kann er über Hänge und Waldungen des Shaoshan abwärtsgleiten, entlang der terrassierten Reisfelder das Tal durchqueren und an der gegenüberliegenden Bergkette bis zu ihren bizarren Gipfeln wieder aufwärtsklettern. Mittendrin liegen die Hütten von Shaoshan-chong, weit genug entfernt, um mich nicht von ihnen belästigt zu fühlen, nah genug, daß ich Hundebellen und Hahnenkrähen vernehmen kann. Es ist genau die Entfernung, die der ehrwürdige Laotse für angemessen zwischen menschlichen Siedlungen hielt, so daß niemand auf den Gedanken kommt, das eigene Dorf zu verlassen und das benachbarte aufzusuchen.

Wenn ich das Bedürfnis nach Abwechslung verspüre, widme ich mich dem Nahsehen. Schalte ich mit einem einfachen »Husch!« das dafür vorgesehene Becken ein, versammeln sich um mich alle 72 Affen. Mit »Husch! Husch!« kann ich den Schnelldurchlauf der wichtigsten Programme in Gang setzen, um mich dann, wiederum mit einfachem »Husch!«, für eins von ihnen zu entscheiden. Wir sehen am liebsten Tierfilme, doch auch Schlachtenszenen, besonders in historischen Gewändern, sowie die Berichte aus dem Weltall über schwarze Löcher und explodierende Supernoven finden unser Interesse. Und natürlich fühle ich mich verpflichtet, das Weltgeschehen in den Nachrichtensendungen zu verfolgen, auch wenn es mich, besonders im chinesischen Nahsehen, anfangs so sehr langweilte, daß ich erst spät auf den Gedanken kam, es mit Hilfe der magischen Zwiebelchen zu beeinflussen. Vorerst war ich vollauf damit beschäftigt, meine Unsterblichkeit zu genießen und sie zu nutzen, indem ich mein Weltbild den neuerworbenen Erfahrungen anpaßte und die wichtigsten Erkenntnisse zuerst in meinem Geiste ordnete und später, als mir die drei Kleinodien* und Bruder Rothand, mein äffischer Sekretär, zur Verfügung standen, letzterem in den Pinsel diktierte.

Gewisse Anzeichen deuten darauf hin, daß die Welt bereits vor meiner Geburt existierte. Ich spreche nicht von Vergangenheit, denn daß diese, wie grundsätzlich die Zeit, eine Fiktion ist, beweist nicht nur mein Aufenthalt im neunten Himmel. Da die Zeit nur als unendlich gedacht werden kann, besitzt sie keinen Anfang und kein Ende und ist somit als ein Nichts zu betrachten. Es gibt nur die unbeschränkte Gegenwart bzw. so viele Gegenwarten, wie es Menschen gab und gibt, wobei sich beide durch sogenannte Wurmkanäle** mit später folgenden verbinden können, was auch als Metempsychosis oder Wiederkehr des Immergleichen bezeichnet wird.

* So werden in China Papier *(zhi)*, Pinsel *(huabi)* und Tusche *(mo)* genannt.

** Mao dürfte auf einem der Wissenschaftskanäle eine Sendung über dieses Phänomen gesehen haben.

Daraus folgt, daß es weder eine noch zwei* Schöpfungen gegeben haben kann. Das Weltall und die Erde waren schon immer da. Sie haben sich niemals verändert und stehen für immer still. Die Geschöpfe haben sich selbst hervorgebracht aus dem Drange, am Leben zu sein, wobei sich jedes für die ihm gemäße Form entschieden hat. Die Saurier wollten Saurier sein (und später lieber Vögel), die Elefanten Elefanten, die Ameisen, die Ziegen und die Fliegen wollten Ameisen, Ziegen und Fliegen sein und die Menschen Menschen.

Was Darwins Evolutionstheorie anbetrifft, so wird sie durch die Tatsache widerlegt, daß die ihr zugrundeliegenden Kausalgesetze in der freien Natur keine Verwendung finden. Wie wäre sonst zu erklären, daß aus ein und derselben Ursache (das Fressen von Gras) so verschiedene Wirkungen, nämlich Tierarten wie Elefanten, Ziegen, Gänse und Pferde, hervorgehen? Oder aus Eiern sowohl Krokodile und Schlangen als auch Vögel schlüpfen können. Ein ebensolcher Irrglaube ist der an die Herkunft aller Menschen aus dem gleichen afrikanischen Grabensystem, die von schwarzsüchtigen weißen Anthropologen postuliert wird. Mit dem gleichen Recht könnte man behaupten,

* Die zwei Schöpfungen dürften sich auf die Theorie des Paracelsus beziehen, nach der sich je eine Schöpfung im Osten des Planeten und im Westen ereignete.

alle Termiten wären dem gleichen Termitenhügel, alle Frösche dem gleichen Sumpf, alle Schmetterlinge dem gleichen, womöglich afrikanischen Rhododendrongebüsch entsprungen. Auch die These einheimischer Wissenschaftler, nach der sich die Chinesen aus dem Homo erectus entwickelt haben, verwerfe ich. Nichts hat sich entwickelt! Wir Chinesen sind fix und fertig jenen heißen Quellen entstiegen, in denen ich das ewige Leben genieße! In ihnen haben sie, das ist meine feste Überzeugung, zusammen mit den Affen ihrer Geburt entgegengedrängt, wobei diese aus Ungeduld zu früh das Wasser verließen und deshalb noch behaart sind.*

Bevor ich mich endgültig den Menschen zuwende, noch ein Wort zu den Affen: Abgesehen davon, daß sie aus guten Gründen ihre Sprache nicht nutzen, unterscheiden sie sich von uns weniger als angenommen. Was ihr Wissen anbetrifft, so dürfte es keinesfalls geringer als unseres sein, denn im Unterschied zu den meisten Menschen sind sie in der Lage, sich in freier Wildbahn zu ernähren. Es glimmt in ihren braunen Augen, die ihren hitzeroten Gesichtern mit den hellen Backenbärten den Ausdruck einer mit Trauer vermischten Weisheit geben. Die Trauer ist der Preis für

* Fragwürdig. Sollten die Affen so weise sein, wie sie Mao im folgenden schildert, wären sie keineswegs zu früh, sondern die Chinesen zu spät aus dem Wasser gestiegen.

ihren Aufstieg auf jenen kalten Gipfel des Bewußtseins, der keinen Glauben kennt. Nicht das Wissen, sondern der Glauben, also die Untugend, etwas nicht Beweisbares für wahr oder doch zumindest für möglich zu halten, unterscheidet nämlich den Menschen vom Tier. Eine Ausnahme mögen die Elefanten bilden, von denen es heißt, daß sie für Gebete und Bannsprüche empfänglich sind, die an unseren Greifarmaffen wirkungslos abprallen. Ich habe mich an ihrer Gottlosigkeit schon auf dem Langen Marsch erfreut, als sie häufig auf den Schultern insbesondere der Kindersoldaten saßen, die als »kleine rote Teufel« mit uns zogen. Der Mensch aber scheint, obwohl er auch in dieser Hinsicht Fortschritte gemacht hat, vorläufig noch zum Glauben verdammt, weshalb ich, der dies schon frühzeitig erkannte, mich bereits während meines irdischen Lebens als Objekt der Anbetung zur Verfügung gestellt habe.

So gleich die Menschen in dieser Hinsicht sind, so verschieden in anderer. Durch hartnäckiges Nachdenken habe ich herausgefunden, daß sie sich grundsätzlich in vier Arten unterteilen lassen. Die erste und zahlreichste ist, mit uns Chinesen an der Spitze, im Süßwasser geboren und hat ihre einzigartige Naßfeldwirtschaft im Bereich großer Ströme wie Jangtsekiang und Hwangho, Indus, Euphrat und Nil sowie an den Ufern der mexikanischen Seen herausgebildet. Der Zwang zu systematischer Bewässerung hat sie zu homogenen Massen gefügt, die es gewohnt sind, den Anweisungen ihrer göttlichen Führer sowie deren für Kanal- und Deichbau, Steuereintreibung, Frondienst usw. zuständigen Beamten widerstandslos zu folgen. Allein sie sind zu großen kollektiven Arbeiten befähigt, zur klaglosen Unterordnung ihres Einzelwillens unter den der Gesamtheit, zu Gefügigkeit, Gehorsam und natürlicher Demut.*

Ganz anders die Salzwasserbrut. Aus der Gischt wilder Meeresbrandungen hervorgegangen, teilt sie deren unkontrollierte Wut. Sie sind von Natur aus Piraten**, die alles, was sie erblicken, an sich reißen und in ihre Gewalt bringen müssen. Daß es einen Zusammenhang zwischen Salzwasser und Aggressivität gibt, bestätigen die mir aus einem Unterwasserfilm bekannten Dickkopfmakrelen. Diese menschengroßen Torpedos gehören zu den gefährlichsten Räubern des Indischen Ozeans – brechen sie aber einmal im Jahr zur Wanderung in den süßwasserhaltigen Sambesi auf, schwimmen sie friedlich in Kolonne und zelebrieren in einer Flußbiegung einen kreisförmigen Tanz, bevor sie in das Meer zurückkehren, um sich wieder ihrer

* Die bekannte, zuerst von Marx entwickelte Theorie über die asiatische Wirtschaftsweise. Was folgt, ist alleiniges Geisteseigentum Maos.

** So wurden von den gebildeten Chinesen die Europäer bezeichnet, als sie zum erstenmal in China auftauchten. Das gemeine Volk nannte sie »haarige ausländische Teufel«.

Freßgier hinzugeben. Die gleiche periodische Wandlung von den menschlichen Salzwassergeburten zu erwarten ist eine vergebliche Hoffnung. Sehen wir uns die Landkarte des europäischen Halbkontinents an, so stellen wir fest, daß sowohl die alten Hellenen und Lateiner als auch die jüngeren Hispanier, Dutchmänner und Briten (einschließlich ihrer von zwei Ozeanen bedrängten amerikanischen Vettern) derart dem Meerestoben ausgeliefert sind, daß sie nie von ihrem Piratentum lassen werden. Eine Ausnahme scheinen die, bis auf gelegentliche Amokläufe, ausgesprochen friedfertigen Bewohner des Malaiischen Archipels zu bilden, die sich allerdings leicht durch ihre Herkunft aus dem südlichen China erklären läßt.

Die dritte Menschenart gehört, wie die vierte, zu den Erdgeborenen. Es sind die Dunkelwaldmenschen, über deren Charakter ich mir noch im unklaren bin, da sie die Finsternis der Wälder, an die ihre Hautfarbe erinnert, erst kürzlich verlassen und es selten bis nach China geschafft haben. Von größerer Bedeutung für uns sind die Sandmenschen, die, wie ihre Name sagt, vom Wüstensand ausgeschwitzt wurden und deshalb besonders hitziges Blut haben. Sie sind unter dem Namen Mongolen (oder auch Hunnen, Tartaren) berüchtigt, treiben weder Naß- noch Trockenfeldbau, sondern schweifen ruhelos auf den Rücken ihrer Pferde oder Kamele umher. Sie sind also Nomaden. Als solche haben sie weite Teile der alten Welt besiedelt, und man muß den eigentlichen Mongolen die West- und die Südmongolen hinzufügen. Erstere* haben sich mit den Salzwassergeborenen durchmischt, so daß sie nicht mehr so leicht zu identifizieren sind. Die Südmongolen hingegen tragen unverkennbar das Gepräge ihrer Herkunft, auch wenn sie sich jetzt Araber nennen und statt ihrer Trampeltiere mit zwei Höckern einhöckrige Dromedare zu ihrer Fortbewegung nutzen. Wie alle Mongolen waschen sie sich nicht und nehmen keine Bäder.**

Für die Kultur- und sonstige Geschichte sind sie somit nachrangig, und ich kann mich auf die Einheit und den Kampf der Gegensätze zwischen den Süß- und den Salzwassergeborenen beschränken. Wenn letztere dabei mehr Raum einnehmen werden, obwohl sie für ihre Entwicklung weniger Zeit beansprucht haben, geschieht dies nicht grundlos. Der durch das Salzwasser bedingte Überschuß an Yang-Anteilen in ihrem Wesen treibt sie zu pausenlosen Aktivitäten, während die

* Meint er hiermit die Russen? Man muß bei dieser sicher fragwürdigen Kategorisierung berücksichtigen, daß die Chinesen seit Jahrtausenden von Mongolen bedroht wurden und daher geneigt sind, alle Gefährdungen ihrer Westgrenze unter diesem Namen zu summieren.

** Zeugt von völliger Unkenntnis der arabischen Sitten, wie man grundsätzlich vermuten muß, daß beim Verfassen dieser Theorie dem Autor die Sinne von Schwefeldämpfen vernebelt wurden. Zum Beispiel stehen zu seinen Lobliedern auf Wasser und Reinlichkeit die Berichte von ausländischen Besuchern im Widerspruch, die am Großen Vorsitzenden einen wegen seiner Ungewaschenheit unangenehmen Geruch bemerkten.

Dominanz des Yin uns zu einer gewissen stagnativen Ruhe verführt hat. Durch den reichlichen Genuß von Chilischoten habe ich dieses Manko in mir beseitigt, so daß mich die Ausgewogenheit von maskuliner und femininer Energie zum objektiven Richtertum über jegliche Geschichte befähigt.

Auffällig für die im äußersten Westen ansässigen Völker ist das fast völlige Fehlen kriegloser Zeiten. Was wir als Ausnahme von der Regel als die »Zeit der streitenden Reiche« bezeichnen, war bei ihnen immerwährender Alltag. Hätten wir ebenfalls den Kriegsgott Mars angebetet, so hätten wir seinen Tempel für Jahrhunderte schließen können und nicht, wie die Lateiner, nur für anderthalb Jahre. Sie waren die einzigen, die diese kriegswütigen See- und Landpiraten wenigstens kurzzeitig unter Kontrolle halten konnten, denn was bedeuten schon ein paar hundert Jahre Römisches Reich gegen die zweieinhalbtausendjährige Konstanz Großchinas? Immerhin haben sie in Europa den Ackerbau heimisch gemacht, der, wie wir inzwischen wissen, seine Ausbreitung dem Bedürfnis nach der Rauschwirkung vergorener Feldfrüchte verdankt. So mußten die Barbaren nicht mehr Fliegenpilze, Tollkirschen und Bilsenkraut zu sich nehmen, um aus ihrer elenden Haut fahren zu können, sondern bedienten sich dazu nun des Traubenweins und des Gerstenbiers. Sie tranken und trinken noch immer beides kalt, während sich unser zivilisatorischer

Vorsprung darin bestätigt, daß wir unseren Reiswein vorzugsweise angewärmt konsumieren. Das tun auch die Nipponesen, die andererseits ihre Zugehörigkeit zur Salzwasserbrut nicht verleugnen können, indem sie Fische und andere Meerestiere roh verzehren, wie es auch die Westpiraten mit ihren Matjesheringen tun. Wie soll sich das Yin in einem Menschen gebührend ausbreiten, wenn er sich fortwährend kaltes Bier, kalten Fisch und kaltes Brot einverleibt?

Auf der einen Seite also Peking-Ente, Schweinefleisch mit Chilisoße und Buchweizennudeln, auf der anderen hartes Brot und harziger Wein. Auf der einen Seite ein Himmelssohn, der sein Reich durch göttliches Nichtstun in Ordnung hält, eine Gefolgschaft von Mandarinen, die vor allem die vier kanonischen Bücher studiert und Gedichte schreibt, sowie genügsame Bauern und Handwerker, die das Land mit Reis und Chilischoten, Porzellan und kranichgeschmückten Seidenstoffen versorgen. Auf der anderen Seite Trockenbrot und kolossale Spiele, bei denen sich sogenannte Gladiatoren gegenseitig abschlachten mußten, Sklavenscharen, die die Ländereien in Aufständen verwüsteten, anstatt sie zu bebauen, degenerierte Senatoren und irrsinnige Kaiser, deren Vergöttlichung zu spät kam, um ihr Reich vor dem Untergang zu bewahren.

Daß dieser unvermeidlich war, beweist uns ein Blick auf die Sitten der späten Lateiner, wie sie typisch für jedes Salzwasserimperium in seiner Endphase sind. Ihre Unrast hatte sie zahllose Völkerschaften unterwerfen lassen, ohne sie zu bändigen, ihre Metropolen wurden zu Sammelbecken für sämtliche Barbaren, wo fremde Götter, Kulte und Gebräuche die heimischen verdrängten. Ihre Aristokratie, unfähig ihren ruhelosen Geist durch Kalligraphie und Teetrinken zu zähmen, warf sich jeder neuen Mode in die alles umschlingenden Arme. Die Frauen trugen, wenn sie die Haare nicht färbten, blonde Perücken und weigerten sich nicht nur, Kinder zu säugen, sondern überhaupt welche zu bekommen. Die Männer vereinigten ihr Yang lieber mit dem Yang anderer Männer anstatt mit dem weiblichen Yin, so daß man der grassierenden Kinderlosigkeit durch Adoption fremdstämmiger Sprößlinge zu begegnen gezwungen war. Infolge der von Babylon her bekannten Sprachverwirrung verzichtete man in den Theatern auf das gesprochene Wort und delektierte sich an Pantomimen, Balletten, Schiffsschlachten im Meereswasser und anderen Kriegsspielen.

So verwundert es nicht, daß die adoptierten und durch kälteres Wasser gestählten Bewohner nördlicher Küsten schließlich die Macht im Reich an sich rissen und es zugrunde richteten. Auch wir kennen die Gewalt barbarischer Invasoren, doch hatten wir ihnen stets die Kraft und die Finesse unseres kultivierten Yin entgegenzusetzen, um sie zu assimilieren. Hierbei kamen uns die bandagierten Lotosfüße unserer Frauen zustatten, durch die ihre Scheidenmuskulatur so gestärkt wurde, daß sie damit nicht nur Hamster erwürgen, sondern auch mongolische Schwänze bändigen konnten.

Anders im lateinischen Imperium: Es krachte zusammen mit einem Getöse, das nur von den Hilferufen an den einzigen, von heimatlosen Sandmenschen eingeschleppten Gott übertönt wurde, der ihnen geblieben war. Eine Entwicklung, über die ich lange nachgedacht habe. Befördert uns der Glaube an nur einen Gott sicherer zu dem für eine lichte Zukunft unentbehrlichen Unglauben oder die Anbetung möglichst vieler Götter, Geister und Dämonen, die wir Chinesen so lange praktiziert haben? Ersteres hat den Vorteil, daß ein Gott leichter abzuschaffen ist als viele, letzteres, daß sich die Vielgötterei gegenseitig aufheben kann und sich nicht weniger leicht auf ungefährliche Objekte wie Filmschauspieler, Sportler, Auto- und Textilmarken übertragen läßt.

Nun, es führen viele Wege nach Peking. Fest steht: dem Monotheismus des Abendlandes trat ein Polylingualismus gegenüber, der eine dem Reich der aufgehenden Sonne vergleichbare kulturelle Einheit bis heute verhindert hat. Nur die Priesterschaft beherrschte noch das Lateinische, das ungelehrte Volk betete, sang und schwatzte in Hunderten Landessprachen und Dialekten durcheinander, ohne seine Nachbarn zu verstehen. Zwar bildete man die Schrift bzw.

unterschiedliche Schriftarten heraus, doch was für armselige Mittel zur Verständigung waren das, da jede das jeweilige landestypische Geplapper mittels ihres einfältigen Alphabets nachzuahmen versuchte. Diese Barbaren haben nie den grundsätzlichen Unterschied zwischen gesprochener und geschriebener Sprache begriffen. Nur wenn die Schrift nicht zu lautieren versucht, sondern sich wie unsere autonomer Bildzeichen bedient, ist sie in der Lage, den Erdbewohnern als gemeinsames Kommunikationsmittel zu dienen. Die Salzaquarianer haben hierbei einen langen Weg vor sich. Auch wenn sie bereits ihre Schriftzeichen durch Piktogramme und Symbole zu ersetzen beginnen, wird es noch einer grundlegenden Analphabetisierung bedürfen, bis sie reif sind für die Aufnahme der chinesischen Schrift und Sprache*, die unzweifelhaft die der globalisierten Welt sein wird.

Die Voraussetzungen dafür sind mit der allgemeinen Entgöttlichung des Piratenlebens gegeben. Sie setzte rund 1500 Jahre nach der Geburt ihres Religionsstifters ein. Zu dieser Zeit glaubten sie, die Rundheit der Erde entdeckt zu haben, und rüsteten sogleich ihre Schiffe, um das zu beweisen, was mit ihren

* Für den Fall, daß Mao recht hat, findet sich im Anhang ein Verzeichnis der wichtigsten Schriftzeichen, ihrer hanchinesischen Aussprache und ihrer Bedeutung in den hoffentlich recht vielen Landessprachen, in die dieses Werk übersetzt wird.

Reisen nur zu widerlegen war, da sie nämlich ansonsten von dieser ominösen Erdkugel herabgefallen wären. Auch wir haben uns in einer Phase der Desorientierung hinaus auf das Salzwasser gewagt. Als wir aber merkten, daß die Erde überall gleich flach oder hoch war und nichts zu bieten hatte, was wir im Reich der Mitte nicht in größerer Vollendung besaßen, bestraften wir in Zukunft die Erbauer von mehr als zweimastigen Schiffen mit Vierteilung und ließen den erbärmlichen Eunuchen, der uns auf diesen Irrweg geführt hatte, hinrichten.

Was die Piraten angesichts unserer Reichtümer von uns wollten, war klar, was sie brachten, war ihr an ein Holzkreuz genagelter Gott. Augenscheinlich versuchten sie ihn loszuwerden und uns aufzuschwatzen. Sie nannten es missionieren, etwas, das uns nie in den Sinn gekommen ist. Wieso sollten wir unsere Götter außer Landes schicken, um die dortige Bevölkerung zu beglücken? Eine Zurückhaltung, die sich ausgezahlt hat, denn schließlich haben sich die Ausländer selbst unsere Buddhas, Bodhisattvas und daoistischen Heiligen abgeholt und in ihre Vorgärten und Schönheitssalons gesetzt.

Es ist dies ein Resultat ihrer nie ruhenden Neuerungssucht, die auch dafür verantwortlich ist, daß sie in dem Maße, in dem ihnen ihr Gott abhanden kam, alle möglichen anderen Dinge zu erfinden begannen. Zuerst haben diese Faulpelze nichts erfunden, dann einiges und schließlich alles. Dabei schreckten sie nicht vor der plumpesten Nachahmung zurück, die der chinesischen Industrie vorzuwerfen unter diesem Gesichtspunkt besonders aberwitzig ist. Denn wem, wenn nicht uns, hat die Welt die Erfindung des Papiers und des Buchdrucks, des Schießpulvers, des Porzellans und des Kompasses, der Seidenstoffe, der Oper, der Buchweizen- und aller anderen Nudeln zu verdanken? Zugegebenermaßen haben wir nicht den zumeist trivialen Gebrauch davon gemacht, der unseren Rivalen dazu eingefallen ist. Gemäß der von mir angestrebten objektiven Betrachtungsweise muß ich das eingestehen, kann jedoch meine subjektive Meinung nicht verbergen, daß ich die meisten Erfindungen für höchst überflüssig halte. Wenn ich damals schon über die entsprechende Befugnisgewalt verfügt hätte, wäre mit dem Erfinden nach dem Fahrrad, der Eisenbahn und dem Grammophon Schluß gewesen und jede weitere Novität mit einhundert Bambusstockhieben bestraft worden.

Daß die Salzwassergeburten nicht fähig sind, ihre Veränderungssucht zu zügeln, sieht man besonders deutlich an ihrer Kleidung. Während es bei uns erst meiner Initiative bedurfte, daß die Zöpfe abgeschnitten wurden und man die jahrtausendealte Feudalistentracht gegen die schlichte blaue Uniform der Revolutionsarmee tauschte, wechselten die Abendländler ihre Mode in jedem Jahrzehnt. Mit was für kuriosen

Kleidungsstücken haben sie sich im Laufe der Zeit verunstaltet! Sie trugen Schnabelschuhe und Stulpenstiefel, Strumpfhosen mit ausgestopften Penisbeuteln und Kettenhemden, Krinolinen, wagenradgroße Halskrausen und Vatermörder sowie Federhüte, Dreispitze und unterschiedlich hohe Zylinder, wenn sie ihre rasierten Schädel nicht unter den Lockenfluten unterschiedlichster Perücken verbargen. Erst als diese so überdimensional wurden, daß sie wie die Bälger ausgewachsener Schafe* auf den Köpfen der Untertanen lasteten, schritten diese zur Großen Französischen Revolution, um, wie es bei diesen Gelegenheiten stets der Fall ist, eine einfachere Kleiderordnung einzuführen.

Nun, Revolutionen, Rebellionen und Bürgerkriege gab es in dieser Weltecke allenthalben, aber die Französische Revolution faszinierte mich von Jugend an durch den konsequenten Utopismus der von ihr verfolgten Ziele. Nur wenn diese letzten Endes unerreichbar sind, hat eine Revolution die Chance, zu einer permanenten zu werden und sich über Jahrhunderte hinweg fortzupflanzen. Es mußte etwas gefunden werden, das ihren verschwundenen Gott ersetzen konnte und ähnlich ungreifbar, unwirklich und anbetungsgeeignet war wie er. Über den Umweg der sich

* Ich bin überzeugt, daß hier keine Ziegen gemeint sind.

als unbrauchbar herausstellenden Göttin der Vernunft fand man es schließlich in den Allgemeinen Menschenrechten. Ich betone das »Allgemein«, denn im Unterschied zu den konkreten Bürgerrechten hatten sie so nebulös, unüberprüfbar und unbeeinträchtigt durch irgendwelche Pflichten zu sein wie nur möglich. Indem sie diese Rechte postulierten, waren die Salzwassermenschen uns den entscheidenden Schritt voraus. Während unserer Südwasserideologie gemäß der Mensch erst zum Menschen durch seine Selbstkultivierung wird, gliederten sie ihn neben Tieren, Pflanzen und Mineralien wieder ins Reich der Natur ein.

Besonders überzeugend war, daß sie dies unter der Losung von »Freiheit, Gleichheit und Brüderlichkeit« taten, Begriffen, für die man in der Wirklichkeit vergeblich nach einer Entsprechung suchen wird. Die *Freiheit* hat nur einen Sinn, wenn man sie, wie zuvor gebräuchlich, im Plural verwendet, als Losgelöstsein von bestimmten Lasten, Pflichten, Abhängigkeiten. Als isoliertes Phänomen kommt sie in der Natur, in der nichts unverbunden und unbedingt ist, schlicht nicht vor. Noch offensichtlicher ist die Abwesenheit jeglicher *Gleichheit* in der realen Welt. Keines der zehntausend Dinge gleicht einem anderen. Es gleichen sich keine zwei Haare und keine zwei Schuhe, keine zwei Reiskörner, Buchweizennudeln und Strommasten, keine zwei Zigaretten, zwei Affen, zwei Menschen, und wenn es, wie behauptet, tatsächlich Atome geben sollte, so gleicht garantiert keines dem anderen. Um so mehr zeugt die dennoch erhobene Forderung nach Gleichheit vom revolutionären Elan der damaligen Salzaquarianer, insbesondere weil sie wie kein anderer Menschenschlag durch eine gravierende Unterschiedlichkeit in ihrer äußeren Erscheinung gekennzeichnet sind. Nirgendwo findet man ungleichere Nasen, Bärte, Augen (besonders in der Farbe), Beine, Bäuche, Füße und Hände als bei ihnen. Wahrscheinlich hat das ihre Sehnsucht nach Egalität nicht weniger befeuert als das Beispiel unserer scheinbaren Homogenität, das ihnen durch die Chinoiserien des Rokoko bildlich vorgeführt wurde. Nicht weniger widersinnig erscheint es, eine allgemeine *Brüderlichkeit* zu fordern, hat sie doch zur Voraussetzung, daß der jeweilige Landesvater alle seine Untertanen selbst zeugt, was selbst mir nicht möglich wäre und, abgesehen davon, zu einem ungebremsten Hauen und Stechen um die Erbfolge führen würde, wie es seit Kain und Abel für Brüder typisch ist.

Doch gerade die Unerfüllbarkeit der Forderungen verlieh, wie ich bereits andeutete, der Französischen Revolution ihre Sprengkraft. Ein gewisser Napoleon versuchte unter ihrer Fahne die Salzwasserländer zu vereinigen und erreichte mit seiner Niederlage schließlich das Gegenteil: die Unterschiede der Stämme wurden in sogenannten Nationalstaaten zementiert, die viel zu eng waren, um die entfesselten

Yang-Energien zu bändigen, so daß sie die gesamte Welt zu überfluten begannen. Es war dies die erste große Globalisierungswelle, die allerdings nicht von dem gleichen Erfolg gekrönt war, den die derzeitige zu haben verspricht, weil sie von den Rücksichten der Staaten gebremst wurde, die sie ausgelöst hatten. In ihren Kolonien imitierten sie die eigenen Staatswesen, indem sie für Eisenbahnlinien, Überlandstraßen, Gerichtsgebäude, Schulen und andere Überflüssigkeiten sorgten, die sich die nur am Verkauf ihrer Produkte interessierten Wirtschaftsmächte als Träger der jetzigen Globalisierung sparen können.

Ich habe aus all dem gelernt. Wenn man die Zerstörung der alten Welt, die die unabdingbare Voraussetzung für den Bau einer neuen ist, befördern will, muß man sie mitunter in ihrem Wuchs nicht behindern, sondern befeuern, weil sie selbst auf ihre Auflösung zustrebt. Die entscheidende Vorarbeit zu seiner demnächst zu vollendenden Zerstörung hat Europa selbst geleistet. Es ist zu hoch gestiegen, um nicht sehr tief zu fallen. Seinen Gipfel hat es in jenem Jahrhundert erklommen, das nach der alten Zeitrechnung das neunzehnte genannt wird und nach meiner auch das letzte ist. Das zwanzigste hat es nie gegeben, sondern wurde, nachdem sich das neunzehnte ungebührlich ausgedehnt und zwei Weltkriege hervorgebracht hatte, durch das ewigwährende Jahr eins neuer Zeitrechnung ersetzt, das mit meinem Aufstieg auf den Shaoshan begann. Die beiden Kriege waren die Fortsetzung der Beschleunigung mit anderen Mitteln, die bereits in Friedenszeiten eingesetzt hatte. Um ihren Christengott zu ersetzen, wurden so viele Dinge erfunden, daß man ihnen nur durch ihre Zerstörung wieder entkommen konnte. Durch die Konstruktion motorgetriebener Räder, die an die Stelle von Pferden und Eseln traten, wurde die Nomadisierung der Salzwasserianer derart vorangetrieben, daß sie ihre letzte Ruhe verloren. Die Welt begann zu rasen. Es rasten nicht nur die Automobile und die Uhrzeiger, die Schiffsschrauben, die Flugzeugpropeller und die Maschinengewehre, es rasten auch die Gedanken ihrer Benutzer, was sich in unausgesetzten Geisteseruptionen ausdrückte, die sich gegenseitig überboten, widerlegten, befeuerten.

Nehmen wir das Gebiet der Malerei. Zwar haben es diese Barbaren nie zu unserer ausgeglichenen, subtilen Pinselkunst gebracht, aber immerhin sind sie, indem sie rund tausend Jahre das gleiche malten, nämlich das elendige Leben ihres Erlösers, zu einer gewissen Kontinuität und damit Verfeinerung ihrer Mittel gelangt. Als ihnen dieses Thema abhanden kam, haben sie nicht nur permanent die darzustellenden Sujets gewechselt, sondern in jedem Jahrfünft auch die Stilrichtung, bis sie schließlich die Bilder verkehrt herum aufhängten und die Pinsel wegwarfen, sich nur noch des Fotoapparats und der Spritzpistole bedienend.

Ähnliches gilt für die Architektur. In ihr war der Irrsinn seit jeher Methode, denn wie soll man die zu steinernen Salzwasserfällen geronnenen Kirchen der Gotik, die molluskenartigen Marmor- und Gipswucherungen des Barock sonst nennen? Ich habe nie verstanden, weshalb man, als im schon erwähnten Rokoko eine halbwegs vernünftige, nämlich sich wie die chinesische an die Erde anschmiegende Bauweise gefunden worden war, diese wieder aufgab, um plötzlich wie die Hellenen die Luft mit Säulen zu vergittern. Ja, der ewige Männlichkeitswahn führte, und zwar zuerst auf der anderen Seite des Atlantiks, massenweise zu jenen baulichen Erektionen, die als Wolkenkratzer die Erde gänzlich unter sich zu lassen versuchen. Ihr Auftreten aber läutete das Ende der salzaquarianischen Dominanz ein, denn indem sie ihre traditionellen Baumaterialien, Stein und Holz, gegen Stahl, Glas und fließenden Beton tauschten, leugneten sie ihre Grundlagen und übergaben uns den Stafettenstab des Fortschritts. Beton wird schließlich mit ungesalzenem Wasser angerührt, und was den Stahl anbetrifft, so haben wir mit dem Bambus einen Vorläufer, der uns auf die kühnsten Konstruktionen vorbereitet hat. Wir werden den Vertikalbau derart in die Höhe treiben, bis alle Hochhäuser stürzen, stürzen, stürzen.

Sie werden stürzen und die Erde mit ihren Trümmern bedecken, wie die Gedankengebäude ihrer Philosophen, Psychologen, Physiologen und Physiker eingestürzt sind und weiter einstürzen werden. Ihr zweitgrößter Geist ist Einstein mit dem Wirrhaar, der da sagt: Alles ist relativ und also: Nichts ist wahr. Das aber haben wir schon von Anfang an gewußt. Unser gesamtes Denken ging von dieser Tatsache aus und drehte sich darum, wie man trotzdem das menschliche Leben optimal organisieren kann. Was die Abendländer Philosophie, also Liebe zur Weisheit, nennen, hat sich nie gebührend mit dem Menschen beschäftigt, sondern blieb entweder im untermenschlichen Bereich, also dem der Naturwissenschaft, stecken oder verstieg sich in den übermenschlichen, der den Göttern und Geistern vorbehalten ist. Die Geistestätigkeit unserer unterbeschäftigten Mandarine hingegen kreiste unablässig um die bestmögliche Regierungsform, wobei sie es fertigbrachten, jahrhundertelang immer das gleiche zu denken bzw. Kommentare zu den Kommentaren der Kommentare unserer vier heiligen Bücher zu verfassen. Auf diese Weise ist das Süßwasserdenken viel besser für die Ewigkeit gerüstet als das unserer salzigen Rivalen. Diese haben die Menschheit nämlich von allem möglichen befreit, nur nicht von der Politik. Indem sie die Demokratie oder Volksherrschaft zur einzig denkbaren Regierungsform erklärten, beseitigten sie die Entlastung des Volkes durch Regiertwerden und schmiedeten es durch die Pflicht zum Mitregieren für immer an die Fesseln der Politik. Aus taktischen Gründen, die der wahre Revolutionär immer von den strategischen zu unterscheiden weiß, beförderte ich lange Zeit diese Entwicklung, aber im geheimen verfolgte ich stets das vom größten Denker der Piraten, Ma mit dem Rauschebart*, vorgegebene Ziel der Abschaffung des Staates und damit auch der Politik.

Damit komme ich zu dem Einfluß, den ich auf diese nahm. Er begann mit meiner Geburt in der Stunde des grünen Drachens im Jahr der grünen Schlange. Ich wog mehr als zwei Kilogramm über dem Normalgewicht der Provinz Hunan und erregte damit von Anfang an die Eifersucht meines Vaters. Abgesehen davon, daß er mich zur Feldarbeit mißbrauchte und seinen Bambusstock spüren ließ, zwang er mich, Buchweizennudeln zu essen! Liebend gern hätte ich mich dafür gerächt, indem ich mit ihm »Flugzeug«** gespielt hätte, aber leider starb er zu früh. Seit dieser Zeit bin ich ein konsequenter Kämpfer gegen die Familie und damit, da sie bekanntlich dessen Keimzelle ist, gegen den Staat. Besonders im alten China waren beide durch den reaktionären Einfluß der Konfuzianer gewissermaßen zu Synonymen geworden, die eine

* Im Original: *Ma Ta hu-tzu.* So wurde Karl Marx vom einfachen Chinesen genannt.

** Eine von den Revolutionären gern geübte Folterpraxis, bei der man die nach hinten gerenkten Arme des Delinquenten mit den Füßen zusammenband und ihn daran aufhängte.

wie der andere auf die unangefochtene Despotie von Vätern gestützt. Ja, bis zu meiner Geburt lebte mehr oder weniger die gesamte Menschheit in der Gewißheit, daß Alter etwas Verehrungswürdiges und Erfahrung ein Gut sei, das von den Jüngeren aufgenommen und weitergereicht werden müsse, damit eine Gesellschaft gedeihen könne. Ich habe mit diesem Aberglauben aufgeräumt! Zugute kam mir dabei, daß sich auch auf der Rückseite unseres Planeten neue Erkenntnisse Bahn brachen. Zur selben Zeit wurde dort der »Jugendstil« geboren! Nicht nur ich durchschwamm unsere Flüsse, sondern auch an Themse, Seine und Spree warf man die Kleider ab und sich in die erfrischenden Fluten. Und als der überlebende Teil der Jugend, die sich begeistert in die Stahlbäder des Ersten Weltkrieges gestürzt hatte, aus diesem zurückkam, sammelte sie sich unter den Fahnen des Kommunismus oder des Faschismus, um die erste jener juvenilen Revolutionen loszutreten, die bis heute das Bild unseres Erdballs beleben.

Zu dieser Zeit hatte ich bereits die ersten Zöpfe abgeschnitten, die zweite, dritte und vierte Schule verlassen, die alten chinesischen Klassiker beiseite geworfen und mich den neuen des dialektischen Materialismus zugewandt. Die Dialektik hat mir seitdem gute Dienste geleistet. Sie befähigte mich zu der Erkenntnis, daß man das eine so gut wie das andere tun kann und es für jedes eine plausible Begründung gibt.

Sie erlaubte es mir ebenfalls, die haarigen ausländischen Teufel sowohl zu verachten, als auch von ihnen zu lernen. Mir wurde früh klar, daß, wenn ich einer jener alle fünfhundert Jahre in unserer Geschichte auftretenden Umstürzler sein will, ich es nur in Verbindung mit den Westmongolen[*] werden kann. Sie waren die einzigen, die ihre Revolution siegreich gestaltet hatten, und auch wenn es in der Sowjetunion immer wieder zu Stagnationen und Rückschlägen kam, so ging sie doch beispielhaft voran bei der Eliminierung alles Alten, als da waren Kirchen und Klöster, Stadt- und Landschlösser, Bürgerhäuser, Bibliotheken und Bauernhöfe samt ihrer reaktionären Benutzer. Allerdings gab es bei aller Übereinstimmung in der Strategie immer wieder Differenzen hinsichtlich der revolutionären Taktik, die ich in China für angemessen hielt. Sowenig wie die Bewässerung kennen die Russen eben Berge. Auf ihrer Existenz aber basierte meine bevorzugte Kampftechnik des vorgetäuschten oder tatsächlichen Rückzugs und des um so unerwarteteren Gegenschlags, der zuliebe ich mich zeitweise des Pseudonyms Li Desheng[**] bediente. Wohin sonst als in unsere waldreichen Berge sollten wir uns zurückziehen? In die Berge, deren schwarze Silhouette ich

* Unzweifelhaft: er meint die Russen.

** Wörtliche Übersetzung: »Rückzug im Namen des Sieges«.

schon als Kind vor Augen hatte, in denen seit jeher alle Rebellen und Räuber Zuflucht fanden und in die auch ich mich in meiner Phantasie flüchtete, wenn ich die Geschichten der *Räuber vom Liang Schan Moor* las.

Otto Braun, der uns von der Komintern geschickte Berater, hatte von ihnen nie etwas gehört. Dieser Preuße mit dem Gesichtsausdruck einer Haubitze konnte sich unter Krieg nichts anderes vorstellen, als in Schützengräben zu liegen und so lange zu feuern, bis der Gegner die weiße Fahne hißt. Das einzige, was ich von ihm gelernt habe, war die revolutionäre Unhöflichkeit, die er nach dem unerreichten Vorbild des Genossen Stalin praktizierte: jeden mit »du« ansprechen, niemandem die Hand geben, sondern sie möglichst in der Tasche lassen (was, wie ich täglich im Nahsehen zur Kenntnis nehme, sich auch bei den westlichen Politikern durchgesetzt hat), mit offenem Mund gähnen und geräuschvoll den Rotz in der Nase hochziehen. In militärischer Hinsicht war Braun jedoch ein Versager: Da seine Taktik des Stellungskrieges schmählich scheiterte und wir Changsha nicht dauerhaft erobern konnten, blieb ihm nur übrig, mit mir ins Gebirge von Süd-Jiangxi zu ziehen, in das Land meiner geliebten Hakka, der Waldbanditen und der halbverhungerten Pachtbauern, und dort staunender Zeuge zu werden, wie wir die reichen Landbesitzer mit Schandhüten durch die Dörfer jagten, sie exekutierten und nach Landesbrauch ihre Leichen zur Schau stellten.

Über den Langen Marsch kann ich mich in Anbetracht der zahlreichen Berichte kurz fassen. Er stellte den Sieg der Füße über die Räder dar, der Sandalen über die Stiefel, der Berge über das Flachland, der Jugend über das Alter. Wie strahlten die jungen Soldatengesichter beim Löffeln der Kürbissuppe und wie das der fingerfertigen He Zizhen, wenn sie das Klistier für mich mit warmer Seifenlauge füllen durfte. Wie tapfer ertrugen sie es, wenn ihre Gefährten beim Überqueren des Goldsandflusses in den braunen Fluten versanken, wenn sie in den Schneebergen erfroren oder nicht aus den Sümpfen des Großen Graslandes zurückfanden. Und wie wurden die verdüsterten Gesichter der Überlebenden von morgenroter Siegesgewißheit überflammt, als wir die Lößhügel von Shensi vor uns sahen und in ihnen die Höhlen, in denen wir das Hauptquartier unserer nordwestlichen Sowjetrepublik aufschlugen.

Auch wenn es uns dort an Wasser mangelte (die Ureinwohner waren bekannt dafür, daß sie nur zweimal im Leben badeten, am Tag nach ihrer Geburt und dem vor ihrer Hochzeit), so habe ich das Höhlenleben von Shensi doch in angenehmer Erinnerung. Ich spielte viel Pingpong, wobei ich stets vernichtend den Genossen Braun schlug, dessen Körper zwar die Strapazen des Marsches ertragen hatte, aber unfähig war zu den feinen Bewegungen unseres neuen Nationalsports, den wir den ungehobelten Händen der

Briten entwunden hatten und zu ungeahnter Höhe entwickelten. Ich verfaßte Gedichte und meine Abhandlungen über den Partisanenkrieg, die jetzt noch sämtlichen Guerillas und asymmetrischen Kriegern zum Vorbild dienen, schulte die Parteikader, spielte mit den kleinen roten Teufeln in liebevoll angefertigten Modellandschaften unsere siegreichen Schlachten nach und erfreute mich vor allem an den Darbietungen des Tanzensembles der Volksbefreiungsarmee, dessen jedes Mitglied unter der Uniform einen reizenden Jungmädchenkörper verbarg.

Aber das einzige Unwandelbare am irdischen Leben ist der Wandel. Dieser Gesetzmäßigkeit folgend, verbündete ich mich mit den bis dato erzfeindlichen Kuomintang, um gemeinsam die neuen japanischen Erzfeinde aus dem Land zu jagen und, als dieses geschehen war, mich wieder der Vernichtung Tschiang Kai-sheks und seiner Horden zuzuwenden. Daß auch sie heimliche Salzaquarianer waren, erwies sich, als sie auf der Pirateninsel Taiwan Zuflucht suchten. Die einzige Konstante, der einzig verläßliche Verbündete schien mir zu dieser Zeit der Führer des Sowjetreiches, Genosse Stalin, zu sein, zumal er kein blonder Westmongole war, sondern einem schwarzhaarigen Bergvolk entstammte. Obwohl er gern »Väterchen« Stalin genannt wurde, erinnerte er mich mit Ausnahme des Schnauzbartes an meine verstorbene Mutter, mit der ihn die gefällige Rundung seines Körpers und die Angewohnheit verband, gern eine Tabakspfeife zu schmauchen. Wie enttäuscht war ich deshalb, als er bei meinem so sorgsam vorbereiteten Besuch erklärte, die Pfeife sei nur ein Propagandainstrument, und sich dabei eine Papirossa anzündete.. Und dies auch erst am Ende meines Aufenthalts, nachdem er mich (abgesehen von dem Willkommensbankett) drei Wochen lang in einer Datscha am Stadtrand schmoren gelassen hatte. Es war übrigens dasselbe Gästehaus, in dem zuvor meine Bett- und Waffengefährtin Jiang Qing* ihre fragile Gesundheit von sowjetischen Ärzten wieder hatte herstellen lassen. Mir aber raubte es alle Lebensenergie, so daß ich, als mich mein ehemals so hoch verehrter Lehrer und Gönner endlich zu sich rief, mir widerstandslos seinen Papirossaqualm ins Gesicht blasen ließ, ohne ihm mit dem Rauch meiner »Kleinen Pandas« zu antworten. Auch seine Reden waren höchst nebulös. Auf alle meine Fragen, beispielsweise, ob ich besser die Links- oder die Rechtsabweichler liquidieren lassen sollte, gab er die immergleiche, an die Unerschütterlichkeit eines Zen-Meisters gemahnende Antwort: »Man kann es tun, aber man kann es auch lassen.« Ich gebe zu, daß mich dieser Satz zu sehr beeindruckt hat, um ihn nicht

* alias Li Yunhe, Lan Ping, Marianna Jusupowa. Ehemals Filmschauspielerin in Shanghai, stieg sie an Maos Seite (bzw. an der Seite des »Zweiten Drachen«) bis in die höchste Ebene der Parteihierarchie auf, bevor sie als Mitglied der »Viererbande« entmachtet wurde.

in mein Vokabular aufzunehmen, wie überhaupt der Moskauer Aufenthalt für mich eine hohe Schule in der bei uns Chinesen so unterentwickelten Kunst der Gesichtsberaubung darstellte. Daß es allerdings mein eigenes Gesicht war, das Stalin mir im Kreml nicht zu wahren gestattete, konnte ich ihm ebensowenig verzeihen wie die nach meiner Rückkehr in meinem Pekinger Schlafzimmer entdeckten Mikrophone.

Dabei hatte ich erst auf seine Empfehlung hin die Hauptstadt zurück in das staubtrockene und der Sowjetunion nähere Peking verlegt anstatt in den wasserreicheren Süden. Aber ich schaffte Abhilfe, indem ich einen am Rande des Regierungsviertels gelegenen Pavillon mit Schwimmbecken bezog, wo ich ungestört jene Pyjamapartys feiern konnte, für die mir Jiang Qing mit geübtem Auge die geeigneten Partnerinnen aus den Volkskunstensembles auswählte. Hier konnte ich entspannen und mich in Ruhe der Beantwortung aller Fragen widmen, die mir die Weltgeschichte stellte. Sollte ich Stalins Bitte folgen und mit meinen Truppen den koreanischen Kommunisten zu Hilfe eilen oder ihn ein wenig zappeln lassen? Sollte ich mit der »Großen Säuberung« zuerst die Links- oder die Rechtsabweichler hinwegfegen? Wie konnte ich die »Neue Demokratie«, deren Einführung das Politbüro gemäß den Moskauer Weisungen beschlossen hatte, gestalten, ohne meinen revolutionären Elan erlahmen zu lassen?

Das Leiten eines großen Reiches ist wie das Braten kleiner Fische.* Man muß abwarten können. Viele meiner Probleme erledigten sich beispielsweise, als sich Stalin als nicht stählern genug erwies, länger der Kunst seiner Ärzte zu widerstehen, und verstarb. Ich kommandierte Tschu En-lai zum Sargtragen ab und erwartete den ersten Besuch des neuen Generalsekretärs. Nachdem ich ihn mit Schweinefleisch in Chilisoße bewirtet hatte, führte ich ihn zum Swimmingpool. Chruschtschow, ein ausgesprochener Schlechtschwimmer, ließ sich notgedrungen in einer albernen Satinbadehose ins Wasser gleiten und paddelte mir und dem Dolmetscher eine Weile hinterher, bis er sich wasserspuckend an den Beckenrand rettete. Der Trottel entschuldigte sich, er sei von Beruf Bergmann und somit im Schwimmen ungeübt. Als er wieder bei Atem war, palaverte er von den angeblichen Verbrechen Stalins, vom Ende des Personenkults und von friedlicher Koexistenz zwischen Sozialismus und Kapitalismus. Ich blies ihm daraufhin Zigarettenrauch ins Gesicht und antwortete: »Man kann es tun, aber man kann es auch lassen.« Dieser widerwärtige Alkoholiker ließ sich beim anschließenden Empfang derart mit Pflaumenschnaps vollaufen, daß er mir unter Tränen etwas von

* Einer der legendären Aussprüche des Großen Vorsitzenden, die uns häufig deshalb rätselhaft erscheinen, weil wir ihren Hintergrund nicht verstehen. Wie brät man kleine Fische?

den Renegaten in seinem Politbüro volljammerte und ich, einen Moment die Beherrschung verlierend, ihn andonnerte: »Dann muß man eben mit der Faust auf den Tisch hauen!« Durch einen Fehler des Übersetzers, der das während eines Hustenanfalls ausgesprochene *quan*[*] wohl als *gu*[**] mißgedeutet hatte, verstand er »mit dem Schuh auf den Tisch hauen« und entblödete sich einige Zeit später nicht, vor der Vollversammlung der UNO seinen rechten Schuh auszuziehen und mit ihm auf das Rednerpult einzudreschen.

Von diesem Glatzkopf hatte ich also nichts zu befürchten und konnte mich ungestört dem »Großen Sprung nach vorn« widmen. Was auch immer man über seine Resultate sagt, unzweifelhaft hat er das gesamte Land auf die Beine gebracht und es aus der Versumpfung durch Überernährung und Monotonie der Landarbeit geschreckt. Aus Bauern wurden Stahlkocher, Rattenjäger, Mücken-, Fliegen- und Spatzenvertilger! Was für ein erhebendes Gefühl war es, wenn ich auf meinen Inspektionsreisen die Menschen statt beim stummen Wühlen in der Erde dabei antraf, wie sie trommelnd, bettlakenschwenkend, mit Schreien und Händeklatschen die Feldsperlinge so lange über ihren Köpfen flattern ließen, bis sie erschöpft zu Boden fielen.

* Faust.

** Schuh.

Ich fühlte mich im großen Tao schwimmen bei diesem Anblick! In der Provinz Chongqing wurden innerhalb weniger Tage 230 000 Nagetiere getötet, zwei Tonnen Fliegenlarven vernichtet und Tausende Spatzenkadaver bei den Behörden abgeliefert! Besonders die Vernichtung des gefiederten Ungeziefers machte solche Fortschritte, daß wir angesichts einer überraschenden Insekteninvasion zum Import von Spatzen aus der Sowjetunion gezwungen waren. Mit zweifelhaftem Erfolg, da sich die sowjetischen Sperlinge als unzuverlässig im Insektenkrieg herausstellten und lieber unsere Reiskörner fraßen. Es war eben eine Zeit der großen Prüfungen, ohne die ein Volk niemals die Kraft für den Aufbau einer neuen Gesellschaftsordnung gewinnt. Wir haben sie bestanden, auch als im Norden die Dürre und im Süden sintflutartige Regenfälle die Ernte des Sommers 1959 alter Zeitrechnung vernichteten. Sein Erfindungsreichtum lehrte das Volk, Gras zu essen, Baumrinde, die Teiche abzulassen, um die im Schlamm sich tummelnden Würmer und anderes Kleingetier zu verzehren. Und als auch diese zur Neige gingen, scheute es sich nicht, an den Straßenrändern Löcher zu graben und darin seine unterernährten Kleinkinder zu deponieren, so tief, daß sie sich nicht daraus befreien, aber doch von glücklicheren Genossen gesehen und bei Bedarf mitgenommen werden konnten.

Daß es dennoch zu einem gewissen Aderlaß an menschlichem Material kam, mag für den einzelnen zwar bedauerlich gewesen sein, für die Gesamtheit war es durchaus förderlich. Es stählte die Widerstandskraft der Überlebenden und befähigte sie, die wahrlich nicht einfache Neuorganisation des Landlebens in Volkskommunen erfolgreich voranzutreiben. Obwohl sich auch dabei Fehler einschlichen (zum Beispiel weiß ich heute, daß die optimale Mitgliederzahl eines Kollektivs die 72 ist), kann man davon ausgehen, daß die wichtigsten Ziele der Kampagne – wie die Auflösung der Familienbande zugunsten des Brigadelebens und die endgültige Vernichtung des von den Salzbarbaren propagierten individuellen Bewußtseins durch das kollektive – in befriedigendem Maße erreicht wurden.

Wie konnte es dennoch zu dem Stillstand der folgenden Jahre kommen? Nun, auch ich kenne die Erschöpfung nach Phasen großer Anstrengung, vergleichbar den Depressionen der Mutter nach Geburt eines überschweren Kindes, denen des Künstlers, wenn nach der Erschaffung eines großen Werkes die Leere des Alltags gähnt. Ich versuchte sie durch die Produktion neuer wegweisender Ideen zu füllen, aber das Trägheitsgesetz der Masse gestattete nur bedingt deren Verwirklichung. Als ich etwa das Schwein als eine wahre Düngemittelfabrik lobte, entzog man sich seiner großangelegten Aufzucht mit der Begründung, man habe die Ferkel längst aufgegessen, und nutzte zur Düngung weiterhin menschliche Fäkalien, die man aus den mitunter weitentfernten Städten herankarrte. Da dies zuviel Zeit verschlang, versuchte ich mit dem Hinweis auf die Durchschnittsgeschwindigkeit eines nipponesischen Fußgängers von 1,6 Meter pro Sekunde einen Kampf gegen die Langsamkeit zu initiieren, der allerdings von dem kurzbeinigen Winzling Deng Xiaoping hintertrieben wurde.

Erst als ich den Jasmintee aus der von einer mir bis dahin unbekannten Schlafwagenschaffnerin gereichten Schale schlürfte, spürte ich wieder ein Aufwallen in meinen drei oberen und fünf unteren Seelen. Der feurige Blick ihrer Mandelaugen sagte mir, daß allein die Jugend willens und fähig ist, einem Führer wie mir bedingungslos zu folgen. Wenn man ihr die Gelegenheit dazu gibt. Dann wird sie begeistert losmarschieren, denn die Jugend liebt das Marschieren im Gleichschritt und mit Bambusstöcken in der Hand. Sie liebt das Verfassen von Wandzeitungen und den Revolutionsgesang, sie liebt den Streik und das Streunen über Land, sie liebt es, Tribunale abzuhalten und den Lehrern Schandhüte aufzusetzen, sie liebt die Zerstörung von Tempeln, die Schließung von Schulen und das Verbrennen von Büchern, sie liebt das Zuschlagen mit Bambusstöcken und das Flugzeugspielen mit ihren Vätern, sie liebt das Leben und das Töten.

In dieser Gewißheit konnte ich sie beruhigt ihrem Weg überlassen und meinen an der Seite von Bruder Hängeohr gehen, hinauf bis zum Jadegipfel des Shaoshan und in den neunten Himmel.

Erste Versuche

Heute weiß ich, daß mein größtes Verdienst nicht in der Vertreibung der Nipponesen und Tschiang Kaisheks besteht, sondern in der Entfesselung der Jugend. Ich weiß es durch die für die Menschheit gewiß bedenkliche, für mich aber segensvolle Erfindung des Nahsehens. In meinem kleinen TV-Becken vollzieht sich auf exemplarische Weise die Auflösung von Vergangenheit und Zukunft in einer immerwährenden Gegenwart, so daß ich alle persönlich versäumten Ereignisse nachholen kann und mein ewiges Leben im Gleichklang mit dem der Television verläuft.

Wie erwartet war die Große Proletarische Kulturrevolution auch ohne meine Führung nicht aufzuhalten. Der »Zweite Drache«, ein Volksschauspieler minderer Intelligenz, scheint seine Sache recht ordentlich gemacht zu haben. Als das Jungvolk seinen Vorsitzenden persönlich sehen wollte, zeigte er sich auf dem Tiananmen-Platz vor insgesamt elf Millionen* Menschen,

* Verteilt auf acht Empfänge. Sie scheinen noch auf eine Initiative des echten Mao Tse-tung zurückzugehen, von dem der Satz überliefert ist: »Einer der Gründe, warum die SU den Leninismus aufgab, lag darin, daß zu wenig Menschen Lenin zu Lebzeiten gesehen hatten.«

ohne daß sie etwas von meiner bereits vollzogenen Himmelfahrt ahnten. Einige von ihm initiierte oder tolerierte Maßnahmen waren allerdings kontraproduktiv. Daß nach Abschaffung von Schulterstücken und Tressen die Offiziere nur noch an ihren Jackentaschen zu erkennen waren, führte beim Militär zu einem ähnlichen Chaos wie im Straßenverkehr die Forderung, nicht bei Grün, sondern beim revolutionären Rot die Kreuzungen zu passieren. Und als in zwei Provinzen bei Festmählern die Innereien von Staatsfeinden in Teigtaschen verzehrt wurden, unterminierte dies unseren Kampf gegen überholte Traditionen und den mit ihnen verbündeten Konfuzianismus.

Wichtiger aber war, wie das von mir in China entfachte Fieber auf die Jugend des gesamten Erdballs übergriff. Besonders in den Salzwasserländern jagte der revolutionäre Geist sie von den Schulbänken und (auch wenn man das Aufsetzen von Schandhüten versäumte) die Professoren von ihren Kathedern, um sie als die Inkarnation der vier alten Übel an den Pranger zu stellen. Auch ging man daran, die alten Ideen, Sitten und Gebräuche zu stürzen, und da mit ihnen zugleich die überkommenen Feste und Rituale verschwanden, diese durch die permanente Revolution als ein permanentes Fest zu ersetzen. Von einigen Barrikadenkämpfen, etwa im notorisch aufsässigen Paris, abgesehen, fehlte ihnen sicher die blutige Entschlossenheit unserer Jugend, doch die Wirkung ihrer von epidemischen Veitstänzen begleiteten, die Grenzen zur akustischen Folter langsam, aber sicher überschreitenden Revolutionsmusik war nicht weniger beeindruckend. Hinzu kam der wohltätige Einfluß bewußtseinsspaltender Drogen, die, eine späte Rache für die Opiumkriege, nun ihren Weg von Osten nach Westen nahmen. Der so gesunde Wandertrieb, den ich mit meinem Beispiel bei den Roten Garden entfacht hatte, ergriff auch die Jugend zu beiden Seiten des Atlantiks. Der Fortbewegung auf ihren eigenen Füßen entwöhnt, ließen sie sich allerdings als sogenannte Tramper auf die Beifahrersitze fremder Autos fallen und später in die Polster eigener, die sie sich durch das Sitzen an Schreibtischen verdient hatten, was sie als ihren »Langen Marsch durch die Institutionen« bezeichneten.

Dieser Menschenschlag ist nun einmal zum Sitzen verurteilt, weshalb ich sie »Sitznomaden« zu nennen pflege. Als solche aber haben sie Beträchtliches geleistet, vor allem in der Volksbildung. Was für eine wunderbare Erfindung ist ihre »antiautoritäre Erziehung«! Kinder lieben es, den Fliegen die Flügel auszureißen, sich gegen die Schienbeine zu treten und jeder Autorität auf der Nase herumzutanzen. Man muß ihnen nur die Gelegenheit dazu geben. Durch die Entlastung der Lehrer von ihren autoritären Pflichten konnte man ihnen endlich jene Gelegenheit verschaffen. Hatte ich nicht schon immer gepredigt, daß zu viele Bücher gelesen würden, das alte Prüfungssystem die Schüler wie Feinde behandele und eine übertriebene Bildung generell schädlich sei? Nun war die Zeit reif, meine Mahnungen zu beherzigen und die Pädagogik zu einem Experimentierfeld zu machen, auf dem man die Zensuren abschaffen, die Schulfächer durcheinanderwürfeln und den ungesunden Ehrgeiz der Talentierten zügeln konnte, indem man sie zusammen mit den von der Natur Benachteiligten unterrichtete, deren ihren Fähigkeiten entsprechende Sonderbehandlung damit eingespart werden konnte. Auch daß die Sprachen der längst ausgestorbenen Lateiner und Hellenen immer weniger gelehrt wurden, bedeutete eine Befreiung von den Fesseln der Vergangenheit. Die Jugend liebt das Neue und nicht das Alte! Sie hat es nicht mehr nötig, sich mittels einer persönlichen Handschrift einer sogenannten Individualität zu versichern, sondern soll ihre albernen Buchstaben auf Maschinen oder mit Druckschrift produzieren, was sie viel besser darauf vorbereitet, eines Tages chinesisch zu schreiben.

Das Rechtswesen sowie große Teile der Politik und der Propaganda sind erfreulicherweise ebenfalls in die Hände der marschierenden Sitznomaden gefallen. Wer sonst könnte solch progressive Gesetze erlassen wie diejenigen, die den Adoleszenten einerseits mit 16 Jahren gestatten, ihre regionalen Volksvertreter zu wählen, ihnen andererseits erst mit 21 volle

Straffähigkeit zubilligen? Nur so kann die vollständige Infantilisierung der Gesellschaft erreicht werden! Nur so können wir wieder zu glücklich kriegspielenden Kindern werden!

Doch ich bin den Ereignissen vorausgeeilt. Von der erwähnten Entwicklung habe ich erst später erfahren, weil ich zu Beginn meines himmlischen Lebens vollauf damit beschäftigt war, die Schwerelosigkeit meines Körpers im Wasser zu genießen, die immer stärkere Sensibilität meines Geruchssinns auszukosten, den Wolkenzug am Himmel und die harmlosen Spiele meiner behaarten Gefährten zu betrachten. Was auf der Erde Jahre sind, ist im Äther häufig nur ein Augenblick und umgekehrt.

Ja, ich hatte die Funktion meines kleinen Beckens sogar vergessen und war überrascht, als ich, während ich einen minderjährigen Affen mit einem »Husch!« aus dem Zwiebelbeet jagen wollte, in dem Wasserspiegel plötzlich das graue Geviert des Tiananmen-Platzes erblickte und Trauermusik hörte. Die Parteiführung, die sich auf einer mit Fahnen drapierten Tribüne versammelt hatte, ähnelte erstarrten Stalagmiten, den Blick auf einen offenen Sarg in der Mitte des ansonsten leeren Platzes gerichtet. Er war zu weit entfernt, um seinen Inhalt zu erkennen, doch als die Musik verebbt war, erfuhr ich durch eine tränenerstickte Stimme, daß der Tod des Großen Vorsitzenden Mao Tse-tung betrauert wurde. Mich überschwemmte eine merkwürdige

Gefühlsmischung aus Rührung, Gespanntheit und mehr als klammheimlicher Freude. Nicht nur, daß ich die Unsterblichkeit genießen durfte, mir wurde auch noch der Wunschtraum eines jeden Menschen erfüllt, bei seinem eigenen Begräbnis anwesend zu sein. Leider war das Bild zu verschwommen, um die einzelnen Politbüromitglieder geschweige denn ihre Mienen zu erkennen. Nur den Winzling Deng konnte ich identifizieren und zu meiner Überraschung Jiang Qing, die es also bis in die oberste Parteiführung geschafft hatte und hier, als einzige Frau unter den Männern, statt in Uniform in schwarzem Gewand erschienen war. Da sie ihr Gesicht mit einem Schleier verhüllt hatte, konnte ich nicht erspähen, ob hinter ihrer Brille Tränen quollen.

Um mich hatten sich inzwischen zuerst die halbwüchsigen, später sämtliche Mitglieder unserer Affenkommune versammelt. Während sie sich gegenseitig lausten und die Mütter ihre Säuglinge stillten, betrachteten sie ebenso gespannt wie ich das Geschehen im Wasserbecken. Nun erscholl wieder Trauermusik, diesmal ein Marsch, zu dessen getragenen Klängen sich sechs Politbüromitglieder von der Tribüne zu dem Sarg begaben und ihn nach einer tiefen Verbeugung schulterten. War Tschu En-lai dabei? Lin Biao? Ich konnte sie in dem zitternden Wasser nicht erkennen. Nun, beim Anblick des auf den Schultern meiner Weggefährten rhythmisch schaukelnden und schließlich in der Großen Halle des Volkes verschwindenden Sarges erfaßte auch mich Trauer. Doch als nach einem Schnitt die Kamera in der Halle des Volkes sich dem inzwischen Aufgebahrten so weit näherte, daß ich in seinem erloschenen Gesicht die künstliche Warze erkennen konnte, wurde sie von einem Gefühl des Ekels verdrängt. Wie war der Kerl in den vergangenen zehn Jahren fett geworden! Wie seine Visage zusammengerutscht, ähnlich einem Fladenbrot, dem die Luft entwichen ist!

Und wie erschrak ich, als die Affen beim Anblick dieses Gesichts »Ai! Ai!« zu schreien und auf- und niederzuspringen begannen, weil sie der Umstand, mich zugleich neben sich sitzen und im Sarg liegen zu sehen, in heillose Verwirrung stürzte. Ich nahm einen Stein vom Beckenrand und warf ihn ins Wasser, um die Übertragung zu beenden. Als die Affen sich murrend verzogen hatten, blieb ich mit zwiespältigen Gefühlen zurück.

Zum einen war ich froh, daß mir ein so widerwärtiger Akt wie das Sterben erspart bleiben sollte, andererseits wurde ich von irdischen Problemen bedrängt, die sich in der Zwischenzeit längst von mir entfernt hatten, von denen das meiner Nachfolge bzw. der des »Zweiten Drachen« das wichtigste war. Wie ich durch spätere Sendungen erfuhr, befand sich das Land in Unruhe. Bereits im Juni 1976 hatte es in den Nordostprovinzen schwere Erdbeben mit wahrscheinlich Hunderttausenden Toten gegeben, was seit alters her als Zeichen dafür galt, daß die herrschende Dynastie das Mandat des Himmels verloren hatte und einer neuen weichen mußte. Daß das Volk von den Trauerkundgebungen auf dem Tiananmen-Platz ausgeschlossen blieb, deutete auf Unruhe und Desorientierung in der Parteiführung, die meine machtvolle Person selbst in Gestalt eines Doppelgängers noch unter Kontrolle zu halten gewußt hatte, die jetzt aber offen ausbrauchen. Man versuchte sie nach außen zu überdecken, indem man kaum einen Monat nach meinem Tod einhellig den Bau einer Gedenkhalle beschloß, in der der Leichnam des Provinzschauspielers aufgebahrt werden sollte. Und das entgegen meiner letzten Verfügung! Hatte ich doch in Moskau, als ich bei einem Besuch des Leninschen Mausoleums in das wachsgelbe Gesicht meines Vorkämpfers geblickt hatte, beschlossen, dergleichen meinen Überresten niemals zuzumuten, sondern sie verbrennen und ihre Asche in den Bergen von Hunan verstreuen zu lassen.

Nun, dies war glücklicherweise unnötig geworden. Und als ich die schluchzende Bevölkerung an dem auf einem Sockel aus Shandong-Granit ruhenden Kristallsarg vorbeidefilieren sah, empfand ich eine deutliche Genugtuung, daß der aufgedunsene, von einer roten Fahne mit Hammer und Sichel umhüllte Leichnam, vor dem man sich verbeugte, nicht ich selbst war. In der Phalanx der Politbüromitglieder, die diese

Zeremonie überwachten, erkannte ich aufgrund der wiederum schlechten Übertragung nur soviel, daß Jiang Qing, diesmal in Uniform und an ihrer Brille zu erkennen, bis an die zweite Stelle vorgerückt war. Das fand ich bedenklich.

Diese Pionierin der universellen Unordnung* gehörte zu den Frauen, die laut einer altchinesischen Weisheit in der Lage sind, in einem Jahr ein Reich zu zerstören, an dem viele Männer hundert Jahre lang gebaut haben. Das und ihre uneingeschränkte Ergebenheit, die nicht, wie im Falle von He Zizhen, durch kleinliche Eifersucht beeinträchtigt wurde, haben ihr meine Hochachtung eingebracht. Doch jetzt war nicht die Zeit für derartige Destruktivität. Was nützt die größte Zerstörungslust, wenn zuvor nicht genügend aufgebaut wurde?

Einen Augenblick lang dachte ich an die Einberufung einer Politbürositzung auf dem Shaoshan, dann aber entschloß ich mich, vorerst nur den etwas trockenen, doch zuverlässigen Geist des Genossen Tschu Enlai zu beschwören, des einzigen sicheren Mitwissers meiner Verewigung. Zu seinen Tugenden gehörte immer die Verschwiegenheit, so daß ich auf die Bewahrung des Geheimnisses hoffen konnte, das hinter dem

* Hier zitiert Mao, wie in einigen anderen, nicht ausdrücklich vermerkten Fällen, sich selbst.

der engeren Parteiführung gewiß nicht unverborgen gebliebenen Einsatz des »Zweiten Drachen« steckte.

Wie lauteten die Instruktionen von Bruder Hängeohr? Verzehr einer magischen Zwiebel, während ich meine ganze Vorstellungskraft auf die zu beschwörende Person konzentrieren sollte. Ich beugte mich aus dem Becken, zog ein Zwiebelchen aus dem Beet und säuberte sein kaum daumennagelgroßes, rötlich gefärbtes Köpfchen im Wasser. Während ich es langsam zu zerkauen begann, breitete sich sein nicht sehr scharfer, sogar leicht süßlicher Geschmack in meiner Mundhöhle aus, doch sosehr ich auch die Gestalt Tschus zu beschwören versuchte, sie zeigte sich mir nicht. War die struktive Kraft der Zwiebel nicht stark genug oder mein Vorstellungsvermögen zu schwach? Dann fiel mir ein, daß ich den Ministerpräsidenten beim besten Willen nicht auf meiner Trauerfeier hatte entdecken können. Zugleich erinnerte ich mich an die Reaktion des Daoisten auf meine Frage, ob ich auch mit dem Genossen Marx sprechen könne: nur lebende Menschen würden sich mir zeigen. Sollte der Genosse Tschu sich aus dem irdischen Staub gemacht haben?

Ich dachte nach. Hatte ich etwa aus dem gleichen Grund, und nicht nur wegen der schlechten Bildqualität, den Genossen Lin Biao auf dem Tiananmen-Platz nicht ausmachen können? Und das, obwohl er wie ich niemals im Kampf verwundet worden war und als kugelfest galt? Seinen zierlichen Körperbau, weswegen er von uns »das Mädchen« genannt wurde, hatte ich deutlich vor Augen. Die geraden Schultern, die stets wie im Schmerz verzogene Mundlinie, seine vom Opium- und später Morphiumgebrauch geweiteten oder, nach dem Entzug in der Sowjetunion, angstvoll geschrumpften Pupillen. Aus Moskau hatte er die Angst vor fließendem Wasser mitgebracht, bekam bei dessen Rauschen Durchfall, nahm keinerlei Getränke mehr zu sich, sondern ließ sich von seiner Frau mit brühegetränktem Fladenbrot füttern. Anstatt auf dem Wasserklosett verrichtete er seine Notdurft deckenumhüllt auf einem Nachttopf. Oft genug habe ich ihn wegen seiner eines Parteiführers unwürdigen Wasserscheu ausgelacht, doch seit ich ihn deshalb wie ein Kleinkind am Busen seiner Frau hatte weinen sehen, empfand ich für ihn in erster Linie Mitgefühl. Hatte er, überfordert vom revolutionären Kampf, womöglich Hand an sich selbst gelegt?

Ich konnte ihn nicht befragen, denn trotz höchster Konzentration meinerseits verweigerte auch er sein Erscheinen. Nun blieb mir noch die Möglichkeit, die magische Kraft der Zwiebeln an einem der Genossen zu erproben, die ich unzweifelhaft bei den Trauerfeierlichkeiten erkannt hatte. Da ich Jiang nur ungern begegnet wäre, nahm ich mein letztes Chi in der Hoffnung zusammen, es würde reichen, um den Winzling Deng Xiaoping zu beschwören. Und tatsächlich verspürte ich erstmals jenes Gefühl, das mich immer wieder erfreut, wenn in mir die struktive Kraft zu wirken beginnt, mich ein leichter Schwindel erfaßt, ich leises Vogelgezwitscher vernehme und, wie von meinen entrückten drei oberen Seelen geboren, aus dem Nebel über dem Wasserbecken die gewünschte Person Gestalt annehmen sehe.

Es war tatsächlich der kleine Deng. Ich kann nicht behaupten, daß ich mich jemals über sein Erscheinen gefreut hätte. Auch jetzt erregten sein undurchsichtiges Lächeln und sein gedrungener Leib, der stets den Eindruck machte, als setze er zu einem Sprung an, meinen Widerwillen.* Wie immer hatte die knappe Verbeugung, von der er nicht abzubringen war, einen ironischen Beigeschmack. Daß er bei meinem Anblick keine Miene verzog, war typisch für ihn, verstärkte aber auch den Verdacht, daß Tschu En-lai ihn über meinen Verbleib unterrichtet hatte.

»Wo ist Genosse Tschu?« war meine erste Frage.

»Auf dem Friedhof der Helden der Revolution«, lautete die Antwort. »Er ist vor einem Jahr infolge von Herzversagen gestorben.«

»Und Lin Biao?«

Deng hob die rechte Hand, wie immer, wenn er mehr als zwei Sätze zu sprechen beabsichtigte. Da mir

* Von Mao ist der Satz überliefert: »Man hält ihn für weich wie Baumwolle, dabei ist er scharf wie eine Nadel.«

zu diesem Zeitpunkt Bruder Rothand noch nicht als Protokollant zur Verfügung stand, muß ich mich auf eine Zusammenfassung dieses Gesprächs beschränken, wie es mir in Erinnerung geblieben ist: Genosse Lin, eröffnete mir Deng, habe während der Kulturrevolution eine traurige Entwicklung genommen, sei von Verfolgungswahn geplagt gewesen und habe nur noch das Haus verlassen können, wenn er einen von seiner Frau gereichten Drogencocktail namens »Vitamin C« geschluckt hatte. Diese seine Ehegattin sei es auch gewesen, die ihren gemeinsamen Sohn zu einer Verschwörung mit dem Ziel der Ermordung meines Doppelgängers angestiftet habe, in die sich auch Lin Biao verstricken ließ. Sie sei aber so dilettantisch organisiert gewesen, daß sich die Familie während eines fingierten Urlaubs mit einem Flugzeug der Volksbefreiungsarmee in die Sowjetunion habe absetzen wollen.

»Die Familie!« entfuhr es mir. »Ich wußte immer, daß sie das auszumerzende Krebsübel in einer kommunistischen Gesellschaft darstellt.«

»Nun, in diesem Fall hatte sie auch ihr Gutes«, gab Deng genüßlich zurück, »denn die Tochter des Genossen Lin verriet den Fluchtplan an unseren Geheimdienst, so daß Gegenmaßnahmen ergriffen werden konnten.«

Es habe wie stets zwei Fraktionen im Politbüro gegeben, von denen die eine für den Abschuß des Flugzeugs plädiert habe, während die andere so tun wollte, als existiere es überhaupt nicht. Das Problem habe sich schließlich von selbst erledigt, die Maschine sei bei einer Notlandung in der äußeren Mongolei explodiert, alle Insassen seien verbrannt.

Als ich Deng fragte, für welche Option er gestimmt habe, hob er wieder die Hand. Er habe, sagte er, weder für die eine noch die andere zu stimmen Gelegenheit gehabt, weil ich ihn wegen seiner Opposition gegen die Erhöhung der Fußgängergeschwindigkeit bereits aus dem inneren Führungszirkel verbannt hatte. Der »Zweite Drache« habe ihn dann rehabilitiert, doch als die Roten Garden bei ihrer Jagd auf alte Parteikader nicht mehr zu bändigen gewesen seien, habe man auch ihn zum Niederknien vor einem Revolutionstribunal, zur Selbstkritik und zum Tragen des Schandhuts gezwungen und mitsamt seiner Familie für dreieinhalb Jahre in ein Umerziehungslager eingewiesen. Dort sei er ergraut, fügte er mit seinem eisernen Lächeln hinzu, und habe die seither von allen Parteiveteranen geübte Sitte angenommen, sich die Haare schwarz zu färben. Das und die schließlich von den Spitzen der Partei und insbesondere der Volksbefreiungsarmee für notwendig erachtete Rückkehr zur Ordnung hätten zu seiner zweiten Rehabilitierung und ihn erneut ins Politbüro geführt, in dem er sich allerdings im Hintergrund zu halten gedenke.

»Wer ist der neue Vorsitzende?« fragte ich.

»Genosse Hua Kuo-feng.«

Ein grauer Apparatschik, an dem ich mich kaum erinnern konnte, für diese verworrene Situation vielleicht aber die richtige Zwischenlösung. Besser zumindest, als wenn die unberechenbare Jiang Qing oder einer ihrer Gefolgsleute ans Ruder gekommen wäre. Darüber, daß der Große Steuermann in China niemals eine Frau seine dürfe, war ich mir mit Deng einig. Er erzählte von fatalen Mißgriffen, die sie sich in der Hochphase der Kulturrevolution geleistet hatte. So hatte sie Pläne unterstützt, die Verbotene Stadt mit ihren 9999 Räumen abzureißen und durch 9999 hölzerne Latrinen zu ersetzen. Auch wurde die gesamte Aluminiumindustrie lahmgelegt, weil sie zwei Milliarden Anstecker mit meinem Konterfei pressen ließ, was Deng bei nur einer Milliarde Einwohner für übertrieben hielt. Sie veranlaßte ein Druckverbot sämtlicher belletristischer Werke, so daß in den Buchhandlungen des Landes außer den unsterblichen Werken von Ma mit dem Rauschebart nur noch meine eigenen in den Regalen standen, einschließlich der Revolutionsopern, die sie zusammen mit dem »Zweiten Drachen« verfaßt hatte und auf sämtlichen Bühnen spielen ließ, auf diese Weise mein literarisches Werk durch die Ergüsse zweier Provinzschauspieler schändend. Nach dem Tode ihres Komplizen, dem sie sich so schamlos in die Arme geworfen hatte, strebte sie, unterstützt von drei weiteren Abenteurern, derart vehement an die Macht, daß man die »Viererbande«

(wie ich Deng sie zu benennen vorschlug) sowie andere verdächtige Elemente verhaftete und wegen Sabotage des Fünfjahresplanes unter Anklage stellte.*

Ich erklärte mich damit einverstanden und lenkte dann das Gespräch auf zukunftweisende Themen. Deng blieb in allen Äußerungen ausgesprochen vage, und als er auf meinen Vorschlag, die Volkskommunen auf 72 Mitglieder zu reduzieren, mit »Man kann es tun, man kann es aber auch lassen« antwortete, wußte ich, daß ich mit ihm nicht nur einen äußerst hartnäckigen Widersacher, sondern auch meinen wahrscheinlichen Nachfolger vor mir hatte.

Dann erörterte ich die Frage, was mit den überzähligen Mao-Ansteckern geschehen solle. Für mich war die natürliche Konsequenz, daß man die Einwohnerschaft verdoppeln und dazu eine Kampagne zur Förderung der Zehn-Kind-Familie ausrufen müsse. Dengs Einwand bezüglich der jetzt schon schwierigen Ernährungssituation begegnete ich mit dem Verweis auf die grandiose Möglichkeit, unsere Revolution zu exportieren, indem wir das überschüssige Menschenmaterial

* Während des im November 1980 beginnenden Prozesses wurde Jiang, wie ihr Mitverschwörer Chang, zum Tode verurteilt, was gegen den Willen der beiden »auf Bewährung« ausgesetzt wurde. Nach vier Jahren im Gefängnis stand sie unter Hausarrest. Nachdem sie im März 1991 in ein Krankenhaus eingeliefert worden war, erhängte sie sich an zusammengeknoteten Taschentüchern und hinterließ folgende Notiz: »Vorsitzender, deine Schülerin und Mitstreiterin kommt, um dich zu sehen.«

als Blumenverkäufer, Gastronomen und Musikstudentinnen in die Erste Welt schickten, wo sie weniger auffallen würden als etwa die eingewanderten Dunkelwald- und Sandmenschen, weil sie ein lautloses Auftreten und das Senken ihrer Blicke gewohnt waren.

Diesen Vorschlag schien er beherzigen zu wollen. Als ich aber erfuhr, daß er statt der Zehn-Kind- die Ein-Kind-Politik betrieb, wurde mir seine ganze Perfidie klar. Wie die weiteren Ereignisse zeigten, konnte es sich dabei nicht um einen Verständigungsfehler* handeln, sondern nur um die bewußte Hintertreibung meiner Absichten. Anstatt die Volkskommunen neu zu ordnen, schaffte er sie ganz ab und ließ wieder privaten Ackerbau und die Rückkehr zu veralteten familiären Strukturen zu. Anstatt den Menschenkot durch Schweinemist zu ersetzen, förderte er die Düngemittelindustrie und schuf aus diesen und anderen fadenscheinigen Gründen sogenannte Sonderwirtschaftszonen, in denen er den Kapitalismus nach China zurückholte. Er versuchte das mit einem Propagandafeldzug zu legitimieren, der, alle meine Ideale verratend, postulierte, man könne einen Strom nicht nur schwimmend durchqueren, sondern auch, indem man sich langsam »von Stein zu Stein« taste.

* Theoretisch wäre dies möglich, weil *yi* (eins) und *shi* (zehn) sich klanglich ähneln, doch schließe ich mich Mao Tse-tungs Interpretation an.

Dieser erbärmliche Salzwassermolch! Um ihn deshalb zur Rede zu stellen, verspeiste ich einige Monate später meine nächste Zwiebel, doch so intensiv ich mir Dengs kümmerliche Gestalt auch vorstellte, sie erschien nicht! Sollte er plötzlich ebenfalls das Zeitliche gesegnet haben? Nein, denn kurz darauf sah ich ihn im Nahsehbecken mit widerlichem Pomp eine neue Universität eröffnen. Da ich auch andere Genossen der Parteiführung nicht herbeizitieren konnte, bin ich überzeugt, daß in ihr eine konfuzianische Clique die Macht ergriffen hat und durch einen Gegenzauber die Kontaktaufnahme mit ihrem ehemaligen Vorsitzenden verhindert.

Nun, ich habe mich damit abgefunden, mein Heimatland hinfort wie jedes andere, also als Feindesland zu betrachten, das nur im Rahmen des von mir inszenierten Weltchaos zu der allgemeinen Glückseligkeit geführt werden kann, die ich der gesamten Menschheit zugedacht habe. Da die chinesischen Sender ohnehin kaum Tierfilme bringen und mich sowie die Mehrzahl der äffischen Zuschauer außer mit Parteitagsreden in letzter Zeit mit Quizshows, Heiratsmessen, Karrieremagazinen und Werbespots langweilen, habe ich mich den ausländischen Kanälen zugewandt, um meine struktive Kraft an den Protagonisten der Weltpolitik zu erproben und diese in meinem Sinne zu lenken.

Die Schlacht um Moskau

Diese meine Arbeit erfordert ein hohes Maß an Feinfühligkeit und Geduld. Man muß sich die Erde als einen menschlichen Körper vorstellen, der sich wie ein Patient zum Zwecke seiner Heilung vor mir als seinem Arzt ausgestreckt hat. Zuerst habe ich gewissenhaft seinen Puls zu fühlen, ob er trocken oder schlüpfrig, seidenweich oder hart wie ein Reiskorn ist, und dabei die jeweiligen Jahres- und Tageszeiten zu beachten, welche, anders als die ewige gelbe Stunde um mich herum, im irdischen Leben ja weiterhin wechseln. Nach der Diagnose, die fiebrige Überhitzung, allgemeine Erlahmung, Geburtswehen, Hysterie oder paranoide Schizophrenie lauten kann, habe ich auf den Meridianen des Erdkörpers diejenigen der 365 Punkte herauszusuchen, die für eine Akupunktur aktuell am erfolgversprechendsten sind. Ich verwende das Bild der Akupunktur, weil sie im chinesischen Bewußtsein (seit man bei der Zähmung der Elefanten auf jene Stellen aufmerksam wurde, die sich am empfindlichsten gegenüber den Eisenstacheln zeigten) tief verankert ist. Um die Krankheit auf den Höhepunkt ihrer Krisis und damit ihrer endgültigen Heilung entgegenzuführen, muß ich die Nadeln entweder tief oder nur oberflächlich, mit einem herzhaften Schlag oder sanftem Druck an dem ausgewählten Punkt in die Haut treiben. Mit dem ausgewählten Punkt meine ich natürlich jene Persönlichkeit in verantwortlicher Position, deren Beschwörung und Beeinflussung mir in der jeweiligen Weltsituation am nützlichsten erscheint.

Allerdings ist der Faktor Mensch immer mit einer gewissen Unsicherheit verbunden. Ich habe lange gebraucht, um herauszufinden, welche Exemplare für eine Behandlung die geeignetsten sind und wie ich mit ihnen zu verfahren habe. Ja, ich mußte begreifen, daß, wie der Fall Deng schon andeutete, manche für meine Beschwörungen unzugänglich sind und ich nur über Umwege und deshalb in abgeschwächtem Maße auf sie einwirken kann. Ein extremes Beispiel dafür war die hindustanische Präsidentin Indira Gandhi. Als sie sich mehr und mehr an die Sowjetunion anschloß, hielt ich es für angebracht, sie zu einem vertraulichen Gespräch zu bitten, in dem ich unsere Streitigkeiten um ein paar Himalajagipfel und einen ewig grinsenden Dalai Lama beilegen und sie, eingedenk gemeinsamer buddhistischer Traditionen, zur Schmiedung einer panasiatischen Allianz überreden wollte. So intensiv ich aber, nach vorschriftsmäßigem Verzehr einer Zwiebel, die Nehru-Tochter in ihrem hellen Sari und dem Glitzerstein in der Nase zu imaginieren versuchte – der Nebel über dem Becken begann nur unangenehm zu stinken, und als er sich zu einer Gestalt zusammenballte, war es die einer weißen Kuh, die sich mit ihrer Zunge über die Nasenlöcher wischte, bevor sie, als Gipfel ihrer Mißachtung, ins Wasser einen grünen Kuhfladen platschen ließ, bei dem es sich, da er aus einem Scheinleib kam, zum Glück nur um Scheinkot handelte. Nun, sie wurde wenig später dafür bestraft, als zwei ihrer Leibwächter vom turbantragenden Stamme der Sikhs sie in ihrem Palast erschossen. Ich hatte nichts damit zu tun, denn, wie sich bei weiteren Versuchen herausstellte, die Unempfindlichkeit gegenüber meinen magischen Praktiken beschränkte sich nicht nur auf die Präsidentin Hindustans, sondern auf sämtliche Einwohner. Eine Zeitlang hielt ich sie deshalb für nichtirdischen Ursprungs, aber inzwischen bin ich anderer Meinung. Es gibt Völkerschaften, die derart dem Glauben und dem nur unwesentlich von ihm verschiedenen Aberglauben verfallen sind, daß sie durch mich unmöglich davon erlöst werden können. Neben den Hindustanern mit ihrer selbst vor Kühen und Affen nicht haltmachenden Verehrungssucht betrifft das große Teile der Sandmenschen, und unter ihnen insbesondere die Hebräer, die in ihrem sich jeder Vorstellungskraft entziehenden Alleingott wohl vor allem sich selbst anbeten. Letztere haben zwar durch ihren langen Aufenthalt unter den Piraten (wie ihn die Augenklappe ihres Führers Mosche Dajan bezeugt) viele von deren Eigenarten angenommen, doch in ihrem Kern sind sie störrische Wüstensöhne geblieben. Als ich jedenfalls Dajan zu einem Gespräch einlud, in dem ich ihm, verweisend auf die Verwandtschaft der hebräischen Kibuzzim mit den Volkskommunen, die Neuordnung des Nahen Ostens mit Hilfe einer Million chinesischer Rotgardisten sowie einer unbegrenzten Anzahl von Blumenverkäufern, Köchen und Konzertpianistinnen vorschlagen wollte, da erging es mir ähnlich wie mit Indira Gandhi – mit dem Unterschied, daß sich nach dem großen Gestank der Nebel zu rein gar nichts verdichtete.

Ich habe solche Fehlschläge zu akzeptieren gelernt. Man muß die der direkten Einflußnahme unzugänglichen Erdzonen ignorieren und darauf vertrauen, daß sie früher oder später vom Strudel der unter günstigeren Bedingungen initiierten Ereignisse mitgerissen werden. Es gab für meine Pläne schließlich wichtigere Territorien. Es gab vor allem das an unseren Nordgrenzen sich mächtig blähende Sowjetreich. Es als Papiertiger zu entlarven und seinem Zusammenbruch entgegenzuführen, das war mir seit den Demütigungen während meines Moskaubesuches ein tiefes Bedürfnis. Ich beschloß, es als eine Mißgeburt anzusehen, die vom Antlitz der Erde getilgt werden mußte.

Natürlich war dieser Erkenntnis ein langwieriger und häufig schmerzhafter Denkprozeß vorausgegangen, hatte ich doch meine ersten revolutionären Impulse von dem Anblick junger, über den Roten Platz paradierender Sowjetsoldaten empfangen: Es war in einem dunklen, opiumgeschwängerten Kinosaal in Shanghai, wo ich an der Seite der damals noch taufrischen Jiang Qing sie in der Rolle der Teeköchin »Jasminblüte« bewundern wollte, als mich in der Wochenschau die teils in vollendetem Gleichschritt marschierenden, teils berittenen, teils auf Lastwagen salutierenden Rotgardisten verzauberten und in mir die Vision heraufbeschworen, auch ich würde eines Tages an der Spitze solcher Truppen über den Tiananmen-Platz paradieren. Sofort ließ ich für mich und meine Mitstudenten ähnliche Uniformen schneidern, große rote Sterne auf den Mützen anbringen (die durch das Ungeschick des Schneiders allerdings nicht zipfel-, sondern ballonförmig ausfielen), und übte mit ihnen unter flatternden roten Fahnen den Gleichschritt. Daß die Sowjets die rote Farbe der Sonne und des Blutes, die in China allein dem Himmelssohn vorbehalten war, zu der ihren und damit auch der unseren gemacht hatten, verursachte in mir ein Gefühl tiefer Verbundenheit.

Der Gleichschritt wiederum ist die Bedingung jeden Fortschritts, ohne den kein Rückschritt denkbar wäre. Denn wie schon der Name *Re*volution besagt, ist diese immer der Versuch, ein sich zu schnell drehendes Rad zu bremsen, aufzuhalten oder, am besten, von dem Wagen abzuspringen, der dem Abgrund entgegenrast, und sich wieder auf seinen Füßen fortzubewegen. Alle revolutionären Bewegungen, auch die derzeitige der muselmanischen Sandmenschen, haben das Ziel, unkontrollierbar gewordene Beschleunigungen zu stoppen, in unserem Falle jene durch die salzaquarianische Veränderungs- und Erfindungswut hervorgerufene, und ein Reich der Dauer zu errichten, wie es bisher nur dem alten China gelungen war.

In seiner ganzen Konsequenz wurde mir das während meines ersten Besuches der Sowjetunion bewußt, auf den ich in diesem Zusammenhang noch einmal zurückkommen muß. Ich absolvierte ihn im Jahr 1949 alter Zeitrechnung.* Da ich den Transport in einer durch ihr Gedonner den Himmel entweihenden Blechzigarre namens Flugzeug verabscheue, reiste ich mit einem Sonderzug bis zur sowjetischen Grenze. Durch dessen Fenster konnte ich statt nichtssagender Wolken die prachtvollen Gestalten unserer Volksbefreiungsarmisten betrachten, die mir in einem lückenlosen Kordon den Abschied erleichterten. Nichts davon mehr auf der anderen Seite der Grenze. Aus den Sowjetzugfenstern waren lediglich Krüppelkiefern und Birken zu sehen und, als diese ausblieben,

* Ein zweiter fand 1957 statt – es blieben Maos einzige Auslandsreisen. Als junger Kommunist sollte er zu einem Studienaufenthalt nach Paris delegiert werden, schützte aber, wie stets in solchen für ihn unangenehmen Situationen, Krankheit vor. In Wahrheit war er zum wiederholten Male beim Erlernen einer fremden Sprache gescheitert.

ein endloses Landmeer, dessen Ruhe durch keinerlei menschliche Aktivität gestört wurde. Was an Gutshäusern, Klöstern, hölzernen Kirchlein und Sägewerken einmal existiert haben mochte, hatte sich als Ruinen wieder dem ewigen »Stirb und werde« der Natur anvertraut. Das diente mir als leuchtendes Beispiel, sich bei der Liquidierung der Vergangenheit nicht auf deren persönliche Repräsentanten zu beschränken, sondern ihre materielle Hinterlassenschaft mit einzubeziehen. Menschen pflanzen sich von selbst fort, was bei Kirchen, konfuzianischen Tempeln, Büchern, Bildern und Skulpturen nicht der Fall ist. Mit ihnen vernichtet man das kollektive Gedächtnis, die Maßstäbe, an denen sich künftige Generationen von Reaktionären wieder aufrichten könnten.

Auch in Moskau wurde deutlich, daß die Sowjetunion hinsichtlich des Fortschritts zum Rückschritt neue Maßstäbe gesetzt hatte. Auf der Fahrt zum Leninschen Mausoleum passierten wir ganze Straßen mit verfallenen Häusern der ehemaligen Machthaber, zwischen denen sich, häufig schwankend, das städtische Proletariat fortbewegte, und zwar weniger vor Hunger, sondern weil es seinen Durst mit der als Wodka bekannten Spirituose gelöscht hatte. Anders als in China, wo der Alkoholdurst vor allem die gern das Spiegelbild des Mondes umarmende Literatenkaste kennzeichnete, hatte er hier im gesamten Volk epidemische Ausmaße angenommen. Sicher eine Folge der Wasserarmut dieser ungeheuren Landmasse, die meine Zweifel an den Siegesaussichten des Sozialismus in diesem Lande verstärkte. Erste Bedenken waren mir schon auf der Zugfahrt gekommen, als ich auf den wenigen Bahnstationen die Verschiedenartigkeit der hiesigen Bevölkerung bemerkt hatte, von der Teile mit zottigen Fellmützen und -umhängen, andere mit Strohhüten, bestickten Filzkappen und den unterschiedlichsten Turbanen bekleidet waren. Entgegen der aus strategischen Gründen auch von mir lange Zeit vertretenen Propaganda über den Internationalismus der kommunistischen* Bewegung, hat sie nämlich nur dort dauerhaften Erfolg, wo sie von starken nationalen Impulsen gesteuert wird. Das war in Kambodscha und Albanien nicht anders, als es in Korea ist, und auch in China siegten wir, weil eine ethnisch homogene Bevölkerung in uns ihre unerbittlichsten Verteidiger gegen die haarigen ausländischen Teufel sah. Bevor ich Kommunist wurde, war ich Nationalist und bin es, trotz Deng Xiaopings Machenschaften, in meinem Herzen geblieben. In den Salzwasserländern war es häufig umgekehrt, trotzdem ist es mir unerklärlich, wieso man den Nationalsozialismus so unbarmherzig diffamieren und damit unsere Bewegung spalten

* Mao gebraucht die Begriffe *gongchanzhuyi* (Kommunismus) und *shehuizhuyi* (Sozialismus) alternativ, ohne daß sich die damit bezeichneten Inhalte deutlich unterscheiden ließen.

konnte. Andererseits müssen wir dem Genossen Hitler dankbar sein, daß er sich als Sinnbild alles Bösen, Widernatürlichen und Verdammenswerten zur Verfügung gestellt und uns scheinbare Internationalisten damit aus dem Scheinwerferlicht nachträglicher Schuldzuweisungen genommen hat. Zwar kann er es hinsichtlich der von ihm liquidierten Menschenmassen durchaus mit mir und Stalin aufnehmen, doch was sind die lächerlichen zwölf Jahre, die er sich an der Macht hielt, gegen ein das gesamte Jahrhundert prägendes Lebenswerk wie das meine. Insofern bereitet mir das Gerücht, er sei nur scheintot gewesen und arbeite an seiner erneuten Machtergreifung, keinerlei Sorgen.* Möge er auch auferstanden sein: ich war nie tot und werde diesen Vorsprung zu nutzen wissen, indem ich mit ihm koaliere oder ihn endgültig in das Jenseits befördere.

Aber zurück nach Moskau. Nach dem mir widerwärtigen Anblick des einbalsamierten Lenin fuhren wir durch die Finsternis der von keinerlei Lampenschein behelligten Straßen. Die Strommasten waren ohne Leitungen, wie ich im flackernden Licht einiger Lagerfeuer erkennen konnte, an denen Nomaden sich ihre

* Zweifellos hat Mao einen Bericht über das Erscheinen des Romans *Er ist wieder da* gesehen und wußte ihn nicht als literarische Fiktion einzuordnen. Damit ist auch eine Datierung dieser Passage möglich: sie muß nach 2011 entstanden sein.

Hände wärmten. Doch dann, als wir auf eine breite Allee einbogen, tauchte an deren Ende ein aus allen Fenstern glorienhaft strahlendes schloßartiges Gebäude auf. Als ich meine Dolmetscherin (zu der man aus Niedertracht eine besonders häßliche und alte Matrone ernannt hatte) fragte, wieso dieses Relikt der Vergangenheit überlebt habe, erklärte sie mir, es handele sich um das Große oder »Bolschoi«-Theater, in dem sich nicht mehr der Klassenfeind, sondern das gesamte Sowjetvolk an Gesangs- und Tanzdarbietungen erfreue. Nun, ich kannte dieses alberne Herumgehüpfe auf Zehenspitzen von einem Gastspiel in Peking und war deshalb erleichtert, als man mich noch vor dessen Beginn aus meiner Loge holte, weil der Genosse Stalin endlich nach mir verlangte. Was allerdings zuvor die Musikanten ihren merkwürdigen Streich- und Blasinstrumenten für Klänge entlockt hatten,* erregte durchaus mein Wohlgefallen und war einer der Gründe, weshalb ich dem erstaunten Deng Xiaoping vorschlug, unsere jugendlichen Geheimagenten zum Studium der Salzwassermusik nach Europa zu entsenden.

Über mein Gespräch mit Stalin habe ich schon berichtet und dem nichts hinzuzufügen. Als das Politbüro nach dem Tod seines stählernen Führers

* Es dürfte sich um das Stimmen der Instrumente gehandelt haben, das den afro-asiatischen Gästen stets am besten gefiel.

einen allzu fleischernen in Gestalt von Nikita Chruschtschow an seine Spitze wählte, war für mich der Zeitpunkt zur Beendigung jeder Vormundschaft gekommen. Auf der Konferenz der kommunistischen Parteien, zu der ich mich noch einmal nach Moskau bequemen mußte, schleuderte ich den Gastgebern »Der Ostwind überflügelt den Westwind« entgegen, damit ein für allemal dokumentierend, daß aus dem einstigen »Höhlenmarxisten«* der legitime Führer der Weltrevolution geworden war. Der Nichtraucher Chruschtschow wollte das natürlich nicht akzeptieren. Unsere Gespräche in Peking waren wie die zwischen Huhn und Ente. Weder begriff er den versteckten Sinn der Kampagne »Laßt hundert Blumen blühen« noch die mobilisierende Kraft des »Großen Sprungs nach vorn«. Er wagte es sogar, seine sowjetischen Ingenieure mit dem Satz zu zitieren, chinesische Arbeiter seien Bagger auf zwei Beinen, und zurück in ihre Heimat zu beordern. Daß er uns zuvor die Baupläne für die sogenannte Atombombe überlassen hatte, konnte mich nur kurzzeitig beeindrucken. Seit er sich meinem Ratschlag verweigerte, die Kuba-Krise mit dem Abwurf dieser Bombe zu lösen, ist mir klar, daß es sich bei ihr um einen Papiertiger handelt und sie sowenig existiert wie die Atome selbst. Wer mir die Filmberichte über

* So hatte ihn Stalin tituliert.

Hiroshima und Nagasaki entgegenhält, weiß nichts von den Manipulationsfähigkeiten der modernen Propaganda. Sie verdanken ihre Existenz zweifellos einem Komplott der nordamerikanischen mit den nipponesischen Piraten, die auf diese Weise ein plausibles Kriegsende inszenieren und ein Bündnis gegen die Volksrepublik China schmieden konnten. Nie habe ich die Angst vor einem dritten Weltkrieg verstanden, wo doch die revolutionäre Bewegung ohne den ersten und den zweiten undenkbar gewesen wäre und aller guten Dinge drei sind. Ich wiederhole: ohne Zerstörung kein Aufbau! Und ich füge hinzu, daß Kämpfe, Schlachten, Kriege zu der dualistischen Natur des Menschen gehören wie das Yang zum Yin. Warum sonst wüten sie ununterbrochen in meinem Nahsehbecken, warum sonst tragen Zivilisten beiderlei Geschlechts tarnfarbene Armeekleidung, warum sonst ist sogar auf Kinderhemden das beliebteste Symbol der Totenkopf? Ja, man scheint auf dem Weg zur allgemeinen Barbarisierung sich des Tätowierens (das in China, neben dem Ohrenabschneiden, vor allem zur Kennzeichnung von Verbrechern diente) allein deshalb entsonnen zu haben, um sich mit Totenschädeln in den verschiedensten Verwesungsstadien zu schmücken. Der Mensch ist für den dauerhaften Frieden einfach nicht gemacht. Selbst wir Chinesen mußten erfahren, daß ohne kriegerische Reinigung die von Generation zu Generation angehäuften Torheiten in einen Zustand allgemeiner Degeneration mit suizidalen Tendenzen münden.

Um auf das Kapitel Chruschtschow zurückzukommen: es fand ein würdiges Ende mit seiner Absetzung durch die sowjetischen Genossen im Jahr 1964, bei der meine Einflußnahme unnötig war. Mit seiner Schuhklopferei einerseits, dem Gefasel von »friedlicher Koexistenz« und der Anpreisung des Maises (eines uramerikanischen und demzufolge kaum genießbaren Getreides) als »Wurst am Stengel« andererseits hatte er sich sein eigenes Grab geschaufelt. Und zwar eins auf einem zweitrangigen Moskauer Friedhof und nicht an der Kremlmauer, wo man seine Vorgänger und Nachfolger bestattete. Daß damit aber nicht auf einen grundsätzlichen Wandel der Sowjetpolitik zu hoffen war, wußte ich durch den von mir umgehend nach Moskau geschickten Genossen Tschu. Als ihm der betrunkene Verteidigungsminister Malinowski ins Ohr lallte, die Moskowiter hätten ihren Teil getan und sich ihrer alten Galosche Chruschtschow entledigt und nun sei es an den Chinesen, sich ihrer alten Galosche Mao zu entledigen, reiste mein getreuer Adlatus sofort ab und erstattete mir Bericht.

Ich nahm mir für meine Rache Zeit. Vorerst genügte es, durch den »Zweiten Drachen« die chinesische Ehre verteidigen zu lassen, indem unsere Truppen schießend untermauerten, daß eine im Ussuri gelegene Schilfinsel nicht Damanski, sondern Tschenpao genannt werden müsse. Die Sympathien der unterdrückten Völker flogen uns zu, insbesondere seit ihnen die bereits von mir ausgearbeitete Theorie über die Existenz der drei Welten unterbreitet wurde. Daß die Sowjetunion gemeinsam mit den USA zur Ersten Welt gehöre, die mit ihnen verbündeten Salzwasserstaaten zur Zweiten, wir Chinesen aber zu den Anführern der Dritten, wahrhaft revolutionären Welt gehörten, das verankerte sich tief im globalen Bewußtsein, auch wenn ich die Sachlage inzwischen anders beurteile. Gegenwärtig sehe ich die Existenz von nur noch zwei Welten, von denen die erste eine so übermäßige Zahl an Produkten fabriziert, daß sie die andere zwingt, sich auf deren Konsumtion zu beschränken, wobei die Grenzen zwischen beiden Lagern keineswegs mit den staatlichen übereinstimmen und somit ein weiterer Schritt zur allgemeinen Unordnung vollzogen wurde.

Wie dem auch sei: bis zur Eliminierung der Sowjetunion war es noch ein weiter Weg, der ohne meinen himmlischen Beistand nicht so zügig hätte beschritten werden können. Nachdem ich eine Zeitlang die Aktivitäten des wegen seiner Vierschrötigkeit mir unangenehm in Erinnerung gebliebenen Genossen Breschnew beobachtet hatte, suchte ich mir ein hübsches Zwiebelchen aus und beorderte ihn zu mir. Es gab keinerlei Probleme. Zuerst nahmen meine äußerst empfindlich gewordenen Geruchsnerven ein Aroma von durchschwitzter Unterwäsche und scharfem

Rasierwasser wahr, dann wallte der Nebel zu fast furchterregender Höhe auf, bevor er auf die Maße von Breschnews Feldwebelstatur zusammensank. Er grinste unangenehm, ich erwiderte das mit wohlwollendem Lächeln. Seine gewaltigen Brauen, die wirkten, als hätte man die beiden Hälften von Stalins Schnurrbart über seinen Augen angeklebt, erschreckten mich ob ihrer offensichtlichen Künstlichkeit keineswegs. Er hob sie erstaunt, als ich ihn für seine Doktrin über die eingeschränkte Souveränität der sozialistischen Vasallenstaaten und den Einmarsch seiner Truppen in Prag lobte. Solches Entgegenkommen hatte er wohl nicht erwartet, aber ich machte ihm klar, daß China seine territorialen Ansprüche mit der Abtretung der umstrittenen Ussuriinsel als erfüllt betrachten und ihm in seiner Nachbarschaft freie Hand lassen würde. Auf die uns Chinesen völlig fremde Landgier meines Gastes bauend, lenkte ich seine Aufmerksamkeit weg von den undankbaren Europäern, hin zu den Südgrenzen seines Imperiums.

»Hier, am Hindukusch, erwarten euch ungeahnte Möglichkeiten«, raunte ich Breschnew zu. »Das friedliche Bergbauernvolk der Afghanen sehnt sich schon lange danach, von den Fesseln des Islam befreit und den Segnungen des Sozialismus teilhaftig zu werden.«

Seine Kunstbrauen zogen sich zusammen.

»Ich dachte, ihr hättet selbst ein Auge darauf geworfen.«

»Aber wo denkst du hin, Genosse Breschnew! Erinnere dich an die Landkarte. Zwischen uns und Afghanistan liegen Pakistan und vor allem das Reich dieser heiligen Kuh Indira Gandhi.«

Ich überzeugte ihn, daß ich das unbekehrbare Hindustan als natürlichen Grenzwall betrachtete, hinter dem jeder von uns seinen eigenen, untereinander wohlabgestimmten Interessen nachgehen könne. Und um wieviel näher er der Erfüllung des alten moskowitischen Traums vom Erreichen des Indischen Ozeans käme, wenn er erst in Kabul einmarschiert wäre!

»Nun, wir haben eine starke kommunistische Fraktion in der dortigen Armeeführung und mit dem Genossen Taraki einen Mann, der durchaus fähig zu einem Militärputsch wäre. Aber was passiert, wenn sich die Bergbauern als widerspenstig erweisen?«

»Dann soll Taraki ihre Dörfer bombardieren! Und natürlich müßt ihr einen sowjetisch-afghanischen Beistandspakt abschließen, damit ihr nach einem entsprechenden Hilfeersuchen eure unbesiegbaren Bodentruppen in Marsch setzen könnt.«

Sein Gesicht in nicht zu bezähmender Vorfreude in die Breite ziehend, antwortete der Bauerntölpel: »Ich werde es mir überlegen.«

Das Resultat ist bekannt. Seine Überlegungen gipfelten in der exakten Befolgung meines Planes, der die Entfesselung eines mörderischen Bürgerkrieges vorsah, in dem die ruhmreiche Rote Armee auf verlorenem

Posten stand. Die friedlichen Berghirten entpuppten sich als kampferprobte Mudschaheddin, die, ausgerüstet mit meinen Ideen über den Guerillakampf und den Waffen der Amerikaner, den Sowjets eine blutige Niederlage nach der anderen bereiteten. Wie geplant war es mit der sogenannten Entspannungspolitik vorerst vorbei, und der Islam wurde zu jenem von mir erwünschten Erfüllungsgehilfen im Streit mit dem Abendland, der die mangelnde Kampfbereitschaft des China unter Deng Xiaoping ersetzte. Im Hindukusch war es, wo ein gewisser Osama bin Laden, in meinen Fußstapfen wandelnd, seine bärtigen Partisanen rekrutierte. Von Pakistan und dem Iran der Mullahs aus schwappte die Welle der heiligen Kriegsbegeisterung über die Grenzen der Sowjetunion hinaus bis in deren südliche Republiken und zu den tapferen Völkern des Kaukasus, so daß die Sowjetarmee an ihren Rückzug denken mußte, um Ordnung im eigenen Land zu schaffen.

Zu diesem Zeitpunkt war Genosse Breschnew bereits dem Weg zahlreicher seiner Soldaten ins Totenreich gefolgt und an der Kremlmauer bestattet worden. Seine beiden Nachfolger, durch jahrzehntelange Geheimdienstarbeit entkräftet, folgten in kurzen Abständen, wie ich überhaupt in jenen Jahren Gelegenheit hatte, zahlreiche Bestattungen von Staatsoberhäuptern zu beobachten. In diesem Zusammenhang bestätigten sich die Vorteile der Volksdemokratien gegenüber den gewöhnlichen. Während alle kommunistischen Führer eines friedlichen Todes starben, wurden in Staaten, in denen die Bevölkerung ihre Repräsentanten frei wählen durfte, diese von unzufriedenen Teilen jener reihenweise umgebracht. Nicht nur Frau Gandhi aus Hindustan wurde Opfer eines Attentats, auch der Schwede Olof Palme auf dem Heimweg vom Kino, der Hebräer Rabin und der Ägypter Sadat, auf den bei einer Militärparade vorbeifahrende Artilleristen in dem Augenblick das Feuer eröffneten, als über die Köpfe der Menge Düsenjäger donnerten. Nicht zu reden vom Vereinigten Amerika, wo jeder Bewohner das Recht hat, mit seiner ihm verfassungsmäßig zustehenden Schußwaffe ein ihm mißfallendes Wahlergebnis zu korrigieren. Nachdem zwei Kennedy-Brüder beseitigt worden waren, wurde der frischgewählte Schauspieler Reagan mit sechs Schüssen aus dem Revolver eines in seine Gattin verliebten Autohändlers in seinem Amt begrüßt. Noch knapper entging der neue Papst, ein Pole, dem Tod. Der »Heiliger Vater« präsentierte sich seinen Kindern seitdem nur noch in einem schußsicheren Glasgefährt.

Ganz anders in der Sowjetunion. Dort schritten bei jeder Beerdigung die hinterbliebenen Genossen völlig unbehelligt über den Roten Platz. Als ich hinter dem vorläufig letzten Sarg, dem des Genossen Tschernenko, einen Mann allein an der Spitze des Trauerzuges gehen sah, wußte ich, mit wem ich es in Zukunft zu tun haben würde. Aus Pietät trug Michail Gorbatschow keine Pelzkappe und zeigte der Öffentlichkeit erstmals seinen runden, wenig behaarten Schädel, auf dessen Vorderteil ich unschwer eine Hautverdunkelung mit den Umrissen der Volksrepublik China ausmachen konnte.* Meine Hoffnungen in bezug auf seine Person sollten mich nicht trügen. Das Kainsmal, das er auf seiner Stirn trug, war das der moskowitischen Revolution, nämlich das einer übertriebenen Kopflastigkeit infolge ihrer Herkunft aus der Intellektuellenbewegung vom Anfang des vorigen Jahrhunderts. Auch wenn sie in den Physiognomien seiner Vorgänger nicht mehr ablesbar gewesen war, hatte es diese Tradition weiterhin gegeben und kam mit Gorbatschow wieder zum Durchbruch. Anders als in China, wo der Staat seit jeher von Gelehrten und Literaten beherrscht wurde, fühlte sich die »Intelligenzija« im Zarenreich unterdrückt und strebte gewaltsam an die Macht. Die proklamierte »Diktatur des Proletariats« war, schon weil es sich bei diesem um ausgesprochene Mangelware handelte, in Wirklichkeit eine Diktatur verkrachter Intellektueller und entsprechend lebensfremd. Anders als die moskowitische war unsere Revolution keine gegen die Bauern, sondern eine mit ihnen und als solche vor intellektuellen Verstiegenheiten relativ sicher. Unter den 800 führenden Kämpfern, die den Bürgerkrieg überlebt hatten

* Eine Folge des grauen Stars, an dem Mao in seinen letzten Lebensjahren zu leiden begann und der ihn wohl auch im neunten Himmel nicht verlassen hat. Jeder sah in Gorbatschows Stirnmal das, was er zu sehen wünschte.

und danach die Geschicke des Landes leiteten, gab es durchaus einige mit höherer Schulbildung, aber kaum einen, der die pragmatische und durchaus der Dialektik fähige Denkweise der chinesischen Landbevölkerung vermissen ließ. Gorbatschow hingegen knüpfte wieder an die Zeiten freiheitlicher Illusionen und der Neuen Ökonomischen Politik an, indem er der todkranken Gesellschaft Medikamente mit den wohlklingenden Namen »Glasnost« und »Perestroika« verschrieb. Erstere bedeutet, wie das Wort »Glas« nahelegt, die Durchsichtigmachung der politischen Prozesse durch öffentliche Diskussionen in Zeitungen und Versammlungen, letztere den Umbau der Wirtschaft in Richtung des Leistungsprinzips, der Eigeninitiative und anderen marktwirtschaftlichen Unfugs. In dieser Hinsicht hatte sein Programm gewisse Ähnlichkeiten mit dem Deng Xiaopings, nur daß der viel zu schlau war, um es durch die Einführung der Presse- und anderer Freiheiten zu gefährden. Die Chinesen entdeckten ihre so schwer ausrottbare Liebe zur Arbeit wieder, während die Sowjetbürger ein Glas Nost nach dem anderen leerten und den Umbau des Wirtschaftslebens in dem Sinne vorantrieben, daß sie es auf die Stufe eines ungebremsten Gastwirtschaftslebens erhoben.

Da mir dieser Prozeß zu langsam ging, beschloß ich, dem Genossen Gorbatschow unter die Arme zu greifen und ihn zu mir zu bitten. Als ich den scharfsüßen Zwiebelgeschmack am Gaumen spürte, fiel mir ein, daß sich der Generalsekretär oft mit seiner aparten Gemahlin filmen ließ und ich diese gern etwas näher begutachten würde. Und siehe da, der bereits aufwallende Nebel teilte sich und nahm auf der einen Seite eine zartrosa Färbung und schließlich die Formen der reizenden Raissa an, indes die andere sich zum Genossen Gorbatschow konfigurierte. Wahrscheinlich kamen sie aus der Sauna, denn beide trugen Bademäntel.

»Setzt euch doch«, sagte ich und gestattete ihnen, ihre Beine vom Beckenrand aus ins Wasser hängen zu lassen. »Es ist das Wasser der Ewigkeit. Nun, wie gefiele es euch, ebenfalls unsterblich zu werden?«

Raissa Gorbatschowa blieb stumm, ihr Gatte aber antwortete mit der Geistesgegenwart eines immer im Dienst befindlichen Parteiführers. »Ich begnüge mich mit der Unsterblichkeit, die ich im Gedächtnis der Menschheit durch unermüdliche Arbeit erlangen kann.«

»Sehr gut. Ein Anfang ist ja schon gemacht, indem du die Sowjetsoldaten aus dem Hindukusch zurückgeholt hast. Wie geht es ihnen?«

»Nun, sie ... «

»Sie trinken«, fiel ihm Raissa ins Wort.

Sie gefiel mir ausnehmend gut in ihrem weißen Bademantel.

»Ja, das ist ein Problem ...«, pflichtete ihr Gorbatschow bei und verfiel in einen seiner endlosen Monologe, deren seine Landsleute bald überdrüssig werden sollten. Ich begriff nur, daß der Mann von einer wilden Gedankenflucht heimgesucht wurde, deren einzelne Bestandteile zu rekonstruieren ich weder fähig noch willens bin.

»Gut, was es mit der Glasnost auf sich hat, habe ich verstanden«, unterbrach ich ihn, »wie steht es aber um die Perestroika?«

»Man muß das im Zusammenhang betrachten. Das eine ist ohne das andere undenkbar und wird nur gelingen, wenn wir in den Sowjetbürgern das Bewußtsein wecken, Individuen mit Selbstverantwortung zu sein, die ihr Land nur umgestalten können, wenn …«

In diesem Moment wußte ich, daß Genosse Gorbatschow verloren war. Wer das Volk nicht als Masse wahrnehmen und behandeln kann, hat in der Politik, zumal in der sozialistischen, nichts zu suchen. Seine Gemahlin schien das übrigens ähnlich zu sehen.

»Aber wenn dieses Individuum seine Rente nicht ausgezahlt bekommt und sogar nach Brot Schlange stehen muß«, warf sie ein, »dann kannst du ihm mit deiner Perestroika gestohlen bleiben. Und es säuft mehr als zuvor!«

Mit ihrem untrüglichen weiblichen Instinkt hatte sie den zentralen Punkt der Problematik getroffen. Er war zugleich der archimedische Punkt, an dem ich meinen Hebel ansetzen und das Sowjetimperium aus den Angeln heben konnte.

»Der hohe Alkoholkonsum«, gab ich mit besorgter Miene zu bedenken, »scheint tatsächlich das Haupthindernis auf dem Weg in eine bessere Zukunft zu sein. Wie wäre es, wenn man die Alkoholpreise drastisch erhöhte und gleichzeitig eine Kampagne gegen das Wodkatrinken, gegen Disziplinlosigkeit und Schlamperei am Arbeitsplatz startete?«

»Ein interessanter Gedanke«, meinte Genosse Gorbatschow und fügte, als er sich abrupt vom Beckenrand erhob, hinzu: »Und in der Sowjetarmee werde ich das Saufen vollständig verbieten!«

Das letzte, was ich von meinen Gästen hörte, war ein unhübsches Lachen von Raissa Gorbatschowa.

Wie ich erwartet hatte, stürzte die Anti-Alkohol-Kampagne die Sowjetunion vollends in die Konfusion. Die zivilen Moskowiter begannen sich ihren Wodka aus Kartoffelschalen, Brotresten, Baumrinde und was sie dafür sonst noch tauglich fanden, selbst zu destillieren und soffen sich damit, wenn sie nicht an Methanolvergiftung zugrunde gingen, mit der ihnen eigenen Inbrunst um den Verstand. In der Armee führte das Alkoholverbot dazu, daß man sich an den Tankinhalten der Panzer und vor allem der Flugzeuge gütlich tat, außerdem konnte ein junger deutscher Amateurflieger in den sowjetischen Luftraum eindringen und ungehindert nahe des Roten Platzes landen, weil die Abfangjäger wegen Benzinmangels am Boden bleiben mußten. Dieser etwas labile junge Mann namens Michael Rust, kann ich jetzt gestehen, wurde von mir rekrutiert, als ich ihn (mittels eines Verfahrens, auf das ich später zurückkommen werde) auf einem kleinen Flugplatz bei Stockholm um seine Maschine vom Typ Cessna-172 P eirren sah. Vor mich zitiert, bekannte er, daß er wegen einer unglücklich verlaufenen Liebesgeschichte dabei sei, zum Nordpol aufzubrechen und sich mitsamt seinem Flugzeug auf diesen zu stürzen. Ich brauchte meine ganze Beredsamkeit, um ihn von diesem Gedanken abzubringen und statt dessen auf den Weg nach Osten zu schicken, womit er, wenn er mit einer Landung auf dem Roten Platz seine Unterstützung von Gorbatschow dokumentierte, deutlich mehr Aufsehen erregen würde.

Diese Blamage überlebte die Sowjetmacht nicht lange. Nachdem sich die Militärs von dem Schlag erholt hatten, nahmen sie auf der Ferienhalbinsel Krim den Genossen Gorbatschow gefangen und versuchten in einem Putsch die Macht an sich zu reißen, was jedoch von der aufgebrachten Bevölkerung verhindert wurde. In Moskau stellte sie sich den Schützenpanzern entgegen und setzte einen Alkoholiker namens Boris Jelzin an die Spitze des nun für unabhängig erklärten Rußlands. Ich konnte in Ruhe die weitere Entwicklung abwarten.

Deutschländische Verwicklungen

Daß ich diese Aufzeichnungen der Nachwelt übergeben und mich in den folgenden Kapiteln auf ausführliche Protokolle stützen kann, habe ich Bruder Rothand zu verdanken. Zu seiner Sekretärsarbeit kam es folgendermaßen.

Ich gebe zu, daß mich der Anblick der charmanten Raissa Gorbatschowa mit einer immer stärker werdenden Sehnsucht nach weiblicher Gesellschaft infizierte. Hinzu kamen die das Nahsehbecken überschwemmende Flut erotischer Filme sowie das davon unabhängige Treiben der Greifarmaffen, das sich, wie es für eine gut funktionierende Gemeinschaft notwendig ist, vor allem durch eine hohe sexuelle Aktivität auszeichnete. Irgendein Paar kopulierte immer! Sobald irgendeine Streitigkeit aufflammte, etwa um eine Avocado, eine Banane oder wer von wem gelaust werden wollte, reckte ein Weibchen dem Streithahn sein rotes Hinterteil entgegen und gab ihm durch die Entladung seines Lebenssaftes seine heitere Ruhe zurück.* Abgesehen

* Dieses Verhalten mitsamt den damit verbundenen matriarchalen Strukturen ist bisher nur von den afrikanischen Bonobos bekannt. Auch in dieser Hinsicht muß also die Zoologie umgeschrieben werden.

von den mit meiner Himmelfahrt erloschenen sexuellen Bedürfnissen, waren diese Akte viel zu kurz, beiläufig und gewohnheitsmäßig, um mich zu erregen – sie ähnelten einem Händeschütteln im Vorbeigehen. Doch sie reichten aus, in mir gewissermaßen die Sehnsucht nach der Sehnsucht, das Verlangen nach meinem abhanden gekommenen geschlechtlichen Verlangen zu verstärken. In dieser Lage konnte es nicht ausbleiben, daß in mir wiederholt das Bild von Zhang Yufeng, der holden Schlafwagenschaffnerin, aufstieg. Lebte sie noch? Hatte sie die Säuberungen der Kulturrevolution überstanden, womöglich an der Seite des inzwischen in einem Glassarg liegenden »Zweiten Drachen«? Oder war sie verheiratet?

Ich griff zu einem besonders zarten Exemplar von Zwiebel. Und noch bevor ich sie vollständig verschluckt hatte, konnte ich mit Freuden erkennen, wie ein veilchenfarbener Dampf sich über dem Becken zusammenballte, langsam die Formen meiner letzten Geliebten annehmend. Anscheinend von mir aus dem Schlaf geholt, trug sie ein Nachthemd. Zweifellos war sie älter geworden, doch für mich noch immer jenes Mädchen aus dem Schlafwagen, zu dem ich so oft unter die Decke gekrochen war, um mich an ihrem Hintern zu wärmen. Gerade wenn sie schlief oder sich schlafend stellte, hatte es mich besonders erfreut, in sie einzudringen, ihr immer deutlichere Töne des Entzückens zu entlocken und sie danach wieder in den Schlaf zu entlassen.

»Du hast ein neues Nachthemd«, sagte ich leise.

Sie gähnte, ohne die Augen zu öffnen. Bei dem tiefen Atemzug, den sie danach machte, zeichneten sich ihre nicht besonders üppigen, doch um so empfindlicheren Brüste deutlich unter der lila Baumwolle ab.

»Willst du nicht näher kommen?«

»Ach du, mein großer Lehrer ...«, hörte ich sie murmeln, »du bist doch nur ein Traum.«

Ihr Lächeln dabei berührte mich derart, daß ich so sehnsüchtig, wie kaum etwas anderes zuvor, wünschte, sie öffnete ihre maulbeerfarbenen Augen, ihr schlafwarmer Körper würde sich zugleich mit dem meinen materialisieren, sich das Nachthemd über den Kopf ziehen und auf mich zuschwimmen, um sich mit mir wie einst im Bassin des Regierungspavillons zu vereinigen. Völlig beherrscht von diesem Wunsch, sah ich keine andere Möglichkeit, als meine struktiven Kräfte zu verdoppeln, indem ich eine zweite Zwiebel aus dem Erdreich zog und sie ohne vorherige Säuberung mit Stumpf und Stiel verzehrte.

Die Folgen waren in jeder Hinsicht erschütternd. Der Scheinleib meiner Geliebten löste sich in einen nun nicht mehr veilchenfarbenen, sondern immer dunkler werdenden Nebel auf, der sich rasend schnell zu einer Art schwarzen Kugel verdichtete, bis sie mit lautem Knall explodierte – und Bruder Hängeohr vor mir stand, in schlackernder Uniform, in der seine Gliedmaßen vor Zorn bebten.

»Hast du meine Anweisungen vergessen?« donnerte er mich an.

»Welche denn?«

»Daß du immer nur eine Zwiebel essen sollst!«

Ich entschuldigte mich mit meinem nachlassenden Kurzzeitgedächtnis und der übergroßen Sehnsucht nach weiblicher Gesellschaft, die mich in der auf Dauer doch etwas eintönigen Ewigkeit des neunten Himmels übermannt hatte. Nachdem er mir eingeschärft hatte, nie wieder meine Dosis zu verdoppeln, da dies den sofortigen Hirntod zur Folge haben könnte, blickten seine Augen weniger grimmig.

»Du brauchst eine Ablenkung«, befand er und zog die drei Kleinodien aus den Innentaschen seiner Uniform. »Wie wäre es, wenn du deine Memoiren verfassen würdest?«

»Gut. Das machen schließlich alle Großen dieser Welt. Aber wie soll ich schreiben, wenn ich das Wasser nicht verlassen darf?«

Darum brauche ich mir keine Sorgen machen, meinte er und winkte einen schmächtigen Affenjüngling heran. Er war mir bisher dadurch aufgefallen, daß er sich an den allgemeinen Kopulationsritualen kaum beteiligte und sich gern abseits hielt. Häufig suchte er auch meine Gegenwart, konnte aber sein Bedürfnis, mich zu lausen, infolge meiner sparsamen Körper- und Kopfbehaarung nur unzureichend befriedigen. In diesem Zusammenhang machte ich übrigens eine aufschlußreiche Entdeckung betreffs der Hand der Primaten. Sie konnte nur ihre bekannte Geschicklichkeit entwickeln, indem sie fortwährend das Lausen übte, eine alleinige Eigenschaft von Menschen und Affen, und sie befähigte, die Kunst der Kalligraphie zu erlernen. Daß dies talentierten Vertretern der Greifarmaffen möglich ist, konnte ich alsbald beobachten.

»Das ist Bruder Rothand«, stellte mir der Mönch meinen neuen Sekretär vor. »Ihm kannst du deine Erinnerungen diktieren, er beherrscht meisterhaft den Kranichstil*.«

Darüber hinaus wollte ich ihn als Protokollant bei den Gesprächen mit meinen Gästen verwenden. Für sie eröffnete sich eine neue Perspektive, als der Daoist mir mitteilte, daß das irdische Geschehen immer flächendeckender von Überwachungskameras aufgezeichnet werde und er mir Zugriff auf deren Monitore verschaffen könne.

»Du brauchst dir nur einen bekannten öffentlichen Platz oder ein Gebäude vorzustellen und ›Hasch!‹ zu sagen – schon siehst du die entsprechenden Bilder.«

* Eine beonders altertümliche Schriftart, deren Zeichen an die Vogelspuren erinnern, aus denen die chinesische Schrift entwickelt wurde und bei deren Anblick die Dämonen zu flüchten pflegen. Sie zu entziffern bedeutete eine harte Arbeit, über die ich, wie auch über die Umstände, durch die das Manuskript in meine Hände geraten war, in dem Aufsatz »Die Shaoshan-Rolle. Ihre Herkunft und Bedeutung für die chinesische Linguistik« berichten werde.

»Kann ich auch die gefilmten Personen zu mir bestellen.«

»Natürlich. Aber immer nur eine Zwiebel essen! Wenn du nochmals eine zweite nimmst, löst du dich in Senfgas auf!«

Sich seinerseits in eine Nebelwolke verwandelnd, die talwärts über die Terrassenfelder glitt, ließ er mich mit Bruder Rothand zurück. Wie dieser, Papierrolle, Tusche und Pinsel umklammernd, mich mit traurigen, doch erwartungsvollen Augen ansah, erinnerte er an den jungen Lin Biao.

Wir wurden unzertrennlich. Auch als der Bruchpilot Rust durch das Blickfeld der Stockholmer Flughafenkameras hastete, sah mir mein Sekretär über die Schulter. Ich interessierte mich für Schweden, weil aus diesem mir bisher unbekannten Land einige Schriftsteller nach China gekommen waren und danach sehr erfreuliche Berichte verfaßt hatten. Ja, die Liebe zu unserer Volksrepublik war so stark, daß sie den chinesischen Nationalsport in ihrer Heimat einführten und Schweden im Pingpong schließlich die Weltmeisterschaften gewann. Nachdem ich verschiedene Monitore des Landes inspiziert hatte, wurde mir der Grund für diese Zuneigung klar.

Am meisten sehnt sich der Mensch doch immer nach dem, was er nicht hat und ist. Die Schweden etwa sind in der Regel großgewachsen und die Chinesen, wenn sie nicht nördlichen Distrikten entstammen, eher klein. Die Schweden sind ausgesprochen hellhäutig und -haarig, wir dunkel. Wir haben braune bis schwarze Augensterne, sie häufig blaue, die obendrein, wie wissenschaftliche Untersuchungen beweisen, zum allmählichen Verlöschen bestimmt sind. Sie sind sehr wenige Einwohner in ihrem unwirtlichen Land, was sie nicht hindert, ihren Ministerpräsidenten zu erschießen. Wir aber sind so viele, daß es auf einen mehr oder weniger nicht ankommt und es daher verständlich wird, wenn diese Unglücklichen ihre subpolare, durch den Kapitalismus unentrinnbar gewordene Einsamkeit mittels eines ideellen Bades in der rotchinesischen Menge zu ertränken versuchen.

Nachdem ich Michael Rust aufgestöbert und nach Moskau geschickt hatte, bekam ich Lust, mich in seiner Heimat und der des unseligen Otto Braun umzusehen. Besonders interessierte mich, ob die Berliner Mauer tatsächlich ihren Namen verdiente, mit dem sie den Ruhm der chinesischen zu verdunkeln wagte. Was mir die Überwachungskameras am Brandenburger Tor zeigten, ließ mich daran zweifeln. Unvorstellbar, daß diese von Scheinwerfern angestrahlten, lächerlich niedrigen Betonwände vom Weltraum aus zu sehen seien, wie es bei unserer Mauer der Fall ist. Von einer Kamera zur anderen ließ ich mich durch das dunkle Ost-Berlin führen, bis mir ein stattliches Gebäude gezeigt wurde, hinter dessen erleuchteten Fenstern sich Schatten bewegten. Ich schaltete mich hinein und landete im großen Lesesaal irgendeiner Universität, dessen Anblick bei mir sofort den obligatorischen Gähnkrampf auslöste. Mitleidig sah ich mit Hilfe der Kameras in die Gesichter der jungen Menschen, die ihre Hirne mit unnützen Formeln, Lehrsätzen und fremdländischen Vokabeln verstopften, während ich in ihren Jahren bereits mit den Hakkas auf Ausbeuterjagd gegangen war. Dabei verharrte mein Blick auf einer Studentin, deren Arbeitsplatz durch mustergültige Ordnung auffiel. Lineal, verschiedenfarbige Stifte, ein Apfel, der Stapel Lehrbücher und ihr Schreibheft lagen wohlausgerichtet auf dem Tisch, und als sie nachdenkend ihren Kopf hob, um mit zugleich verschlafenen und verschlagenen Augen in die Kamera zu starren, griff ich sofort zu einer Zwiebel und kaute sie gründlich durch.

Obwohl mich das Mädchen mit seinem Pony und der Kurzhaarfrisur an die Kämpferinnen der Volksbefreiungsarmee erinnerte, verführte mich zu diesem Schritt keineswegs seine erotische Ausstrahlung, sondern die intuitive Erkenntnis, daß es zu größeren Aufgaben bestimmt sei.

»Wie heißt du?« fragte ich, als sie vor mir stand. Bruder Rothand hielt mit der ihm eigenen Gründlichkeit jedes unserer Worte fest.

»Angela«, antwortete sie bescheiden.

»Und du bist Studentin?«

»Nein, ich bin Angestellte der Akademie und schreibe an meiner Dissertation.«

»Oh, dann warst du sicher eine ausgezeichnete Schülerin.«

»Außer in Sport hatte ich immer nur Einsen.«

»Sehr gut. Und was ist dein Fachgebiet, Genossin Angela?«

»Physik. Genauer gesagt: Kernphysik.«

»Warum das? Die Atome gibt es doch gar nicht.«

»Selbstverständlich gibt es sie.« Sie schüttelte unwillig den Kopf. »Sie sind nur sehr klein.«

»Aber hättest du nicht Lust, dich eines Tages mit den wirklich großen Dingen dieser Welt zu beschäftigen?«

»Was sollen das für welche sein?«

»Nun, die große Politik. Die Weltgeschichte!«

Ihre Augen leuchteten kurz auf, als sie gestand, daß sie dazu Lust habe. Dann verdunkelten sie sich wieder.

»Aber ich bin dazu nicht geeignet. Ich bin noch nicht mal in der Partei.«

»Das ist sogar gut, Genossin«, tröstete ich sie. »Das Wichtigste ist doch: glaubst du an den Sieg des Sozialismus?«

Es war rührend zu sehen, wie sie bei dieser Frage, die man in Deutschland eine Gretchenfrage nennt, den Kopf senkte.

»Ich bin Christin«, flüsterte sie.

»Warum nicht? Wie ich in China den daoistischen, so wirst du in deiner Heimat den christlichen Sozialismus zum Sieg führen.«

»In der DDR?«

»Nein, die ist dafür ungeeignet. Ich muß sie zuvor mit der Bundesrepublik vereinigen, die für diesen Zweck viel besser geeignet ist. In ihr sind, wie grundsätzlich im Spätkapitalismus, die Klassen bereits abgeschafft, und die Bevölkerung wartet darauf, sich einer neuen, wärmenden Ideologie hinzugeben. Du wirst sie ihr bringen, wenn ich dich zur Bundeskanzlerin der vereinigten Deutschländer gemacht habe.«

»Wie soll denn das passieren!« Sie lachte ungläubig auf und fügte, plötzlich nachdenklich geworden, hinzu: »Sind Sie etwa Gott?«

Nun lächelte ich. Hatte sie mein Gesicht, das doch so bekannt war wie das des Mondes (mit dem man mir eine gewisse Ähnlichkeit bescheinigt hat), tatsächlich nicht erkannt, oder spielte sie nur die Naive? Ich vertagte die Beantwortung der Frage und stellte mich als der Große Steuermann Chinas und der gesamten Welt vor, der entschlossen sei, auch das Schicksal Deutschlands in seine Hände zu nehmen.

»Wir sind doch in verschiedener Hinsicht Verwandte«, sagte ich »und sollten deshalb zusammenarbeiten. Auch Deutschland ist ein Reich der Mitte und hat eine Große Mauer. Auch in Deutschland gibt es viele Brillenträger, was damit zusammenhängt, daß sich unsere beiden Völker durch zu vieles Bücherlesen die Augen verdorben haben. Deutsche wie Chinesen haben das Schießpulver, den Buchdruck und das Porzellan erfunden, allerdings wir einige Jahrhunderte früher. Andererseits habt ihr mit dem Erfinden niemals Schluß gemacht und der Menschheit solch wundervolle Dinge wie die Büroklammer, den Plastikdübel, die Gasmaske, den Otto- und den Dieselmotor und fast täglich eine neue Form des Wasserhahns geschenkt. Währenddessen haben wir, uns mehr den Menschen als den Dingen widmend, die Akupunktur, Qigong und verschiedene Atemtechniken entwickelt. Das kommt davon, daß ihr von Natur aus mehr Physiker seid und wir mehr Psychiker sind. Wenn wir unsere Fähigkeiten vereinen, wer sollte uns dann widerstehen?«

Wie immer, wenn mein Yang sich einem jugendlichen Yin gegenübersieht, entwickelt es besondere rhetorischen Fähigkeiten. Je länger unser Gespräch dauerte, desto überzeugter wurde ich, daß ich mit der Genossin Angela genau die richtige Person für mein Vorhaben gefunden hatte. Daß sie die Tochter eines dem Sozialismus zugeneigten Pfarrers und folgerichtig sowohl Mitglied der Jungen Christengemeinde als auch FDJ-Sekretärin für Agitation und Propaganda war, deutete auf eine dialektische Weltsicht und die notwendige Flexibilität hin, sie in der Lebenspraxis umzusetzen. Eine weitere Voraussetzung für das Politikerdasein war mir schon in der Bibliothek aufgefallen: sie verfügte über genügend Sitzfleisch, um die sie unausweichlich erwartenden Konferenzen, Versammlungen und Tagungen unbeschadet zu überstehen. Ja, ihr Wesen schien in so jungen Jahren bereits jene Unerschütterlichkeit auszuzeichnen, die nach daoistischer Auffassung ein erfolgreicher Regent braucht, indem er, das Nichts verkörpernd, still auf seinem Thron gen Süden blickt und alle Dinge gewähren läßt. Dieses Nichts, das zugleich ein Alles ist, strahlte sie auf so eine exemplarische Weise aus, daß sie stets die Mehrheit der Bevölkerung hinter sich haben würde. Wenn sie nun noch ausreichend gut essen sollte, würden sich die in ihr angelegten Rundungen zur Korpulenz vervollkommnen, und sie könnte auch hierin dem Idealbild eines Herrschers gleichen. Denn wie Bismarck, Churchill, Stalin sowie meine Person beweisen, lieben die Menschen nichts so sehr wie eine kompakte Rundheit, die ihnen Sicherheit, Wärme und eine gewisse mütterliche Zuwendung verspricht – Cäsar und Hitler hingegen waren viel zu mager, um ihre Macht über einen längeren Zeitraum zu behaupten. Was mir an der jungen Deutschländerin noch gefiel, war die Schlichtheit ihrer Sprache. Auch wenn sie sich mitunter im Irrgarten der deutschländischen Grammatik verlief, fand sie doch immer einen angesichts seiner Banalität verblüffenden Ausweg. Das würde ihren Landsleuten, die mit ähnlichen Schwierigkeiten zu kämpfen haben, gefallen. Es würde ihnen gefallen, wenn man zu ihnen wie zu Kindern redete und sie eine Unterstufenlehrerin an ihrer Seite wüßten, die sie an der

Hand nimmt und auffordert zu warten, bis die Ampel Grün zeigt.

Natürlich teilte ich der Genossin Angela nicht alle meine Gedanken mit. Ich konnte sie aber davon überzeugen, daß es mir Ernst damit war, sie, sollte die Zeit reif sein, zur deutschen Bundeskanzlerin zu machen.

»Aber ich muß vorher noch meine Dissertation schreiben«, antwortete sie.

»Selbstverständlich. Wie ist denn ihr Thema?«

»Untersuchung des Mechanismus von Zerfallsreaktionen mit einfachem Bindungsbruch und …«

»Schon gut. Und wie läuft es damit?«

Sie zuckte mit den Schultern. Ich machte ihr deshalb den Vorschlag, die Hilfe eines von mir ausgewählten Fachmannes anzunehmen, und dachte dabei an den Genossen Suan-de*, einen halbchinesischen, von uns während seines Studiums in Moskau angeworbenen Geheimagenten. Durch die Überwachungskameras hatte ich Zugang zu diesem Genossen, der einem Personenkreis angehörte, welcher für mich auf den ersten Blick erkennbar war. Ich benutzte die in mir noch vorhandene struktive Kraft, um ihn herbeizuzitieren und die beiden einander vorzustellen. Dabei kam mir ein interessanter Einfall.

* *Suande* = sauer.

»Ich finde, daß ihr gut zusammenpaßt«, sagte ich. »Ihr solltet heiraten.«

Genosse Suan-de gehörte zu den schweigsamen Vertretern seiner Zunft, Angela zeigte sich störrisch.

»Ich bin gerade erst geschieden«, protestierte sie.

»Na und?«

»Außerdem will ich keine Kinder!«

»Verstehe, aber das ist kein Hindernis. Kein Mensch ist in einer Ehe gezwungen, Kinder großzuziehen oder sich auch nur mit dem Versuch abzugeben, sie zu zeugen. Wie der Fall Hitler beweist, kann die Kinderlosigkeit eines Staatsführers sogar von Vorteil sein, weil sie das Volk dazu bewegt, die Rolle der Kinder einzunehmen. Für eine christliche Bundeskanzlerin ist die Ehe jedoch eine Notwendigkeit. Außerdem wird dich Genosse Suan-de nicht nur beim Studium, sondern später auch bei der Regierungsarbeit unterstützen.«

Da sie noch immer zögerte, versicherte ich, daß sie sich mit der Bitte um Rat jederzeit an mich wenden könne. Als begabtes Medium brauche sie dazu nur Daumen und Fingerspitzen in der Form einer Raute aneinanderzulegen, und ich würde sofort in ihrem Geiste erscheinen, um ihr die notwendige Hilfe zu gewähren. Das beruhigte sie.

Als die beiden mich verließen, hatte ich das befriedigende Gefühl, mit der Genossin Merkel, wie ihr Nachname lautete, eine Schläferin im Herzen Europas plaziert zu haben, die ich jederzeit aufwecken und zum erfolgversprechenden Einsatz bringen konnte. Vorerst aber hatte ich mit gebotener Umsicht die Lage in ihrem Lande und damit in Europa neu zu ordnen. Deutschland nimmt bekanntlich eine Mittelstellung zwischen den westlichen Salzwasserländern und den erdgebundeneren des Ostens ein. Seine Zerrissenheit konnte ich immer wieder bei Otto Braun erleben, der uns einerseits auf dem Langen Marsch mit seinen Wanderliedern erfreute, andererseits in schwarze Verzweiflung fiel, wenn wir seine Schützengrabentaktik ignorierten oder er gegen mich im Pingpong verlor. Das hatte tiefe Wurzeln in der Geschichte seines Landes. Sie war geprägt von dem lange Zeit erfolglosen Ringen um seine Identität in der Mitte des Kontinentes. Diesem ihr Gepräge zu geben, dazu schienen die Deutschländer sowohl durch ihre große Anzahl als auch durch ihre berühmte Arbeitsamkeit, Ordnungsliebe und Disziplin bestimmt, doch statt dessen waren sie lange der Spielball der gewitzteren Nachbarn. Diese hatten sich rechtzeitig zu den als Nationen bekannten schlagkräftigen Einheiten zusammengefunden, während jene sich noch immer als Alemannen, Bayern, Sachsen, Saupreußen, Vorder- und Niederösterreicher begriffen. Die Bildung einer Nation ist ein schwieriger Prozeß, der heute, wo sie als eine Gemeinschaft derjenigen definiert werden kann, die die gleichen Nahsehprogramme nutzen, häufig unterschätzt wird. Im zentralen Europa wurde er verzögert, weil sich die annähernd ebenbürtigen Yangs und Yins nie miteinander versöhnen konnten, sondern unablässig um ihre Dominanz rangen. Als endlich der schon erwähnte Genosse Bismarck erschien, um sie in seinem von gesunder Eß- und Trinklust gerundeten Leib zu vereinen, war es dafür im Grunde schon zu spät. Der Staatsleib zerbarst infolge der Unfähigkeit seiner anämischen Nachfolger, die ihre schwächliche Konstitution durch übergroße Freßgier kompensieren wollten.

Mit ihm zerbarst auch das alte Europa. Zumindest verlor es, durch zwei kapitale Kriege in den Grundfesten erschüttert und seiner fremdländischen Besitzungen beraubt, seinen allseits gefürchteten Pirategeist. Es wurden Kleinstaaten daraus, politisch bedeutungslos, weil zu Vasallen der beiden nun sich feindlich gegenüberstehenden Kriegsgewinner, der Vereinigten Staaten von Amerika und des Sowjetreiches, degradiert. Daß die Deutschländer dabei von einem Drittel ihrer Landfläche befreit und auf zwei Staaten verteilt wurden, erleichterte ihnen die Aufgabe, sich von ihrer kriegerischen Vergangenheit loszusagen. Besonders im größeren Westteil hatte das eine vollkommene Umwälzung des Weltbildes zur Folge: der Mann als Stütze der Gesellschaft dankte ab. Bisher war er als Professor, Handarbeiter und vor allem als Soldat deren unangefochtene Leitfigur gewesen. Da er aber als letzterer schmählich versagt hatte und als vorletzterer infolge eskalierender Automatisation überflüssig wurde, und da die Genossin Angela nicht die einzige war, die keine Kinder mehr von ihm wollte, beraubte man ihn seiner wichtigsten Funktionen. Blieben nur noch die Professoren und damit für die Bundesrepublik der Weg zu einem Gelehrtenstaat nach altchinesischem Vorbild. Im Unterschied zu diesem aber waren die Füße der deutschländischen Frauen nicht gebunden und daher bereit für den Langen Marsch durch die Institutionen. Als Antwort auf die Verweiblichung der Männer verdoppelten und verdreifachten sie ihren Yang-Anteil, bis sie schließlich Hosen zu tragen begannen. Ich habe im Prinzip nichts dagegen einzuwenden, wenn es Uniformhosen sind und sich darunter geschmeidige Mädchenbeine verbergen. Aber, wie es sich im Fall Merkel bestätigte, steckte bei den meisten Deutschländerinnen dahinter mehr. Sie trieb das dringende Bedürfnis, die Macht, die vom extremsten Teil der Männerwelt, nämlich den Faschisten, mißbraucht worden war, nun selbst in die Hand zu nehmen und besser zu nutzen als diese. Nach deren Niederlage formierte sich nachträglich ein starker Widerstand gegen sie, und der Antifaschismus wurde zu einem Allgemeingut, der sogar die Straßen mit den Namen der Opfer pflastern ließ.

Besonders die protestantische Kirche tat sich hierbei hervor. Ich habe mich erkundigt, was es mit dieser Sekte, der auch Genossin Angela angehört, auf sich hat. Der Protest, von dem sie ihren Namen hat, bezog sich vor allem auf jene Stellvertreter Gottes auf Erden, die sich inzwischen in einem schußsicheren Glasauto durch die Straßen fahren lassen müssen. Ansonsten hat sie gern der jeweiligen Obrigkeit gedient, sei es bei den Hexenverbrennungen, als Segner der Kriegswaffen, als Deutsche Christen in Hitlers Reich oder als Kirche im Sozialismus. Ihre Einfühlungsgabe in den Zeitgeist hat nunmehr ihr Prinzip der »Fernstenliebe«* voll erblühen lassen und sie zur Hinwendung an alle möglichst weit von ihrer Gemeinde entfernt lebenden Menschenkinder geführt. Denn nichts mögen die Deutschländer so wenig wie sich selbst. Sogar ihre altehrwürdigen Namen haben sie lange Zeit verschmäht und sich statt dessen der Namen fremder Völkerschaften bedient. Weil sie ihre Marschlieder zu laut gesungen haben, singen sie nun überhaupt nicht mehr oder englisch. Ausgenommen die Kirchenlieder, die allerdings nur noch von einer verschwindenden Minderzahl gesungen werden. Der christliche Glaube, bin ich mir sicher, ist längst keine Gefahr mehr für meine Europa betreffenden Pläne. Der Glaube an die Gnade ihres Gottes ist hinter dem an die eigene untilgbare Schuld zurückgetreten und bereits zu Wissen geworden. In dieser Beziehung, der

* Er meint die »Nächstenliebe«.

des eigenen Schuldbewußtseins, sind die Deutschländer die christlichsten aller Christen. Das Wissen hat sich zum Gewissen in seiner ihnen allein denkbaren Form, dem schlechten, verfestigt, was zu einer Selbstgewißheit geführt hat, die sie gern über ihre Nachbarn richten läßt.

Berechtigt dazu fühlten sie sich durch ihre außerordentlichen ökonomischen Erfolge. Da die Männer angesichts ihrer schlechten Erfahrungen sich fortan jeder kriegerischen Aktivität enthielten, konnten sie ihr gesamtes schöpferisches Potential in die Wirtschaft investieren. Zum Glück war ihr Land weitgehend zerstört, so daß sie genügend Arbeit vorfanden. So beseitigten sie, mit der ihnen eigenen Gründlichkeit, viele bauliche, von unnützen Schwüngen, Ornamenten und Spitzbogen geprägte Überreste ihrer unseligen Vergangenheit und schufen eine neue, komplett rechtwinklige Welt. Kurven gab es nur noch in ihren Straßen, deren Überbreite sich dem Umstand verdankte, daß alle Landeskinder zu begeisterten Sitznomaden wurden, die sich in möglichst großen Autos fortbewegten. Ihre Arbeitswut, begleitet von ihrer Erfindungslust, beschränkte sich nicht auf die Fabrikation von Häusern, Autos, Büroklammern und Wasserhähnen. Sie überschwemmte das Land und die halbe bewohnte Welt mit Erzeugnissen, von denen niemand geahnt hatte, daß er sie je brauchen würde. Sie sind Ausdruck eines Phänomens, durch das die

Deutschländer mal wieder an der Spitze der Entwicklung stehen, sie aber nicht allein betrifft: die gesamte kriegerische, kriminelle (einschließlich der revolutionären) und sonstige maskuline Energie strömt, da sie sich auf den ureigensten Gebieten nicht mehr entladen kann, in das Wirtschaftsleben. Geprägt wird diese Entwicklung, wie die gesamte moderne Existenzweise, von einer exzeptionellen Verkümmerung der Hand. Sie, die ihre Karriere mit der Fähigkeit zum Entlausen begonnen hat, ist zu einer ähnlich anmutenden Betätigung zurückgekehrt, dem Bekrabbeln eines handtellergroßen, rechtwinkligen Gegenstands, das sich Schlauphone nennt. Ihre in der Zwischenzeit erlernten Fähigkeiten büßt sie ein, weil die in den deutschländischen und anderen salzaquarianischen Köpfen erdachten Maschinen ihr jegliche Arbeit abnehmen, was zu der in gewisser Hinsicht erfreulichen Erscheinung der Arbeitslosigkeit geführt hat. Aber die Arbeitslosen wissen nichts damit anzufangen! Ihr revolutionäres Potential lassen diese westlichen Hakkas auf unverantwortliche Weise ungenutzt, indem sie sich dem Genuß von Alkohol und Drogen aus dem befreiten Hindukusch hingeben. Überhaupt erfassen die Überwachungskameras ständig Passanten, die mit Bierflaschen in den Fäusten oder auch mit kalten oder dampfenden Broten unterwegs sind. Haben sie es so eilig, daß sie sich nicht einmal zur Nahrungsaufnahme setzen können? Selbst auf dem Langen Marsch nahmen wir uns stets soviel Zeit, unsere Kürbissuppe im Sitzen zu verzehren!

Dies war auch in den Kantinen des östlichen Deutschlands üblich, während das westliche, entgegen dem Sprichwort, zwar mit sehr viel Geld, aber keinerlei Zeit gesegnet zu sein schien. Um sich dieser nicht schutzlos ausgeliefert zu fühlen, wählte man dort einen Mann von monumentaler Ruhe zum Kanzler. Sein Name war Helmut Kohl, wegen seiner Kopfform bezeichnete man ihn aber nach einer anderen Kulturpflanze als »Birne«. Da seine Opulenz selbst mir übertrieben und fast furchterregend erschien, hatte ich mich bisher nicht in Verbindung mit ihm gesetzt. Es war auch nicht nötig gewesen, denn die Entwicklung in den beiden Deutschländern verlief durchaus in meinem Sinne. Im Osten wollte man die Kantinensuppe nicht mehr essen, begann auf obskuren Wegen das Land zu verlassen oder, sich seiner protestantischen Wurzeln entsinnend, zu protestieren. Man protestierte gegen die alte Parteiführung, man protestierte gegen eine neue, man protestierte gegen Schießbefehl und Stacheldraht, gegen die Verbote, zu reisen, zu reden und sich zu versammeln, man protestierte gegen die Kürbissuppe. Hinterher wurde es Revolution genannt. Aber was für eine Revolution sollte das sein, bei der der längste Marsch jener um das Leipziger Stadtzentrum war, man weder den Feinden der Revolution Schandhüte aufsetzte noch aufgespießte Köpfe zur Schau stellte! Ihr beliebtester Schlachtruf lautete »Keine Gewalt!« Das war nicht verwunderlich angesichts der Tatsache, daß ihre Anführer entweder Pfarrer oder Angestellte des Geheimdienstes waren, mitunter in ein und derselben Person.

Mir ging das zu langsam. Ich wußte, daß, wenn das Sowjetreich unwiderruflich im Orkus der Geschichte versinken sollte, seine Vasallenstaaten von ihm abfallen und Raum für eine neue Ordnung bzw. Unordnung schaffen mußten. Fallen vor allen Dingen mußte jene jämmerliche Grenzanlage rund um die Kapitalisteninsel West-Berlin, die man »Mauer« zu nennen gewagt hatte. Während einer Pressekonferenz der ostdeutschländischen Restregierung hielt ich den Moment dafür gekommen. Als ein Genosse Schabowski gefragt wurde, ab wann die soeben verkündete Reisefreiheit gelten solle, ließ ich einen telepathisch instruierten Geheimagenten ihm einen Zettel reichen, von dem besagter Schabowski stotternd ablas: »Ab sofort, wenn ich das richtig verstehe … Also: unverzüglich.« In den folgenden Stunden und Tagen beobachtete ich, von den begeistert kreischenden Affen umringt, wie die kapitalistische Festung von den sozialistischen Massen geschleift wurde, wie sie haldkaartig die Mauer erstürmten, sie mit Hämmern und Meißeln demolierten, wie sie mit Kind und Kegel in das ehemalige Feindesland einbrachen, um vollgepackt mit Bananen, Honigmelonen und Haushaltsgeräten zurückzukehren.

Mich freute das nicht weniger als die Affen, eröffnete es mir doch die Möglichkeit zur Neugestaltung Europas. Dazu war aber die Mitarbeit von Bundeskanzler Kohl unumgänglich. Nie zuvor war das Wasser im Becken so heftig aufgewallt gewesen wie nach dem Verzehr der stattlichen Zwiebel, mit der ich ihn herbeirief.

»Herzlichen Glückwunsch zur deutschländischen Einheit, Genosse Kohl«, begrüßte ich ihn, nachdem sich sein gewaltiger Scheinleib vor mir aufgebaut hatte.

»Bitte *Herr* Kohl!« erwiderte er mit einem vollen Organ, das nur durch leichtes Lispeln an seinen Vorläufer Bismarck erinnerte, dessen Fistelstimme ihm heutzutage jeden Wahlkampf ruinieren würde. »Und was die deutsche Einheit betrifft«, fügte Kohl hinzu, »so ist es noch nicht soweit.«

»Woran hapert es denn?«

»Natürlich muß der Russe noch zustimmen. Er muß die Kasernen räumen und hinter dem Dnjestr verschwinden.«

Da ich mit dem damals noch im Amt befindlichen Gorbatschow bereits über diese Problematik gesprochen hatte, konnte ich ihn beruhigen.

»Darum mußt du dir keine Sorgen machen, Herr Kohl. Gorbatschow ist sogar einverstanden, daß die vereinigten Deutschländer Mitglied der NATO werden.«

»Wieso das?«

»Nun, er ist pleite. Er braucht Geld, weil die Moskowiter ihr Brot in Wodka verwandelt und nichts mehr zu beißen haben.«

»Wieviel Geld?«

»Zwanzig Milliarden will er.«

»Er kriegt nur zehn.«

»Darüber müßt ihr verhandeln. Ich schlage vor, ihr trefft euch in einer Berghütte im Hindukusch*. Für die Kameras wäre es gut, wenn ein Fluß daran vorbeirauscht, der mit seiner Yin-Kraft Eintracht und Harmonie verkörpert. Und da ihr am Bau des gemeinsamen europäischen Hauses arbeiten werdet, solltet ihr häusliche Kleidung tragen, am besten Strickjacken.«

»Das läßt sich machen. Aber was soll der Quatsch mit Europa? Es geht um Deutschland!« Ich mußte ihm erklären, daß das eine nicht ohne das andere zu haben war. Das Zeitalter der Nationalstaaten sei unwiderruflich vorbei und das der Imperien angebrochen, weshalb sich die EU dergestalt erweitern müsse, daß sie von der Maas bis zur Memel reiche und darüber hinaus. Sämtliche osteuropäischen Staaten müßten dort hinein, später auch die Osmanen.

»Auch die Osmanen?«

»Du hast doch einen osmanischen Schwiegersohn. Wo ist also das Problem, Herr Kohl? Ein Staat ist

* Er meint den Kaukasus.

leichter zu regieren als eine Familie, sagt ein chinesisches Sprichwort.«

Mir schwebte vor, die Europäische Union derart anschwellen zu lassen, daß in ihr Verhältnisse wie im alten polnischen Sejm herrschen würden, der in seiner mehrhundertjährigen Geschichte nie ein vernünftiges Gesetz verabschieden konnte, weil einer der Magnaten immer dagegen stimmte. Es würde sich eine Bürokratie herausbilden, die den Vergleich mit der altchinesischen nicht zu scheuen brauchte und die Bevölkerung mit völlig überflüssigen Regeln, Verordnungen und Verboten drangsalieren würde.

Auf diese Weise sollte nach und nach diese alberne Einrichtung namens Demokratie überflüssig werden, die ihre Geburt und Blüte einzig der Zersplitterung in Stadt- und Nationalstaaten verdankt und mit dieser verschwinden wird. Die Nationen, so leid es mir in romantischen Stunden auch tut, werden wie die Demokratie verschwinden. Was sollen denn die Außerirdischen denken, wenn sie bei ihrer Landung einen Mischmasch von Erdlingen antreffen, von denen keiner den anderen versteht.*

»Natürlich muß auch das Geld vereinheitlicht werden.«

* Ich verweise auf das kleine chinesische Wörterbuch im Anhang dieses Buches.

»Das Geld? Sie wollen, daß ich die Deutsche Mark abschaffe? Das ist doch völliger Nonsens! Also, mein lieber Mao, Sie mögen ja ein gewiefter Politiker sein, aber von Ökonomie haben Sie nicht die geringste Ahnung. Eine Währung ist schließlich der pekuniäre Ausdruck für den Wert einer Volkswirtschaft. Sie muß hart sein! Was bliebe davon übrig, wenn man die maroden Ökonomien des Ostens und die der Olivenbauern in Portugal und Griechenland mit uns in einen finanziellen Topf wirft?«

»Aber sei doch nicht so sentimental, Herr Kohl. Du kennst doch Mrs Thatcher?«

»Oh ja.« Er runzelte die Stirn.

»Und Mitterrand. Die beiden sind nur mit der deutschen Einheit einverstanden, wenn du die deutschländische Mark abschaffst. Ich verstehe deine Sorgen nicht. Seit die Amerikaner die Bindung an den Goldstandard abgeschafft haben, kann man doch soviel Geld drucken, wie man will. Es ist nur Papier. Du kannst es als Kredite über den Kontinent regnen lassen, und jeder ist zufrieden.«

»Und was ist, wenn die ganze Blase platzt.«

»Im Bankwesen habt ihr doch längst den Sozialismus eingeführt, und der Staat bürgt für alle Kredite. Und sollte das Ganze, sagen wir in dreißig Jahren, trotzdem zusammenkrachen, wird eben die D-Mark wieder eingeführt.«

»Das wäre schön. Auch die Schlagbäume? Wissen Sie, wie stolz ich als junger Mensch immer war, wenn ich beim Grenzübertritt meinen Paß zeigen durfte und man mir für meinen Hundertmarkschein einen Sack voll Lire gab?«

»Das kann ich verstehen. Und noch eins. Du hast eine äußerst talentierte Parteifreundin namens Angela Merkel. Sie kommt aus Brandenburg und scheint mir für höhere Aufgaben geeignet.«

»Wenn Sie es sagen, Genosse Mao – dann wird sie mein Mädel.«

Nach dem Verschwinden Kohls legte Bruder Rothand Pinsel und Tusche beiseite und gab mir das Protokoll zur Durchsicht. Ich war zufrieden. Daß mich Kohl zum Schluß »Genosse« genannt hatte, bedeutete, sein Vertrauen gewonnen zu haben. Allerdings klebte er mit seinem gewaltigen, zum Sitzen oder, nach einem Wort seiner Landsleute, »Aussitzen« bestimmten Hintern derart an seinem Kanzlersessel, daß ich beim Abschied nachhelfen mußte. Ich wählte dabei ein an sich lächerliches, für ein demokratisches System aber völlig ausreichendes Verfahren. Da die Wahlkampfkassen der christlichen Partei mal wieder leer waren, ließ ich eine ansehnliche Spende auf ihr Konto überweisen, deren Herkunft sogar dem Parteivorsitzenden Kohl unklar war. Als er beim nächsten Kassensturz danach befragt wurde, blieb ihm nichts anderes übrig, als den Ehrenmann zu spielen, der dem Spender Stillschweigen gelobt hatte. Das war die Stunde von Genossin Angela, die sich an der Seite ihres Mentors bereits bis in die unserem Politbüro entsprechenden Spitzengremien gedient hatte. Als östliche Unschuld vom Lande war sie bestens geeignet, den Kampf gegen die Korruption ihres Vorsitzenden anzuführen, diesen zu beerben und schließlich Bundeskanzlerin zu werden.

In dieser Funktion konnte sie die Einführung des Sozialismus im Westen bzw. die Vereinigung seiner besten Teile mit denselben des Kapitalismus zum Sozialkapitalismus auf vorbildliche Weise vorantreiben. Dabei kam ihr die Arbeit ihrer Vorgänger zustatten. Insbesondere jene Veteranen, die den Langen Marsch durch die Institutionen absolviert hatten, waren den sozialistischen Idealen noch immer treu ergeben. Die Stärke des Sozialismus ist seine Ideologie, die des Kapitalismus die Wirtschaft. Ihre Vereinigung ist ein schwieriges Problem, besonders wenn die Menschen abgeschreckt sind durch gewisse Auswirkungen der Planwirtschaft, die sie mit Armut assoziieren. Die Menschen hassen die Armut und lieben den Reichtum. Deshalb lassen sie nur ungern den Sozialismus in der Ökonomie zu, und man muß ihn, wie im Falle der Großbanken, heimlich einführen. Geistig aber brauchen sie ihn, so daß er, ob bewußt oder nicht, immer wieder die Hirne der Menschen und ihre mitfühlenden Herzen heimsuchen wird.

Daß er in Genossin Merkel fest verankert war, wußte ich. Wie sehr sie aber seine Ideologie bis in die Mitte der Gesellschaft tragen konnte, überraschte selbst mich. Dazu war eine neue Definition des Guten und des Bösen unumgänglich. Da es über das Gute durchaus strittige Vorstellungen gab, war eine Einigung über die Gegnerschaft gegen das Böse notwendig, die man bequem durch den Präfix »Anti« vor der zu bekämpfenden Erscheinung zum Ausdruck bringen konnte. Der Antiimperialismus wie der Antikommunismus schieden infolge von Antiquiertheit aus, während der Antifaschismus sich seine ganze Jugendfrische bewahrt hatte. Das Problem war nur die bescheidene Anzahl von Faschisten, die man bekämpfen konnte. Zum Glück gab es einen unter dem Namen »Verfassungsschutz« agierenden Geheimdienst, der ihre Reihen auffüllen konnte, und vor allem die ohnehin unheimliche Bewohnerschaft des moskowitisch geprägten deutschen Ostens. Nicht alle waren so erfolgreich wie die Genossin Angela. Manche waren sogar unzufrieden damit, daß man ihnen zwar Honigmelonen, Bananen, Avocados, große Autos, neue Straßen und Straßenlaternen gegeben, aber die unter den Deutschländern so beliebte Arbeit genommen hatte. Sie wollten nicht nur einen heimlichen, ideologischen Sozialismus, sondern den »real existierenden« zurück. Und manche, da der internationale angeblich versagt hatte, sogar den nationalen Sozialismus. Nicht alle können die Guten, manche wollen die Bösen sein. Insbesondere auf die Jugend konnte ich mich in dieser Hinsicht verlassen. Nicht alle wollen Indianer- und Rastafarifrisuren tragen, manche bevorzugen eine Glatze und lassen sich lieber SS-Runen als fünfzackige Sterne tätowieren, werfen lieber Nagelbomben in ausländische Imbißbuden statt Molotowcocktails in inländische Großautos und Banken. Wo Inländerfeindlichkeit existiert, darf die Ausländerfeindlichkeit nicht fehlen. Oder, um es mit den Worten des zum Bundespräsidenten gewählten Pfarrers und Stammesgenossen von Angela zu sagen: da seine Bewohner ihre Einheit nicht aushalten, muß es neben dem »Helldeutschland« auch ein »Dunkeldeutschland« geben.

Womit wir bei den Wörtern sind. Was für ein Reaktionär Konfuzius auch war, mit seiner Behauptung, daß die rechte Benennung die rechte Ordnung schafft, hat er ein grundlegendes Problem erfaßt. Wie sonst als durch Sprache kann eine Umwertung aller Werte erreicht werden? Allerdings muß sie nicht wie bei Konfuzius die Klarheit zum Ziel haben, die allgemeine Verwirrung kann mitunter erfolgversprechender sein. Ein probates Mittel dazu ist die Ächtung bestimmter, möglichst jahrhundertelang gebräuchlicher Termini. Wenn ich zum Beispiel die Dunkelwaldmenschen nicht mehr als »Neger« und die nach Europa verschlagenen Hindostani nicht mehr als »Zigeuner« (obwohl sich beide selbst gern so nennen) bezeichnen darf, wird die Suche nach neuen Begriffen eine fruchtbare Sprach- und Gefühlskonfusion hervorrufen. Hilfreich ist auch die Eigenschaft so vieler nichtchinesischer Sprachen, ihre Substantive mit Geschlechtsworten zu versehen – als ob »die« Büroklammer weiblich und »der« Fünfjahresplan männlich wäre! Das muß natürlich den Kampf um die weibliche Gleichberechtigung beflügeln, indem man den Yin-Anteil jedes vom Yang vereinnahmten Wortes durch Hinzufügung eines »in« oder »innen« zu dokumentieren versucht. Es kommt außerdem zu einer allgemeinen Formulierungsnot, die die Redner jedes zweite Wort in Anführungszeichen setzen läßt, wobei sie mit den Fingern krabbeln, als lausten sie einen sehr großen Affen. Wo dies nicht hilft, ist die anglo-amerikanische Sprache ein gerngesehener Gast, der aus der Bedrängnis hilft. Unter den zahlreichen Wortimporten hat der des »Holocaust« die beeindruckendste Karriere gemacht. Ich hätte keinen besseren Ausdruck finden können. Was die altehrwürdigen Begriffe der »Schoah« oder des »Völkermords« nicht leisten konnten, schafft jener: die Auslöschung der europäischen Hebräer zu einem jedem Vergleich entzogenen, ja außerirdischen Ereignis zu machen. Einerseits betrübt es mich, daß man mein eigenes Werk und das meiner kommunistischen Mitstreiter herabsetzt, obwohl wir doch leicht das Zehnfache an Toten vorweisen können, andererseits muß ich dieses Vorgehen bewundern. Man setzt damit nicht nur den historischen Fakt außerhalb jeder menschlichen Maßstäbe, sondern auch seine Verursacher, man hat mit den »Nazis« einen Feind gefunden, der alles Böse inkarniert und uns andere davon entlastet. Sollte ich mich an dieser Stelle wiederholen, bitte ich um Entschuldigung, aber das Problem des »Guten« und des »Bösen« ist von entscheidender Bedeutung, und ich möchte dazu einige grundsätzliche Erwägungen anfügen.

Die von den Salzwasserianern unablässig erörterte Frage, ob der Mensch von Natur aus gut oder böse sei, hat den Rest der Menschheit und insbesondere uns Chinesen, die dem Denken in Gegensätzen das in Analogien vorziehen, niemals ernsthaft beschäftigt. Wer sie dennoch beantwortet wissen will, sehe sich einen beliebigen Tierfilm an. Jede Ziege, jeder Affe, jeder Kragenbär kennt zwei grundverschiedene Verhaltensweisen: diejenige, die seiner eigenen Erhaltung, und eine, die der seiner Gattung dient. Erstere ist, weil mit dem Fressen anderer Tiere (oder bei Vegetariern mit dem wehrloser Pflanzen) verbunden, die Grundlage für das »Böse«. Der Trieb zur Arterhaltung hingegen liefert uns mit hingebungsvoller Partnerliebe, Brutpflege und Aufzucht des Nachwuchses Beispiele für das Selbstlose, das man das »Gute« nennt. Als Säugetier und Allesfresser kennt auch der Mensch beide Aspekte. Bei seiner der Nahrungsbeschaffung dienenden Arbeit wird das Durchsetzungsvermögen auf Kosten anderer gefordert, im Familienleben die Hingabe oder die sogenannte Liebe. So der Idealfall. Wenn aber entweder die Arbeit oder das gemeinsame Aufziehen von Kindern oder, wie im modernen Leben nicht selten, beide fehlen, führt das zu einer heillosen Verwirrung, wodurch man »gut« nicht mehr von »böse« unterscheiden kann.

Hier hat die Politik einzugreifen, wenn nötig durch Gesetze. Das Gesetz etwa, das die Leugnung des erwähnten »Holocaust« unter Strafe stellt (dem hoffentlich bald weitere über die Leugnung des Klimawandels oder des Urknalls folgen), erfüllt lediglich die Aufgabe, der orientierungslosen Menschheit die Grenzen zum Bösen aufzuzeigen, dem sie so leicht zu verfallen geneigt ist. Selbst die Leugnung des Sinns eines solchen Gesetzes sollte unter Strafe gestellt werden, geht sie doch von der Annahme aus, ein Individuum könnte diese Frage allein beantworten. Dem ist nicht so. Es braucht dazu die allgemeine Vereinbarung, es braucht das Tabu. Möglichst viele Gesetze, Verordnungen und staatliche Regelungen sind auch insofern von Nutzen, als sie die überkommenen Sitten und Gebräuche überflüssig machen, ohne der revolutionären Unhöflichkeit und Unordnung hinderlich zu sein. Zwar wird es in einer solchen Phase der Neuorientierung immer gewisse Schwierigkeiten geben, doch haben sich gerade die Deutschländer als sehr anpassungsfähig erwiesen. War zum Beispiel »rechts« (die rechte Hand, die rechte

Gesinnung, Recht und Ordnung) lange Zeit das Synonym für »gut« und »links« (linke Hand, linke Gesinnung, »gelinkt«) das für »böse« gewesen, so hat sich das inzwischen umgekehrt: Die »Linke«, in der sich meine ehemaligen Genossen organisiert haben, ist zu einer staatstragenden Partei geworden, während die »Rechten« sich nur noch als Angriffsziel für Protestdemonstrationen und -konzerte eignen, das für einen geistigen Bürgerkrieg unbedingt nötig ist.

Von Genossin Angela erforderte diese Situation große Flexibilität. Dort, wo sie herkam, war alles immer gleich gewesen und was nicht ausdrücklich erlaubt, verboten. Jetzt mußte sie ständig umdenken. Dabei konnte sie sich auf die ihr angeborene Schlauheit, ihr Phlegma und die Abwesenheit sie behindernder Prinzipien verlassen. Und wenn diese nicht ausreichten, legte sie Finger- und Daumenspitzen aneinander und sendete einen Blick gen Himmel, um von dort meine Ratschläge zu empfangen. Das geschah ziemlich häufig, so daß ich gezwungen war, zu solch unersprießlichen Themen wie der Einführung einer Frauenquote auf Chefsesseln, zu Kinder- und Betreuungsgeld und dem Rauchverbot in Gaststätten Stellung zu nehmen. In der Regel votierte ich für neue Gesetze und empfahl ihr ansonsten, sich auf ihren Instinkt für die Bedürfnisse der wahlberechtigten Mehrheit zu verlassen.

Bei wichtigeren Fragen führten wir längere Dialoge.

»Genosse Mao«, rief sie mich einmal an, »jetzt wollen sie die Wehrpflicht abschaffen, was soll ich machen?«

»Man kann es tun, man kann es aber auch lassen.«

Ich stellte mich desinteressiert, gerade weil das eine Chance zur weiteren Destabilisierung der Lage war, die mit Fingerspitzengefühl genutzt werden wollte.

»Wenn schon«, gab ich schließlich ihrem Drängen nach, »dann sollte man die ganze Bundeswehr abschaffen. Du bist doch für den Frieden, Angela?«

»Das schon. Aber die Auflösung der Bundeswehr bekomme ich niemals durch. Vor allem nicht bei den Bayern mit ihren Schützenvereinen. Vielleicht sollte ich die Wehrpflicht auf vier Monate verkürzen? Diese komische Jugend weiß ohne FDJ doch sowieso nichts mit sich anzufangen. Wenn der Wehrdienst wegfällt, verschwindet auch der Wehrersatzdienst, und wo nehme ich dann die Pflegekräfte für die vielen Alzheimerpatienten her?«

»Habt ihr nicht genügend Polinnen? Sie sollen ausgezeichnete Einläufe machen.«

»Was?«

»Schon gut. Ich bin jedenfalls der Meinung, du solltest diese Gelegenheit zur Förderung des Weltfriedens nicht verstreichen lassen, den Wehrdienst ersatzlos streichen und die Mannschaftsstärke so weit reduzieren, wie es den Wünschen deiner zukünftigen Wähler entspricht.«

»Meinst du wirklich, Genosse Mao?«

»Aber natürlich, mein Kind …«

Dieser Zuspruch genügte, so daß Genossin Merkel (ich hatte mich während des Gesprächs in die Überwachungskameras des Bundeskanzleramtes eingeschaltet) die Finger wieder voneinander lösen, die Augen senken und dem Kabinett den meinen Intentionen entsprechenden Vorschlag machen konnte.

Etwas schwieriger gestalteten sich die Verhandlungen, als sich meine aufgeregte Schülerin kurz nach einem fesselnden Bericht von einem Nippons Küsten verwüstenden Tsunami meldete. Seltsamerweise hatten die Affen nicht Zeichen der Belustigung gezeigt, sondern der Bestürzung angesichts der Fluten, die Häuser und Fabriken, Brücken, Eisenbahnzüge und Menschen verschlangen – während ich keinerlei Mitgefühl gegenüber unseren ehemaligen Invasoren aufbrachte, die seit der Auslieferung ihrer Samuraischwerter an die Amerikaner alle meine Achtung verloren hatten. Die Gefühlsregungen meiner äffischen Gefährten erklärte mir Bruder Rothand mit einer schriftlichen Notiz, die besagte, daß ihre Vorfahren einst von Hokkaido aus auf dem Stamm eines Maulbeerbaums das Gelbe Meer überquert hätten.

»Hast du gesehen, was in Fukushima passiert ist?« rief plötzlich Genossin Merkel.

»Was denn?«

»Großes Unglück im Atomkraftwerk. Es droht eine Kernschmelze wie in Tschernobyl.«

»Mach dir keine Sorgen. Das ist alles nur Propaganda. Du weißt doch, daß es keine Atome gibt …«

Die Frage allerdings, was in den sogenannten Atomkraftwerken mit ihren qualmenden Betonkochtöpfen geschieht, beschäftigte mich schon länger. Verbrannte man Kohle, Holz oder Petroleum darin, was wegen des Umweltschutzes geheimgehalten werden sollte? Oder hatte man in ihnen die Raucher interniert, um sie Sklavenarbeit verrichten zu lassen?

»Das ist nicht die Zeit für dumme Witze«, unterbrach mich Angela. »Bei uns herrscht Panik. Man fordert, sämtliche Kernkraftwerke abzuschalten.«

»Keine schlechte Idee.«

»Aber Japan liegt am anderen Ende der Welt.«

»Das macht doch nichts. Abschalten ist immer gut.«

»Und woher sollen wir die Energie nehmen?«

»Da ist Phantasie gefragt. Laßt hundert Blumen blühen! Ihr könnt doch Generatoren an die Geräte in den Fitneßstudios anschließen, in denen eure Männer sich ihre Maskulinität zurückzuholen versuchen.«

»Unsinn!«

»Und was ist mit all dem ungenutzten Chi, das die Natur zur Verfügung stellt? Bei euch scheint doch die Sonne?«

»Manchmal.«

»Und bläst der Wind.«

»Das kommt vor.«

»Sehr schön. Dann könnt ihr doch unzählige Sonnenkollektoren und Windräder über das Land verteilen, die euch Energie im Überfluß liefern. Denk an unseren Großen Sprung nach vorn. Was für ein schönes Bild war es, als überall die kleinen Stahlöfen rauchten. So kann es bei euch werden, wenn sich über jedem Kopf die Windradflügel drehen als ein Zeichen für unaufhörliche Bewegung.«

»Aber was werden unsere Naturschützer dazu sagen?«

»Da mach dir keine Sorgen. Du mußt sie einfach am Profit beteiligen, den die Stromerzeugung abwirft. Wie früher die Stämme der Bäume werden sie nun die der Windmühlen umarmen.«

Als ehemalige Physikerin war Genossin Angela schwer von meiner Vision zu überzeugen. Besonders beunruhigte sie, daß alle anderen Länder weiterhin die sogenannte Atomkraft nutzen würden, daß die deutschländischen Forschungen auf diesem Gebiet umsonst gewesen sein sollten und sich die Strompreise zwangsläufig verteuern würden. Lange mußte ich ihr ins Gewissen reden, bis sie einsah, daß ihre Heimat stets eine besondere Mission zu erfüllen hatte. Dieser mußte sie sich nun bei der Energiegewinnung stellen, was ihr ewig zur Ehre gereichen würde.

Als Genossin Angela Merkel ihr Programm zum Ausstieg aus der Atomindustrie verkündete, wußte ich: mit ihr an der Spitze würden die Deutschländer unaufhaltsam ihren eigenen, das heißt von mir vorgegebenen, Weg gehen.

Das Spiel geht weiter

Bei nahem besehen, stellt das Nahsehen eine Variante des ewigen Lebens dar, die auch dem gewöhnlichen Sterblichen zugänglich ist. Der Sterbliche ist insofern nicht mehr sterblich, als er Teil alles vergangenen, gegenwärtigen und, soweit die menschliche Phantasie reicht, zukünftigen Lebens wird. Vom Urknall bis zum Verschwinden in einem schwarzen Loch, von der Verschmelzung zweier Zellkerne einer Amöbe bis zu den Vorgängen in der namenlosen Weite der Milchstraße. In einer Stunde kann der Betrachter unzählige Tode sterben und ebensooft neu geboren werden. Und sollte er selbst dabei seine drei oberen und fünf unteren Seelen aushauchen, so läuft der Apparat weiter und entführt sowohl diese wie jene in die televisionäre Unendlichkeit.

Zu Lebzeiten beschränkt sich seine Macht allerdings auf die Auswahl der Programme. Im Gegensatz zu mir kann er nur zusehen und -hören und nicht die Astralkörper der Protagonisten zu sich bestellen, damit sie ihm Rede und Antwort stehen. Als Ersatz dafür hat er nun jene handtellergroßen Geräte, von denen schon die Rede war, zur Verfügung, mit denen er durch Bekrabbeln ihrer Oberfläche ungefragt jedem seine Meinung sagen kann, ohne sich den Mühen eines wirklichen Gesprächs auszusetzen. Ich halte das für eine nicht unbedeutende Errungenschaft, bin aber froh, daß ich auf sie nicht angewiesen bin und mich an meine magischen Zwiebeln halten kann.

Mir genügt, was ich in meinem Nahsehbecken über die Welt erfahre. Ihr europäischer Teil allein bietet trotz seiner geringen Ausdehnung Anlaß zu ununterbrochenem, mitunter sorgenvollem Nachdenken. Wird er auf dem Weg zur alles nivellierenden Einheit voranschreiten oder auf seinen nationalen Eigenheiten beharren, die die kosmische Ordnung lange genug beunruhigt haben? Die Magyaren machen Sorgen, weil sie in ihrem kleinen Steppenreich keine Osmanen dulden wollen, mit denen sie schlechte Erfahrungen gemacht haben. Die Hellenen stellen die Geduld ihrer Partner auf eine harte Probe, indem sie deren schönes neues Geld in den Tiefen der Ägäis versenken. Die Großbriten, obwohl längst zu Kleinbriten geworden, wollen nicht von ihren Pfunden lassen und torpedieren alles, was ihnen keinen Gewinn verspricht. Wo soll ich eingreifen, wo die Dinge ihrem Hang zum entropischen Verfall überlassen?

Man muß Schwerpunkte setzen! Nach langen Studien vermeinte ich die Wurzel des alten europäischen Übels, seine Einheit in der gemeinsamen Kultur und Religion und nicht in einer staatlichen Union zu sehen, bei den sogenannten Romanen auszumachen. Hier, in den Nachfolgestaaten der Lateiner, gab es sie noch, die schwer ausrottbaren Verbindungen zur Vergangenheit, hier herrschten noch alte Familien- und Sippenbanden, hier existierten noch aristokratische und bürgerliche Eliten, denen die eigenen Kirchtürme näher waren als die Bürohochhäuser von Brüssel. Hier war der Hort des europäischen Konservatismus, einer Spielart des Konfuzianismus, die es, wenn nicht auszumerzen, doch so zu diskreditieren galt, daß sie nicht mehr den stürmischen Lauf der Geschichte behindern könnte.

Was will der Konservative? Bewahren. Er geht von der irrigen Ansicht aus, daß etwas Existierendes schon einen Wert an sich darstellt, daß man, bevor es durch etwas Neues ersetzt wird, es sich bewähren, entfalten und ausreifen lassen sollte. Er kann sich höchstens mit dem allmählichen Wandel anfreunden, nicht mit der Revolution. Diese fürchtet er als Form der Vernichtung, des Todes, der bekanntlich die Voraussetzung neuen Lebens ist, dem er aber sein altes Leben vorzieht, selbst wenn es langweilig ist. Er verachtet das Neue, weil es das Zukünftige ist, das er schon aus dem Grunde mißbilligt, weil es noch nicht existiert. Er hat keine höheren Ideen von der Zukunft, er kann sie sich nur als Fortsetzung von Vergangenheit und Gegenwart vorstellen. Er ist skeptisch grundsätzlich jeder Zukunft gegenüber, da sie noch nicht bewiesen hat, daß sie wie die Vergangenheit einigermaßen lebbar ist. Mehr erwartet er nicht vom Erdendasein. Wo er höheren Idealen begegnet, die nicht so alt sind wie das Menschengeschlecht, rauft er sich vor Verzweiflung die Haare oder bricht in Gelächter aus. Sein Lachen wie sein Ernst gehören auf die Müllhalde der Geschichte, zusammen mit seinen Spazierstöcken, Leinenanzügen, Violinenkästen und Büchern, in denen er nicht aufhören will zu lesen.

Besonders geeignet für meine Manipulationen schien mir das Stammland der Lateiner, das als Italien bekannt ist. Für europäische Verhältnisse recht alt in seiner Kultur, ist es doch ein junges Staatengebilde, das in kürzester Zeit die unterschiedlichsten Regierungsformen ausprobiert hat, von der Monarchie über eine Schwarzhemdendiktatur bis zur aktuellen Parteienherrschaft in demokratischem Gewande. Allerdings gibt es bei ihnen nicht nur eine Partei, sondern neben kleineren vor allem zwei große, wie sich bei den Romanen überhaupt der Dualismus der Salzaquarianer besonders gut erhalten hat und sich in der Existenz zweier tief verfeindeter politischer Lager ausdrückt. Bei den Italiern gehen sie bis auf die Gladiatorenkämpfe zurück, scharten sich im Mittelalter um die Fahnen der Elfen und der Libellen* und in

* Er meint die Guelfen und die Ghibellinen.

der jüngsten Vergangenheit um die der Christdemokraten und der Kommunisten. Die einen orientierten sich am Kreml, die anderen am Vatikan. Trotzdem und obwohl kaum eine Regierung länger als ein Jahr amtierte, hielt sich diese merkwürdige Republik am Leben. Das lag unter anderem daran, daß unter der Oberfläche der Parteienspaltung eine geheime Einigkeit herrschte. Die Kommunisten waren nämlich nicht weniger konservativ als ihre Gegner und wollten überhaupt keine Veränderung! Sie wollten auch nicht regieren, sondern ihre Theorien in der Opposition hochhalten, während sie in der Praxis mit Hilfe ihrer Gewerkschaften, zahlreicher Staatsbetriebe und des ihm ergebenen Teils der Presse ein sozialistisches Zwischenreich errichteten. Der Sozialismus ist nämlich mit dem Kapitalismus enger verwandt als gemeinhin angenommen. Gerade in den Ländern, die durch ihre lateinischen Vorfahren an eine gewisse Zucht und Ordnung gewöhnt sind, hat ersterer eine feste Basis. Immer kann der eine in den anderen umschlagen, und nicht selten stützen sie einander. Wenn der reine Kapitalismus versagt, kann man subventionieren oder sozialisieren, wenn Staatsbetriebe vor der Pleite stehen, kann man privatisieren. Das Ganze funktionierte bei den wirren Italiern erstaunlich gut, bis die Kommunisten auf die Idee kamen, ein »Euro« vor ihren Namen zu setzen. Was ist der »Eurokommunismus«? Er hatte noch nichts mit der zukünftigen Währung zu tun, war aber genau so ein blühender Unsinn, denn schließlich gibt es nur einen Kommunismus, und der ist überall gleich. Und was sollte das Geschwafel von einem »dritten Weg«, wo sie ihn im geheimen doch schon beschritten? Aber in dem Moment, in dem sie ihn an die große Glocke ihres Parteiprogramms hingen und sich von Klassenkampf und Diktatur des Proletariats verabschiedeten, begannen sie ihr eigenes Grab zu schaufeln. Die Italier wollen klare Frontverläufe, wollen wie beim Fußball gegnerische Mannschaften – zu der einen bekennen sie sich, die andere pfeifen sie aus. Wenn ein Team plötzlich die Fahne wechselt, gerät das ganze Spiel durcheinander. Die Christdemokraten, durch die Schüsse ausgerechnet eines Osmanen auf den Papst ohnehin verunsichert, waren völlig ratlos. Zudem hatten beschäftigungslose, von unseren Roten Garden inspirierte Studenten auch noch ihren Parteiführer Aldo Moro entführt, massakriert und seine Leiche publikumswirksam auf nackter Erde hinterlegt. Korruption und Mafiaverbindungen, ein altes Kulturerbe nicht nur dieser Partei, wurden zum Thema von Pressekampagnen und Gerichtsprozessen, so daß den Christdemokraten nichts anderes einfiel, als ihren Namen zu ändern. Alle Parteien änderten ihre Namen, zersplitterten, lösten sich auf, gründeten sich neu. Ich verlor völlig die Orientierung.

Doch als ich in einem der italischen Nahsehprogramme, die ich in dieser Zeit regelmäßig verfolgte, einen Mann mittleren Alters vor einem Kleinmädchenchor über die Bühne hüpfen und das Publikum trotz seiner miserablen Stimme zu Beifallsstürmen hinreißen sah, wurde mir klar, wie ich die allgemeine politische Verwirrung nutzen konnte. Nach dem Lied gab der Mann, der auf den schönen Namen Silvio Berlusconi hörte, Auskunft über sein Leben. Er hatte seine Kindheit vor allem auf dem Fahrrad verbracht, das Studium der Juristerei durch Gesangsdarbietungen der eben gesehenen Art auf Kreuzfahrtschiffen finanziert, danach im Baugewerbe ein Vermögen verdient, das ihm den Besitz des Fußballvereins AC Milano und eines eigenen Kanals (ich meine eines, auf den sich keine Wasser-, sondern Ätherwellen kräuselten) einbrachte. Mit anderen Worten: er war der ideale Mann für das Steuer nicht nur eines Kreuzfahrers, sondern eines Staatsschiffes. Sogleich nach seinem Verschwinden von der Bühne bestellte ich ihn zu mir. Auf seinem noch nicht gänzlich abgeschminkten Gesicht glitzerten Schweißperlen.

»Signore Berlusconi, ich gratuliere dir zu deinem großartigen Auftritt!«

»Danke. Ich wußte gar nicht, daß mein Ruhm schon bis nach China gedrungen ist.«

»Aber natürlich. Ich bin einer deiner größten Verehrer.«

»Du? Du bist doch Mao, nicht wahr?«

Hierbei verdüsterte sich sein Gesichtsausdruck und hellte sich erst wieder auf, als ich ein kleines Mißverständnis beseitigen konnte. Über die geschwätzige italische Presse hatte Signore Berlusconi nämlich vernommen, daß ich auf die Frage seines kommunistischen Landsmannes Togliatti, wieviel Italier in dem von mir geforderten Atomkrieg überleben würden, geantwortet hätte: »Keiner.« Das war auf der Konferenz der kommunistischen Parteien in Moskau gewesen, und ich hatte Genossen Togliatti die Gegenfrage gestellt, wozu die Welt eigentlich Italier brauche. Nicht in der Presse zitiert wurde meine zugegebenermaßen nur in sein Ohr geflüsterte Äußerung, daß er sich um seine Familie keine Sorgen machen müsse, da die Atombombe ein Papiertiger sei und gar nicht existiere.

»Das war nicht ich, mein lieber Silvio«, versuchte ich Berlusconi zu beruhigen, »sondern mein Double, der stumpfsinnige ›Zweite Drache‹. Ich war damals bereits im Ruhestand.* Weißt du nicht, daß ich ein alter Freund der Italier bin? Schließlich sind unsere Völker gewissermaßen Brüder.«

»Wieso?«

»Nun, eßt ihr nicht auch gern Nudeln und hört euch dazu Opernarien an? Und hat Marco Polo in seinem Spazierstock nicht Maulbeerblätter und Seidenraupeneier nach Europa geschmuggelt?«

* Eine Lüge. Die erwähnte Konferenz in Moskau fand bereits 1957 statt.

»Das war nicht Marco Polo, sondern irgendein Benediktinermönch.«

»Tatsächlich? Nun, jedenfalls war es einer deiner Landsleute.«

So ging das Gespräch eine Weile hin und her, bis ich es auf die verfahrene politische Situation in seinem Lande brachte. Wir waren uns einig, daß die alten Parteien in dem Maße runtergewirtschaftet waren, wie sich die dahinter stehenden Ideologien in der Realität diskreditiert hatten, sei es nun die kommunistische oder die katholisch-kapitalistische. Die Menschen verlangten nach neuen Ideen bzw. überhaupt keinen, nach dem unverbrauchten Gesicht eines starken Mannes, dem man zutraut, die Zügel der Staatskutsche in die Hand zu nehmen, um sie aus dem Morast der Gegenwart zu ziehen. Und wer war dazu besser geeignet als der Cavaliere Berlusconi, der wie die Inkarnation aller erfüllten Wünsche nach ökonomischem Erfolg mitsamt einem auf volkstümliche Weise veredelten Glamour wirkte? Einerseits konnte man erwarten, daß er den Staat, der ohnehin nur noch als Sekundant der wirtschaftlichen Entwicklung begriffen wurde, nun selbst wie eines seiner florierenden Unternehmen in der Bau- und der Medienbranche führte. Andererseits konnte man auf ihn als einen bewährten Entertainer und Volkssänger setzen, der das Bedürfnis der Italier nach der Politik als unaufhörlichem *spettàcolo* voll befriedigen würde.

»Soll ich Duce werden?« fiel mir Silvio ins Wort.

Anscheinend rannte ich offene Türen ein, aber hinsichtlich einer Diktatorenkarriere mußte ich ihn bremsen, da diese Rolle in diesem Jahrhundert durch Mussolini schon einmal besetzt gewesen war und das Publikum so kurzfristige Wiederholungen nicht schätzt.

»Nein. Die Spielregeln der Demokratie müssen eingehalten werden. Glücklicherweise sind sie so weit gefaßt, daß auch für solch ungewöhnliche Persönlichkeiten wie dich darin Platz ist. Sieh dir den Amerikaner Reagan an. Der war ein mittelmäßiger Schauspieler, und jetzt wurde er zum zweitenmal als Präsident gewählt.«

»Was der kann, kann ich auch.«

»Davon bin ich überzeugt. Vor allem hast du als ausgewiesener Televisionär das modernste Massenmedium auf deiner Seite und brauchst es nur zu nutzen. Was für die alten Lateiner das Forum war, ist für die neuen die Mattscheibe. Jeder hat sie, mancher sogar zwei, und wenn du ununterbrochen über sie flimmerst, kann keiner deine Wahl verhindern.«

Signore Silvio gefiel dieser Gedanke, und er begann heiter vor sich hin zu trällern. Dann unterbrach er sich.

»Aber ich habe keine Partei. In Italien braucht man unbedingt eine Partei, wenn man Politiker werden will.«

»Dann mußt du eben eine gründen«, erwiderte ich. »Bei euch gibt es so viele Parteien, da kommt es auf eine mehr oder weniger nicht an. Du besitzt doch einen Fußballverein?«

»Den glorreichen AC Milano. Ich habe drei Holländer eingekauft, mit denen werden wir garantiert Meister.«

»Sehr gut. Kannst du als sein Padrone den Verein für die politische Arbeit mobilisieren?«

»Das wäre machbar. Unsere Fanclubs sind über das ganze Land verteilt. Die könnten Wahlplakate kleben.«

»Was willst du mehr? Wie sagte schon dein Landsmann Machiavelli: Wenn du nicht mit Fischen angeln kannst, dann nimm Würmer.«*

Nun war noch der Name der neuen Partei zu klären. Da er an keine der Altparteien erinnern durfte, mußte er so nichtssagend wie möglich sein und doch die leicht entflammbaren Emotionen seiner Landsleute ansprechen. Wir schwankten lange zwischen »Italia al dente« und »gli azzurri«, wobei Berlusconi ein Lied mit dem Titel »Azzurro!« schmetterte, das er gern zu seinem Wahlkampfschlager machen wollte, falls dies urheberrechtlich möglich wäre. Schließlich fragte ich ihn nach dem Schlachtruf, mit dem die Fußballfans die Nationalmannschaft seines Landes anfeuerten.

* Ein solcher Ausspruch ist weder in Machiavellis *Il principe* noch in einem anderen seiner Werke nachweisbar. Wahrscheinlich handelt es sich um ein altchinesisches Sprichwort.

»Forza Italia!«

»Das ist es!« rief ich, »dem kann niemand widerstehen!«

Bevor wir uns verabschiedeten, richtete ich an Signore Berlusconi eine vertrauliche Frage.

»Da waren einige sehr nette Mädchen in deinem Chor. Machst du mit ihnen eigentlich bunga-bunga?«*

»Was meinst du damit?«

»Du weißt schon: der Nordwind kost das Südmeer.«

»Unmöglich. Unsere von Kommunisten unterwanderten Gerichte haben es ohnehin auf mich abgesehen.«

»Vielleicht kann ich etwas für dich tun. Es gibt im Tanzensemble der Volksbefreiungsarmee einige Novizinnen, die ich dir bedenkenlos empfehlen kann.«

Wir schieden als Freunde voneinander, und jetzt, da sich die Karriere des Cavaliere dem Ende zuneigt, kann ich guten Gewissens behaupten, daß er mein Vertrauen nicht enttäuscht hat. Ob ihn das Schicksal nun auf den Posten des Ministerpräsidenten oder des Oppositionsführers stellte, er tat stets sein Bestes, das Land nicht zur Ruhe und in den ihm förderlichsten Zustand größtmöglicher Konfusion kommen zu lassen. Mit seinen selten realisierten politischen Plänen

* Ein in der Provinz Hunan gebräuchlicher Ausdruck.

und Projekten hielt er es ebenso in Atem wie mit seinen persönlichen Affären. Ja, die rege Phantasie seiner Landsleute beschäftigte sich weniger mit gesellschaftlichen Fragen als damit, daß ihr Regierungschef sich sein Gesicht straffen, Haare einpflanzen und so tiefschwarz färben ließ wie die der chinesischen Genossen, und vor allem mit den von mir inspirierten Bunga-Bunga-Partys in seiner Villa San Martino. Allerdings war in dem Strafprozeß, der sich mit diesen Vorgängen beschäftigte, immer nur von einer minderjährigen Marokkanerin namens »Ruby« und nie von jungen Chinesinnen die Rede. Hatte sie Silvio in den unterirdischen Kellern seiner Weinberge versteckt oder hatte der bei unserem Geheimdienst von mir bestellte Container mitsamt seiner verführerischen Ladung nie den Hafen von Genua erreicht?

Wie dem auch sei, mit Hilfe Signore Berlusconis hatte sich nicht nur Italien den Ruf einer blühenden Bananenrepublik erworben, sondern waren in ganz Europa die Weichen auf Entgleisung gestellt. Der Cavaliere war der Pionier einer Entwicklung, die unweigerlich das Ende der für die Einhaltung der Fahrpläne verantwortlichen bürgerlichen Klasse, die Abdankung des verstaubten europäischen Konservatismus infolge seiner Lächerlichmachung herbeiführen würde. An seiner Stelle würden Kreuzfahrer, Clowns und Abenteurer sowohl an der linken wie der rechten Küste des Salzwassermeeres ihre Netze in die Fluten werfen und wohlgefüllt mit glitzernden Sardinenschwärmen und nie zuvor gesehenen Ungeheuern wieder herausziehen.

Dies war unausweichlich, weil die Piratenvölker geradezu danach dürsteten, ihre Lage zu verändern, die ihnen aufgrund der allzu langen Dauer bereits unheimlich geworden war. Noch nie hatten sie eine so lange Phase des Friedens und eines bis dahin ungeahnten Wohlstandes ertragen müssen. Sie machte sie, die für die Misanthropie geboren zu sein scheinen, unglücklicher als je zuvor. Da all ihre Revolutionen ihnen vor allem eines gebracht hatten, das Ende des Kampfes um ihr Überleben, das Ende von Hunger, Pest und Cholera, ja das Ende jeglicher schwerer Anstrengung, an die sie seit Jahrhunderten gewöhnt gewesen waren, vermißten sie an ihrem Dasein nun den Sinn. Weder durften sie, Auge in Auge mit ihnen, Wale harpunieren noch mit Ochsen pflügen, noch auf Knien Erze in Bergwerksschächten schürfen, noch ihr Leben auf geharnischten Schlachtrössern oder in Schützengräben aufs Spiel setzen. Sie brauchten, nachdem sie ihre Zeit im Büro abgesessen hatten, nur Geldscheine aus Automaten zu ziehen, um sie dann in Supermärkten gegen Waren ihrer Wahl einzutauschen, wobei sie an den Kassen – ich bin durch die Überwachungskameras bestens informiert – gefragt wurden: »Haben Sie eine Kundenkarte? Möchten Sie Treueherzen, möchten Sie einen Kassenbon?« Diese

Männer und Frauen schrien geradezu danach, von ihrem Elend erlöst zu werden.

Mein Blick fiel auf das Frankenreich, dem ich mich im Geiste schon einmal in meiner Jugend genähert hatte, doch durch Krankheit an einem Besuch gehindert worden war.* Obwohl ein Nachbar Italiens und mit diesem eng verwandt, sind beide Länder grundverschieden, wie sich Europa überhaupt, je mehr ich mich mit ihm beschäftige, in einer verwirrenden Vielfalt präsentiert, die schleunigst eliminiert gehört. Während Italien nie ein richtiger Staat gewesen ist, war das Frankenreich nie etwas anderes. Während Rom viel eher die Kapitale der Katholiken aus aller Welt als die der Italier war, herrschte Paris unangefochten über die fränkischen Provinzen. Waren diese willenlose Empfänger der Direktiven aus der Hauptstadt und ohne eigenes Leben, so barst die apenninische Halbinsel geradezu vor Eifersucht unter ihren dichtgesäten Städten und Landschaften. Liebten die einen das Chaos, so die anderen den Plan und die Ordnung. Im Frankenreich kann man nachmittags vor den geschlossenen Lokalen verhungern und in den Mietshäusern herrschen alte Vetteln, Concierges genannt, in eigens eingerichteten Wachstuben über die Bewohner. Beiden Ländern gemeinsam ist eine altchinesischer Zustände würdige

* Siehe Anmerkung Seite 99.

Bürokratie, die bei der Behinderung ihrer Bürger jedoch unterschiedliche Wege beschreitet. Neben ihrem eigenen Wohlergehen fühlen sich die italischen Beamten zuerst ihren Parteiführern und die fränkischen dem Staatsapparat im allgemeinen verpflichtet.

Nachdem sie die Monarchie durch die Republik ersetzt und von dieser fünf verschiedene ausprobiert hatten, einigten sich die Franken darauf, daß eingedenk ihrer zentralistischen Tradition ein mächtiger Präsident an die Spitze des Staates gehört. Dieses Amt hatte ein General namens de Gaulle zu Ehren gebracht, der damit der Anhänglichkeit des Volkes an seinen alten Heer- und Staatsführer Napoleon den Tribut zollte. Obwohl dieser nur halb so groß wie jener war, hat er meine Hochachtung mit dem von den entsprechenden Taten gefolgten Ausspruch erworben, eine Million Leichen seien ihm keinen Pfifferling wert, wenn sie einer guten Sache dienten. Auch der zweite Napoleon, der aus unerfindlichen Gründen der Dritte genannt wurde, war eine für mich interessante Persönlichkeit, insofern er gern abenteuerlich verkleidet die Huren von Paris besucht hatte.

Grundsätzlich bemerke ich bei den romanischen Politikern eine Empfänglichkeit für die Reize des Yin, die sich wohltuend von der Stocknüchternheit ihrer nördlichen Kollegen abhebt. Diese Eigenschaft gab auch den Ausschlag, mich mit dem gaullistischen Kandidaten für das demnächst wieder frei werdende

Präsidentenamt zu beschäftigen. Sympathisch war mir ebenfalls, daß er nicht, wie die meisten seiner Rivalen, eine der Eliteschulen des Landes absolviert, sondern als Sproß einer magyarisch-hellenisch-hebräischen Einwandererfamilie nur eine durchschnittliche Bildung genossen hatte. Anders als Signore Berlusconi hatte ich ihn nicht in die Politik drängen müssen, er faßte sie von Beginn an als seine Bestimmung auf. Doch gewisse Eigenschaften verbanden ihn mit dem Cavaliere und versprachen, daß Nicolas Sarkozy (oder »Sarko«, wie er bald von mir genannt wurde) in seinem Land eine ähnliche Rolle spielen würde wie jener in Italien. Er war ebenfalls ein »homo nuovo«, wie die Lateiner ihre Emporkömmlinge nannten, und als solcher befähigt, leichter als die Etablierten mit Traditionen zu brechen. Augenscheinlich war er Choleriker, von Natur aus unberechenbar und als Politiker ebenso konzeptlos wie sein italisches Pendant. Auch was die Körpergröße anbelangt, ähnelte Sarko weniger dem Namensgeber seiner Partei als den beiden Napoleonen, wobei eines der wichtigsten Ziele seiner Präsidentschaft war, die sterblichen Überreste des sogenannten Dritten der Napoleonen aus dem britischen Exil zurückzuholen, was, wie auch sonst sehr vieles, leider mißlang. Ich hatte bei der Visite, zu der ich den frischgewählten Präsidenten bat, lediglich vor, mir ein genaueres Bild von ihm zu machen und, wenn nötig, einige Tips zu geben.

»Bonjour, Monsieur Sarko«, versuchte ich einige fränkische Vokabeln zu reaktivieren.* »Als Präsident bist du formidable. Eine grande Nation braucht einen grand Staatsführer, wie du es bist.«

Wie immer versuchte ich danach das Eis zu brechen, indem ich die Verwandtschaft des Herkunftslandes meines Gastes mit dem Reich der Mitte betonte.

»Wir hatten stets einen Himmelssohn auf der pont des Staates und ihr den Sonnenkönig«, führte ich aus. »Die Unterschiede sind minimal. Und habt ihr nicht die longue Zöpfe in Europa eingeführt, die bei den Chinoisen abzuschneiden ich mich so lange mühte, haha.«

Er verzog keine Miene. An Humor konnte er es nicht mit dem Cavaliere aufnehmen, und mir fiel der Satz eines italischen Dichters** ein, daß die Franken schlechtgelaunte Italier seien.

Ich wechselte zu einem Thema, das vielleicht eher seinen Interessen entsprach.

»Neben der Kochkunst gelten ja unsere Völker auch in der art d'amour als unübertroffen.«

Jetzt wachte er auf und richtete nach kurzem Räuspern das Wort an mich.

* Die Frage, in welcher Sprache er ansonsten mit den Besuchern aus aller Welt konferierte, bleibt Maos Geheimnis, das auch ich nicht lüften konnte.

** Er stammt von dem Franzosen Jean Cocteau.

»Stimmt es, daß die Chinesinnen mit ihren Schenkeln Hamster erwürgen können?«

»Nicht nur das«, antwortete ich, »auch Waschbären.«

»Oh, là, là! – Aber ich habe andere Sorgen.«

»Was für welche?«

»Man macht sich über mich lustig. Ich erwarte ja nicht, daß man dem neuen Präsidenten Rosen auf den Weg streut, aber muß man ihm sofort Knüppel zwischen die Beine werfen?«

»Wer tut das?«

»Nun, die Presse. All diese Hochgebildeten, diese Intellektuellen vom linken Seineufer, die nichts außer Spott, Häme und Niedertracht kennen.«

»Also die Mandarine ...«

Ich wußte, daß es davon eine ungeheure Anzahl im Frankenreich gab, daß sie im Sommer 1968 alter Zeitrechnung ebenfalls eine Kulturrevolution vom Zaune gebrochen hatten, die zwar nicht so erfolgreich wie unsere gewesen war, aber ihre Protagonisten an die Schalthebel der Universitäten, Verlage und Redaktionen gespült hatte. Anders als meine italischen Schüler, deren heißes Blut sie im Wettlauf mit denen Mussolinis Bomben werfen und Knieschüsse abfeuern ließ, konzentrierten sich die fränkischen Avantgardisten auf geistigen Terror, indem sie ein gedankliches Kauderwelsch fabrizierten, dessen qualvolle Lektüre mit der Gewißheit belohnt wurde: man müsse klüger sein als jeglicher Mensch zuvor, wenn man diese durchgestanden habe. Der so leicht entflammbare Sarkozy ereiferte sich auf eine Weise über all die Dekonstruktivisten, Postbeamten des Strukturalismus und Modernismus, die zu konfus und ausufernd war, um sie hier wiederzugeben. Was konnte ich ihm raten? Die Mandarine in Umerziehungslager zu stecken, wie ich es getan hatte, war unter den gegebenen Umständen unmöglich. Abgesehen davon paßten sie, was ich dem krummhaarigen Sarko natürlich nicht sagen konnte, ausgezeichnet in mein Konzept möglichst heilloser Verwirrung. Ich beschränkte mich deshalb auf einige praktische Hinweise zur Regierungsarbeit.

»Was dir fehlt, Monsieur le Président, ist noch die richtige Madame an deiner Seite.«

»Aber ich habe doch eine«, protestierte Sarko. »Cécilia. Ich habe sie gerade zu meiner Bürochefin gemacht.«

»Das kann sie ja bleiben. Aber als Madame la Présidente ist eine Bürochefin völlig ungeeignet. Du brauchst mehr Esprit und Glamour um dich. Leider kannst du nicht so schön singen wie Signore Berlusconi, aber ich habe in einer Bühnenshow eine sehr aparte Femme entdeckt, die das in Zukunft für dich erledigen kann. Sie ist italischer Abstammung und heißt Carla Bruni.«

»Aber die ist doch größer als ich.«*

»Um so besser. Sie wird dich erhöhen und dir den Applaus der ganzen Nation eintragen. Ich jedenfalls habe nur gute Erfahrungen mit Sängerinnen und Schauspielerinnen gemacht.«

Wie sich herausstellte, folgte er meiner Empfehlung, ließ sich noch im selben Jahr scheiden und ehelichte im folgenden die allseits bewunderte Carla Bruni. Auch in der Außenpolitik erwies sich Sarko als gelehriger Schüler. Zuerst überzeugte ich ihn, daß die alte Sonderstellung des Frankenreiches der Vergangenheit angehören und er sich enger an die Amerikaner anschließen müsse. Auf seine Frage, ob er demnach seinen ersten Staatsbesuch in Washington absolvieren solle, antwortete ich: »Man kann es tun, oder man kann es lassen. Aber warum fliegst du nicht vorher nach Peking?« Zur allgemeinen Verwunderung der Öffentlichkeit tat er es und befolgte auch während des sogenannten Südmongolischen Frühlings** meine Maxime, daß Unberechenbarkeit die wichtigste Tugend aller großen Staatsmänner sei. Indem er die Potentaten dieser sandigen Region so lange wie möglich unterstützte, um sie wenig später (wie im Falle von

* Dies war eine der größten Sorgen von Sarkozy. Bei einer Fabrikbesichtigung in Saligny wurden nur Arbeiter in seine Nähe gelassen, die ihn nicht überragten.

** Er meint den arabischen.

Gaddafi und dessen weiblicher Leibgarde) aus ihren Palästen bomben zu lassen, hat er viel zum Chaos in Orient und Okzident beigetragen.

So konnte ich das Frankenreich getrost seinem Schicksal überlassen und mich gewichtigeren Problemen der Weltpolitik zuwenden. Diese konzentrierten sich seit geraumer Zeit auf ein europäisches Bergland, das sich Südslawien nannte. Um dessen komplizierte Lage zu verdeutlichen, muß ich bis in die letzten Jahre des Sowjetreiches zurückgehen. Nicht nur zu meiner Überraschung hatte sich dessen Zusammenbruch ohne größeres Blutvergießen vollzogen. Doch ausgerechnet in jenem Südslawien, das sich dem moskowitischen Einfluß entzogen und die Illusionen auf eine friedliche Entwicklung im Rahmen der »Blockfreiheit« genährt hatte, bahnten sich nach dem Tode seines Staatsführers Josip Broz Tito Auseinandersetzungen an, die zu den schönsten Hoffnungen berechtigten. Dieser sogenannte Marschall mit seiner Paradeuniform war mir schon immer ein Dorn im Auge. Nicht nur, daß er mir Konkurrenz als größter Partisanenführer des Planeten machen wollte, daß er nicht, wie seine albanischen Nachbarn, nach dem Bruch mit Moskau meine Freundschaft gesucht hatte – er schreckte nicht davor zurück, in die Fluten der Adria zu steigen und sich, zusammen mit seiner voluminösen Gattin, schwimmend vor seiner Privatinsel Brioni zu präsentieren. Nebenbei bemerkt: Meinem Beispiel folgend, hatten inzwischen zahlreiche Politiker das Schwimmen als propagandistisches Mittel entdeckt, wobei der deutschländische Umweltminister Taogong* das lächerlichste Beispiel lieferte. Um die Sauberkeit des Rheins zu beweisen, durchpaddelte er mit großem Pomp das schmale Flüßchen – als ob diese Leistung auch nur entfernt vergleichbar wäre mit dem kilometerweiten Schwimmen zwischen Fäkalien, Bananenstrünken und kaputten Sandalen im Jangtsekiang!

Zurück nach Südslawien. Hier hatten sich die nur schwer unterscheidbaren, doch deshalb um so verfeindeteren Völkerstämme zum Kampf formiert, um die Vormacht der Serbier zu brechen und ihre jeweils eigene Bergrepublik zu gründen. Dieses Vorhaben galt es im Sinne der Verfallsbeschleunigung unbedingt zu unterstützen. Deshalb berief ich auf dem Gipfel des Shaoshan meine erste Balkankonferenz ein, deren vornehmlichstes Ziel es war, eine solche Konferenz in der Realität zu verhindern, die ohne meinen Einfluß womöglich zu einer friedlichen Einigung geführt hätte. Leider liegt mir über unsere Tagung kein Protokoll vor, weil Bruder Rothand zum Frühstück zu viele unreife Avocados verzehrt hatte und den ganzen Tag über durch heftigen Durchfall außer Gefecht gesetzt wurde. Ich kann also nur summarisch darüber berichten.

* Töpfer.

Obwohl auch mein Magen von den vier Zwiebeln, mit denen ich die Regierungschefs der führenden NATO-Staaten herbeizitiert hatte, in Aufruhr versetzt wurde, hatte ich die Konferenzleitung fest im Griff. Der Verzehr einer fünften Zwiebel für den Genossen Gorbatschow war unnötig, denn gerade um die Zurückdrängung der Moskowiter aus ihrer alten Einflußsphäre ging es ja. So hielt ich mein Einführungsreferat vor den Herren Bush, Kohl, Mitterrand und Major, der zum Glück die eiserne Lady Thatcher als Premierminister abgelöst hatte. In diesem Referat erläuterte ich die Notwendigkeit der Auslöschung Südslawiens als des letzten Vielvölkerstaats Europas, der obendrein noch veralteten sozialistischen Idealen anhing. Die Einheit des Kontinents, führte ich aus, sei nur erreichbar durch seine vorherige Zerschlagung in möglichst viele kleine Teile. Warum sonst existierte seit dem Ersten Weltkrieg das Selbstbestimmungsrecht der Völker, wenn es nicht auch auf dem Balkan verwirklicht würde? Dann müßten wir es aber auch den Serbiern zubilligen, warf Mitterrand ein, dem Namen nach selbst Sozialist, doch dem dialektischen Denken anscheinend völlig entwöhnt. Ich sagte, daß man das lieber lassen und der bewährten Tradition folgen solle, nur den Schuldlosen unter den Völkern dieses Recht zuzugestehen. Denn zugleich mit dem Selbstbestimmungsrecht habe man die Kriegsschuld erfunden und alle, die diese auf sich geladen hätten, von jenem aufgeschlossen. Sie meinen die Deutschländer, meldete sich Kohl. Natürlich, antwortete ich, und die Magyaren, Bulgaren und wer ihnen sonst noch gefolgt ist. Die Menschheit verträgt nun einmal nicht, wenn alle schuld haben sollen, es müssen immer einzelne sein. Und wer eignet sich in unserem Fall dazu besser als die Serbier? Da sie zahlenmäßig am stärksten sind und außerdem verstreut über das gesamte Staatsgebiet leben, haben sie das größte Interesse, die Einheit Südslawiens zu erhalten. Um das zu verhindern, müssen wir nur die Unabhängigkeit der Teilrepubliken anerkennen, sobald sie von ihnen erklärt wird, und sofort stehen die Serbier als Aggressoren da. Aber das ergäbe einen Flickenteppich lebensunfähiger Zwergstaaten, warf der Renegat Mitterrand ein, deren Namen schon nach Mafia klängen: Montenegro, Mazedonien, Kosovo, Bosnien-Herzegowina – wer solle denn unter diesen Hütchenspielern für Ordnung sorgen, wenn es die Serbier nicht mehr täten? Na, die Europäische Union, kam mir Präsident Bush zu Hilfe, der begriffen hatte, daß meine Vorschläge durchaus den amerikanischen Interessen entsprachen. Wozu seid ihr denn da? Wir liefern die Waffen und bombardieren die Serbier, und ihr schickt nach dem Krieg Truppen, Beamte und freiwillige Helfer, um die neuen Protektorate am Leben zu erhalten. Was das für Geld kosten wird, stöhnte der dicke Kohl, und Mitterand stieß ein empörtes »Sans la France!« hervor, was er damit begründete, daß bei einem solchen Vorgehen auch seine Bretonen und Korsaren sowie sämtliche Minderheiten Europas auf dumme Gedanken kommen könnten.

Um die Gemüter zu beruhigen, zitierte ich das chinesische Sprichwort, nach dem man nicht alle Läuse auf einmal knacken könne, sondern nur eine nach der anderen. Richtig, sprang mir Bush bei, wir reden hier von Südslawien, und wenn Mister Mitterrand weiterhin solche Schwierigkeiten macht, schicke ich ihm die Freiheitsstatue nach Paris zurück, damit er sie sich in den Arsch stecken kann. Diese klare Ansprache verfehlte nicht ihre Wirkung, so daß ich nach dem abschließenden Austausch einiger Höflichkeiten die Astralkörper der Delegierten zurück in ihre Heimatländer schicken konnte.

In der Folgezeit konnte ich auf sämtlichen Kanälen beobachten, wie die Ereignisse auf dem Balkan ihren erfreulichen Verlauf nahmen. Statt imaginärer Schlachten im Weltraum waren endlich reale in Echtzeit zu sehen. Einkesselungen, Artilleriefeuer, Massenfluchten in die eine oder andere Richtung, der Dauerbeschuß von Sarajevo – ich konnte mich über mangelnde Unterhaltung nicht beschweren. Daß dabei die Anhänger Titos ins Hintertreffen gerieten, war unabwendbar, da nun nicht mehr sie die Partisanen waren, sondern ihre slowenischen, kroatischen und bosnischen Gegner, die sich der Unterstützung der freien Welt sicher sein konnten. Als diese schließlich auch Luftangriffe auf die südslawische Armee beinhaltete, war es nur eine Frage der Zeit, bis sich die Serbier beugen würden. Eine gewisse Enttäuschung beschlich mich allerdings, da in Dayton ein Waffenstillstandsabkommen ausgehandelt werden sollte, ohne mich vorher um Rat zu fragen. Zwar war mir das Resultat, ein unabhängiger Staat namens Bosnien-Herzegowina, in dem die Hälfte der Bevölkerung nicht leben wollte und Blauhelmsoldaten für die Sicherheit tschetschenischer Hakkas und wahabitischer Imame sorgen mussten, nicht unangenehm. Doch ich wollte mehr. Ich wollte, daß die Minarette nicht nur in den bosnischen Himmel wuchsen, sondern, zusammen mit den chinaroten Fahnen der Albanier, in den über dem gesamten Westbalkan. Ich wollte, daß dieses tapfere Bergvolk für die Anhänglichkeit belohnt wird, die es unter Führung des Genossen Enver Hodscha mir gegenüber so lange bewiesen hatte. Ich wollte und will noch immer anstelle des Großserbischen Reiches, von denen die Phantasten in Belgrad träumten, ein Großalbanisches Reich!

Um dies zu verwirklichen und das lähmende Schweigen der Waffen zu brechen, war es unumgänglich, eine zweite Balkankonferenz einzuberufen. Diesmal kann ich mich bei ihrer Rekonstruktion auf das wortgetreue Protokoll von Bruder Rothand stützen. Nicht mal ein Jahrzehnt war vergangen, und die Unrast der

Salzaquarianer hatte es fertiggebracht, daß ich auf der Anwesenheitsliste völlig neue Namen entziffern mußte. Das Altern verlangt von dem damit Befallenen, sich permanent mit einem Nachwuchs auseinanderzusetzen, der immer weniger versteht, was man ihm sagen will. In diesem Fall waren es die Präsidenten Clinton und Chirac, Premierminister Blair, Kanzler Schröder und sein geistig noch vierschrötigerer Verteidigungsminister Scharping, dem es durch ich weiß nicht welche Praktiken gelungen war, sich in diese Runde zu schmuggeln. Obwohl er mit seiner Hornbrille fatal an Otto Braun erinnerte, erwies er sich als erstaunlich gelehrig. Bill Clinton hingegen schien in Gedanken mehrmals abwesend, wahrscheinlich bei seiner Praktikantin Lewinsky und ihrer vor allem während seiner Telefonate praktizierten Yin-schluckt-Yang-Technik*, über die er wenig später die Grand Jury seines Landes unterrichten sollte. Um mich verständlich zu machen, wählte ich recht schlichte, doch möglichst eindringliche Worte, die ich, dank Bruder Rothand, nun auszugsweise der Nachwelt übermitteln kann.

GROSSER VORSITZENDER: Ich wünsche allen Delegierten ein glückliches Jahr der Ratte!

Undeutliches Gemurmel als Erwiderung.

* Er meint Oralverkehr.

GROSSER VORSITZENDER: In diesem neuen Jahr stehen schwere Aufgaben vor uns. Was meine ich damit?

GENOSSE SCHARPING, *die rechte Hand hebend:* Den Balkan!

GROSSER VORSITZENDER: Richtig. Wie wir alle sehen, machen uns die Serbier weiterhin Sorgen. Sie unterdrücken das friedliebende Volk der Albanier und versperren ihm den Weg zur Demokratie in einem souveränen Staat.

PRÄSIDENT CHIRAC: Sie meinen, im Kosovo? Aber das ist doch eine uralte serbische Provinz, in der die Albanier damit angefangen haben, die Serbier zu vertreiben.

GROSSER VORSITZENDER: Ob nun der Hahn oder die Henne zuerst gehackt hat, ist, wie der chinesische Volksmund sagt, nicht zu klären. Tatsache ist, daß die Serbier den Fortschritt behindern, indem sie dem Kosovo die Unabhängigkeit verweigern. Was hältst du davon, Präsident Clinton?

PRÄSIDENT CLINTON, *zerstreut:* Wie bitte?

GENOSSE SCHRÖDER: Also, ich halte die Kosovaren für lupenreine Demokraten.

GROSSER VORSITZENDER: Und du, Genosse Blair?

GENOSSE BLAIR: Nun, ich habe dazu eine ganz spezielle Meinung. Aber ich möchte warten, bis sich mein Freund Billy geäußert hat.

PRÄSIDENT CHIRAC: Typisch kleinbritisch! Sich immer hinter dem großen Bruder verstecken!

GROSSER VORSITZENDER, *ungeduldig:* Also, Mister Präsident, bist du bereit, Belgrad zu bombardieren oder nicht?

PRÄSIDENT CLINTON: Bombardieren? Warum nicht.

PRÄSIDENT CHIRAC: Dazu haben wir kein Mandat der UNO.

GENOSSE BLAIR: Da hat er ausnahmsweise recht. Wir brauchen einen triftigen Grund.

GROSSER VORSITZENDER, *nachdem er kummervoll sein Haupt geschüttelt hat:* Ist es etwa kein triftiger Grund, wenn man damit einen Völkermord verhindern kann?

GENOSSE SCHRÖDER: Was für einen Völkermord?

GENOSSE SCHARPING: Na, den der Serben an den Albanern, Gerhard.

PRÄSIDENT CHIRAC, *erregt:* Mit Völkermorden kennt ihr Deutschländer euch ja aus! Aber das hier ist ein gewöhnliches Hauen und Stechen, wie üblich auf dem Balkan. Die UÇK attackiert die Serbier, und die machen Jagd auf die albanischen Partisanen. Was sollen wir uns da einmischen?

GROSSER VORSITZENDER, *beruhigend:* Ihr habt doch alle schon mal etwas von ethnischer Säuberung gehört, Freunde und Genossen?

GENOSSE BLAIR: Eine schreckliche Sache.

PRÄSIDENT CHIRAC: Das müßt gerade ihr Briten sagen. Denkt mal daran, was ihr mit den Buren gemacht habt!

GENOSSE BLAIR: Und ihr mit den Algeriern!

PRÄSIDENT CLINTON, *an den Großen Vorsitzenden gerichtet:* Bedeutet ethnische Säuberung nicht, daß die verfeindeten Volksgruppen voneinander getrennt und unter eigener Verwaltung leben sollen? Eigentlich keine schlechte Idee.

GROSSER VORSITZENDER: Aber mein lieber Präsident Clinton! Denk doch mal daran, wenn dieses Beispiel Schule machen sollte und etwa auch die Russen auf der Krim oder im Donbass Selbstverwaltung wollten. Was würde dazu wohl deine Frau sagen?

PRÄSIDENT CLINTON, *erschrocken:* Um Gottes Willen!

GROSSER VORSITZENDER: Richtig. Wir müssen die Ereignisse im Kosovo als das darstellen, was sie sind: die planmäßige Liquidierung der friedliebenden Albanier durch die rassistischen Serbier.

PRÄSIDENT CLINTON: Wie beim Holocaust?

GROSSER VORSITZENDER, *erfreut:* Genau. Und daß dieser nur durch euer mutiges Einschreiten verhindert werden kann, indem ihr zum Schutze der Kosovaren Belgrad und Eisenbahnlinien, Brücken, Fabriken und südslawische Truppenverbände bombardiert.

PRÄSIDENT CLINTON: Das Problem ist nur, daß wir nicht immer so genau treffen.

GROSSER VORSITZENDER: Das macht doch nichts. Wir brauchen so viele Tote wie möglich, um damit die Massengräber zu füllen, die dann von den Kämpfern der UÇK als Opfer der Serbier präsentiert werden können.

GENOSSE BLAIR: Wir brauchen vor allem einen Beweis, daß dieser Milošević im Kosovo einen regelrechten Völkermord plant. Sonst brauche ich nicht vor das Unterhaus zu treten.

GROSSER VORSITZENDER, *lächelnd:* Aber ich bitte dich, Mister Blair. Wozu habt ihr denn eure Geheimdienste? Die werden doch ein Papier beschaffen können, in dem der südslawische Generalstab seine Pläne für den Überfall auf den Kosovo fixiert hat. *Nachdenklich:* Wir müssen dafür nur einen schlagkräftigen Namen finden.

GENOSSE SCHARPING, *die rechte Hand hebend:* Wie wäre es mit Operation Hufeisen!

GROSSER VORSITZENDER: Nicht schlecht.

GENOSSE SCHARPING, *mit Blick auf den Genossen Schröder:* Darf ich dieses Papier der Weltöffentlichkeit vorstellen?

GENOSSE SCHRÖDER, *knurrend:* Von mir aus.

GENOSSE SCHARPING, *mit Blick auf den Großen Vorsitzenden:* Darf ich auch etwas von Massenvergewaltigungen und aus Mütterleibern geschnittenen Föten erzählen, die die Serbier gegrillt haben?

GROSSER VORSITZENDER, *belustigt:* Aber natürlich. Ihr dürft alles, was der Sache des Friedens und des Fortschritts dient. Ihr dürft sogar die chinesische Botschaft in Belgrad bombardieren, damit meine vertrottelten Nachfolger endlich einmal aufwachen. Was hältst du davon, Mister Präsident?

PRÄSIDENT CLINTON: Ich würde gern erst mal telefonieren.
GROSSER VORSITZENDER: Das ist unmöglich. Was also hältst du davon, die chinesische Botschaft zu bombardieren?
PRÄSIDENT CLINTON: Bombardieren? Warum nicht.

Damit war die Sache entschieden. Als Präsident Chirac im Namen der Grande Nation sein Veto einlegen wollte, empfahl ich Bill Clinton, ihm mit der Rücksendung der Freiheitsstatue zu drohen, woraufhin der Franke seinen Widerstand aufgab. Auch wenn die Schaffung eines Großalbanischen Reiches nicht vollendet werden konnte, bin ich mit den Resultaten unserer konzertierten Aktion zufrieden, bedeuteten sie doch die Abspaltung des Kosovo und die endgültige Kapitulation Serbiens vor den historischen Notwendigkeiten.

Besonders gut machte seine Sache der Genosse Scharping, der begriffen hatte, daß es nicht auf den Wahrheitsgehalt von Horrormeldungen ankommt, sondern auf ihre propagandistische Wirkung, und daß diese desto sicherer erreicht wird, je spektakulärer jene sind. Allerdings beging Scharping den Fehler, sich am selben Tag in einem Swimmingpool auf Mallorca mit einer gewissen Gräfin Pilati fotografieren und interviewen zu lassen, an dem der Bundestag über den Einsatz deutschländischer Soldaten in Mazedonien debattierte. Nun, nicht jeder ist zu einem großen Schwimmer im Gewässer der Weltpolitik geboren. Wie ich später erfuhr, trat der hoffnungsvolle Genosse von seinem Amt zurück und widmete sich fortan einer ihm angemesseneren Beschäftigung, dem Radfahren. Aber das sei nur als kleine Warnung an jene notiert, die allzu forsch in meine Fußstapfen treten möchten – sie sind sehr groß.

Wir schaffen das!

In stillen Stunde erholte ich mich gern vom Regieren, indem ich in den weiten Himmel blickte. Während mich die zarten Finger von Bruder Rothand im Nacken kraulten, beobachtete ich den Zug der Wolken und besonders fasziniert das Treiben der gefiederten Himmelsbewohner. Als einzige mir bekannte Lebewesen haben sie zwei Beine wie wir Menschen, können aber außerdem noch fliegen. Seit ich aus dem Nahsehen wusste, daß sie von den Sauriern abstammen, betrachtete ich die Welt mit anderen Augen. Ob die Saurier auch Federn hatten und so hübsch sangen wie die Vögel? Die Wildgänse und die Kraniche, die den Shaoshan in dieser oder jener Richtung überflogen, schrien allerdings nur, und auch die Nachfahren der sowjetischen Spatzen, die sich ab und zu hierher verirrten, boten lediglich ein bescheidenes Gesangsrepertoire dar. Alles in allem jedoch schloß ich gern die Augen und öffnete die Ohren, um den Unterhaltungen des Federvolkes zu lauschen – wenn nicht einer der immer öfter auftauchenden Düsenjets mir mit seinem Dröhnen die Ruhe raubte. Solange diese geflügelten Blechzigarren ihre diversen Bomben jenseits des Reiches der Mitte abwarfen, hatte ich nichts gegen sie. Seit sie aber, wenn auch nur beladen mit menschlicher Fracht, regelmäßig die Provinz Hunan überquerten, ballte ich jedesmal die Fäuste und schüttelte sie, gemeinsam mit sämtlichen Affen, gegen die Störenfriede. Sie verkehrten zwischen Hongkong und Peking, was aus objektiver Sicht vielleicht begrüßenswert war, mir als Subjekt aber außerordentlich mißfiel.

Ich verzehrte deshalb eine der mehr grünen als rötlichen Zwiebeln, mit denen ich in Notfällen Bruder Hängeohr herbeirufen konnte. Er hatte sich in der Zwischenzeit merklich verändert, und zwar nicht zu seinem Vorteil. Statt der Uniform der Volksbefreiungsarmee trug er jetzt den restaurierten Kranichfederkittel seines Meisters Sturmlocke und dessen alberne Zwei-Pantoffeln-Mütze. Diese Kleidungsstücke konnten aber nicht darüber hinwegtäuschen, daß sowohl seine schon immer etwas klapprige Statur als auch sein faltiges Gesicht eindeutige Zeichen des Verfalls zeigten. Er hustete. Und als ich ihn hinsichtlich seiner Möglichkeiten der Umleitung des Flugverkehrs befragte, gestand er mir, daß dazu seine struktiven Kräfte nicht mehr ausreichen würden und ich mich überhaupt darauf vorbereiten müsse, ihn heute ein letztes Mal zu sehen, denn er sei zwar in der Lage gewesen, mir die Unsterblichkeit zu verschaffen, aber nicht sich selbst.

Gut, damit mußte ich mich abfinden. Zum Glück hatte ich meine äffischen Gefährten, an denen keinerlei Alterungserscheinungen zu bemerken waren, sowie die Zwiebeln, die, sobald ich eine aus dem Erdreich gezogen hatte, immer wieder auf geheimnisvolle Weise nachwuchsen. Nachdem ich mich in die Überwachungskameras des Pekinger Luftfahrtministeriums eingeschaltet hatte, verspeiste ich eine von ihnen, um den Chef der Behörde vorzuladen, was trotz aller konfuzianischen Gegenpraktiken gelang. Der Mann, der noch immer das Abzeichen mit meinem Konterfei am Revers trug, wußte sich nicht zu beherrschen, machte drei Kotaus und wünschte mir ein zehn mal zehntausend Jahre währendes Leben.

»Danke, das habe ich bereits«, erwiderte ich. »Aber ich habe nicht vor, es mir vom Gedonner deiner Düsenflugzeuge verderben zu lassen.«

»Was kann ich dagegen tun? Wir haben jetzt Handelsverbindungen mit Hongkong, und die kürzeste Route nach Peking verläuft nun einmal über Hunan.«

»Dann laß sie einen Umweg nehmen.«

»Aber welchen denn? Etwa über Tibet?«

»Von mir aus über Amerika. Oder willst du, daß ich deine Blechzigarren reihenweise zum Absturz bringe, Genosse?«

Das wollte er nicht, und tatsächlich kehrte innerhalb eines Zeitraums, der unten im Tal einer Woche entsprechen dürfte, die himmlische, nur von Vogelrufen und dem vertrauten Palaver der Affen unterbrochene Ruhe zurück.

Ob allerdings der Genosse Luftfahrtminister tatsächlich die mich belästigenden Flugzeuge über Amerika umleiten ließ und dies die Ursache für jenes welterschütternde Unglück war, das unter dem Namen »Neun Elfen«* in die Geschichte einging, wage ich nicht zu behaupten. In dem Augenblick, als ich zum erstenmal (und seitdem sicher noch dutzendfach) eine Flugmaschine einen der New Yorker Zwillingstürme mit einer Stichflamme durchbohren sah, schoß mir durch den Kopf – das kann nur Michael Rust sein. Allerdings brannte da bereits der zweite, von einer anderen Maschine getroffene Turm. Und als die Reporter davon zu sprechen begannen, daß eine dritte Maschine in das Pentagon und eine vierte in ein Maisfeld gestürzt sei, mußte ich meine Theorie revidieren. Auch ein Michael Rust kann nicht vier Flugzeuge zugleich steuern. Daß es sich bei den Piloten jedoch um Kämpfer aus Osama bin Ladens Partisanenorganisation handelte, wie man bald darauf behauptete, kann ich nur bezweifeln. Die Südmongolen eignen sich wohl zur Führung von Kamelkarawanen durch die Wüste, aber schwerlich zu komplizierten Manövern mit Blechzigarren in der Luft.

* Er meint Nine Eleven.

Lassen wir die Ursachen dieses Terroranschlags oder Unglücks, oder wie immer man es nennen mag, beiseite und wenden uns den Folgen zu. Noch während die Affen angesichts der zusammenstürzenden Hochhaustürme, der von wehender Asche verfolgten, panisch durch die Straßen irrenden Menschen in heftiges Gezeter ausbrachen und sich die Hände vor Augen, Münder und Ohren hielten, dachte ich bereits darüber nach, wie dieses Ereignis zu nutzen wäre. Es hatte nicht nur die erhabenste Doppelerektion des Kontinents und mit ihr die gesamte Vertikalbauweise, die seit den gotischen Domen das Gesicht des Abendlandes bestimmt, ins Nichts fallen lassen. Es hatte auch den felsigen Grund erschüttert, auf dem Manhattan und mit ihm das so ausgeprägte Selbstbewußtsein der Vereinigten Amerikaner erbaut worden war. Zum erstenmal war der Löwe in seiner eigenen Höhle angegriffen und auch getroffen worden. Ich ließ eine angemessene Zeit verstreichen, in der er seine Wunden lecken konnte, bevor ich ihn in Gestalt seines Präsidenten zu mir bestellte.

Ich staunte nicht wenig, als ich ihn zu Gesicht bekam. Daß es sich nicht mehr um Bill Clinton handelte, wußte ich, doch befand ich mich infolge einer zeitweisen Unaufmerksamkeit in dem Glauben, mit George W. Bush einen alten Bekannten oder, wie ich anfangs argwöhnte, sein etwas kleineres und jüngeres Double zu treffen und nicht seinen Sohn. Haben die

Amerikaner so wenige Namen, daß sie diese doppelt verwenden müssen? Wollten die Bushs, wie ehemals die Kennedys, die Republik in eine Erbmonarchie verwandeln? Mir konnte es nur recht sein, solange sie solch medial empfängliche Nachkommen produzierte wie Bush junior.

»Leider kann ich dir nichts zu trinken anbieten, George«, begrüßte ich ihn.

»Danke«, erwiderte er, »ich trinke schon seit Jahren nicht mehr.«

Statt dessen kaute er Kautschukgummi auf eine so intensive Weise, die mich an die Mahlbewegungen von Wiederkäuern, etwa bei Wasserbüffeln und Kamelen, erinnerte. Trotzdem war er mir in seiner Unbefangenheit sympathisch.

»Zuerst möchte ich dir im Namen des chinesischen Volkes mein Beileid aussprechen. Du kannst sicher sein, daß wir euren Schmerz nachfühlen können, denn im Grunde sind wir ja Verwandte.«

»So?«

»Da kannst du sicher sein. Wer hat schließlich den amerikanischen Kontinent zuerst besiedelt? Unsere Nordchinesen, als sie in einem langen Marsch über die vereiste Beringstraße bis hinunter nach Feuerland zogen.«

»So habe ich das noch nie gesehen.«

»Solltest du aber. Nimm mal die alten Mexikaner. Zeugt ihre Vorliebe für Hunde- und zu gewissen

Gelegenheiten auch für Menschenfleisch nicht davon, daß sie unsere Nachfahren sind, auch wenn ihre Küche, infolge der langen Trennung vom Mutterland, nicht mehr zur kulinarischen Spitzenklasse zählt?«

»Das mag alles sein«, wandte George junior ein, »spielt aber für die Gegenwart keine Rolle mehr. Und in der habe ich Sorgen genug.«

»Was ich dir gern glaube. Aber die Vereinigten Staaten sind schon mit ganz anderen Feinden fertig geworden als mit dieser Luftguerilla. Weißt du, daß ich seit meinem ersten Lungenzug aus einer amerikanischen Zigarette zu den Bewunderern deines Landes gehöre? Dabei seid ihr eine ausgesprochen junge Nation. Wie lange gibt es eigentlich die USA?«

»Seit über zweihundert Jahren.«

»Siehst du. Die Vereinigten Staaten von China gibt es seit über zweitausend Jahren. Ihr habt noch alles vor euch und werdet euch von solchen Rückschlägen leicht erholen.«

Um ihn aufzumuntern, zählte ich die wichtigsten Errungenschaften seines Landes auf, deren Liste ich mir in Vorbereitung auf unsere Sitzung eingeprägt hatte. Zuerst schmeichelte ich ihm, daß er und seine weißen Landsleute Erben der alten Lateiner seien, weil sie wie diese in eine neue Heimat eingewandert seien und sie zum Zentrum eines großen Reiches des Friedens und Wohlstands gemacht hätten, das in Zukunft dazu bestimmt sei, sich mit China die

Herrschaft der Welt zu teilen. Wie die Lateiner hätten sie sich nicht mit einer eigenen Kultur belastet, sondern, wie jene die hellenische, die alteuropäische importiert und im Sinne der leichteren Praktizierbarkeit vereinfacht.

»Wir sollen keine Kultur haben?« zeigte sich der junge Bush enttäuscht. »Das mußt du mir erklären.« Für ihn war das Duzen kein Problem. Offenbar erwartete er von mir väterliche Belehrungen, die ich ihm gerne erteilte.

»Ich habe nur gesagt, daß ihr keine *eigene* Kultur habt – abgesehen von den Klagegesängen der aus Afrika geholten Dunkelwaldmenschen. Der Rest sind doch Ausläufer der europäischen Kultur, die ihr, wie es unter von ihren Wurzeln abgeschnittenen Auswanderern üblich ist, den rustikaleren Bedingungen in der neuen Welt angepaßt habt. Nehmen wir einmal eure Lieblingsbeschäftigung, den schon von den Hellenen so hoch geschätzten Sport. Ist euer Bowling nicht eine Abart der deutschländischen Asphaltkegelei, indem ihr die Bahnen highwayartig verbreitert und einen Kegel mehr aufgestellt habt, damit ihr sie ja nicht verfehlt? Und habt ihr nicht das Kricket zum mir allerdings noch immer unverständlichen Baseball sowie das ebenfalls britische Rugby zum American Football simplifiziert, euch im letzteren Fall daran erfreuend, wenn die in Gladiatorenrüstungen steckenden Spieler möglichst lautstark aufeinanderkrachen?«

Um keine Mißverständnisse aufkommen zu lassen, fügte ich sogleich hinzu, daß meine Bemerkungen keinen Vorwurf bedeuteten. Vielmehr zollte ich den Bemühungen um die Verflachung der Kultur ausdrücklich Respekt, da man sie ja nicht auf einen Schlag abschaffen könne. In dieser Hinsicht seien meine Nachfolger während der Kulturrevolution wohl etwas zu weit gegangen und hätten sich durchaus am etwas langsameren, dafür um so nachhaltigeren »american way of life« orientieren können. Denn über die grundsätzliche Stoßrichtung, daß die sogenannte Kultur als eine Behinderin der Glückseligkeit der Menschen beseitigt werden müsse, seien wir uns doch einig.

»Da bin ich mir gar nicht so sicher!« Bush junior, sich aus der Ratlosigkeit befreiend, in die ihn meine Ausführungen gestürzt hatten, fügte in der für seine Landsleute typischen übertriebenen Lautstärke hinzu: »Das mußt du mir erklären!«

»Ich werde es versuchen«, sagte ich. »Habt ihr Amerikaner nicht die geniale Eingebung gehabt, in eurer Verfassung ›the pursuit of happiness‹ als ein Menschenrecht zu deklarieren? Eine Forderung von so erhabener Sinnlosigkeit, daß sie noch heute in all euren Liedern, Musicals und, als Happy-End, in euren Filmen nachhallt. Was ist das überhaupt, dieses ›Glück‹? Meint ihr damit das, was man im Karten- oder Brettspiel haben kann und in Glückskeksen als reicher Kinder-, Geld- oder Gesundheitssegen verheißen wird?

Zu Recht genügt euch das nicht. Ihr meint ein permanentes, niemals nachlassendes Sichwohlfühlen, einen Höhenrausch ohne Drogen, den man am einfachsten negativ umschreiben kann, nämlich durch die Abwesenheit von Unglück, Schmerzen, Liebeskummer und allen anderen Arten wirklicher oder eingebildeter Leiden. Ihr meint nichts anderes als die wunschlose Zufriedenheit.«

»Okay.« George Bush junior stellte einen Moment das Gummikauen ein. »Damit könnte ich mich einverstanden erklären. Was bedeutet es aber im einzelnen?«

»Es bedeutet, daß wir das Wünschen verhindern müssen. Übrigens kannst du mir glauben, daß alle meine revolutionären Bestrebungen kein anderes Ziel hatten und haben, als die Menge des auf der Erde vorhandenen Glücks bzw. der Zufriedenheit zu vergrößern. Dazu muß es auf so viele Köpfe wie möglich verteilt werden. Es nützt überhaupt nichts, wenn es in einzelnen noch so prachtvolle Blüten treibt – das fördert nur Neid, Eifersucht und Leere in den anderen. Wir müssen die Zufriedenheit in alle Herzen pflanzen. Dazu ist es nötig, das, was man so großspurig als Kultur zu bezeichnen gewohnt ist, auf ein Mindestmaß zu reduzieren, wenn nicht auszurotten. Denn die unabänderliche Eigenart der Kultur ist es, weltfremde Wünsche, unerfüllbare Bedürfnisse und Moskitoschwärme überflüssiger Gedanken zu produzieren, die den Menschen ihre Zufriedenheit nehmen. Sie ist das Resultat des Müßiggangs der Ausbeuterklasse, eine Dekadenzerscheinung der menschlichen Spezies. Man kann es am deutlichsten an den Hellenen sehen, die ihr Salzaquarianer noch immer für die ungeschlagenen Weltmeister auf kulturellem Gebiet haltet. Haben sie sich nicht der Yang-Yang-Erotik ergeben und würden heute als Päderasten in euren stattlichen Gefängnissen schmoren?«

»Gut möglich«, brummte Bush junior. »Aber das waren auch andere Zeiten.«

»Die Zeit gibt es nicht, junger Freund.«

»Wer sagt das?«

»Ich sage das, der als lebendiger Beweis ihrer Nichtexistenz vor dir sitzt. Wo war ich stehengeblieben? Richtig, bei der Kultur. Ich wollte euch Amerikanern gerade das Kompliment machen, daß ihr hinsichtlich ihrer Auslöschung auf einem guten Weg seid. Nehmen wir die Musik. Eure Voraussetzungen zu deren Verkümmerung waren natürlich vorzüglich, da ihr auf der Überfahrt in die Neue Welt keine Klaviere, Kontrabässe und Waldhörner mitnehmen konntet, sondern nur die handlicheren Mundharmonikas. Von den Spaniolen habt ihr dann das Gitarrespielen und von euren Plantagensklaven das Trommeln gelernt, deren Klagegesänge ihr wiederum in Lieder vom Weltfrieden, von Happiness oder Unhappiness verwandelt habt, die, und das ist euer größtes Verdienst, nie länger als drei bis fünf Minuten dauern. Diese ihre Kürze, gepaart mit erhöhter Lautstärke, verhindert jenes unproduktive Sichversenken in fremde Gefühls- und Gedankenwelten, wie es für die Hörer klassischer Musik so gefährlich werden kann und weshalb ich angeregt habe, das Violinenspiel in das Ausbildungsprogramm unserer Geheimagenten und -agentinnen zu integrieren, genauso wie das Kochen und das Blumenbinden. Wenn nur noch Chinesen in den Symphonieorchestern dieser Welt sitzen und der Rest der akustischen Beschallung durch amerikanische Drei-Minuten-Sänger besorgt wird, dürfte die Musik keine größeren Schäden mehr anrichten.«

Ich war jetzt in Fahrt geraten wie auf einem Parteitag und fuhr mit einer Emphase fort, als säße nicht der verdatterte Bushsohn, sondern das tausendköpfige Delegiertenheer in der Großen Halle des Volkes vor mir. Bruder Rothand kam kaum noch hinterher mit dem Schreiben, und seine um uns versammelten Gefährten klatschten nach jedem Satz begeistert Beifall.

»Sie, die Musik«, rief ich, »ist somit wichtiger Bestandteil der polykulturellen* Verwirrung geworden, die uns entscheidende Schritte vorangebracht hat. Denn was war die sogenannte Kultur anderes als das Erzeugnis separierter Menschengruppen, die

* Er meint: multikulturellen.

ihr spezifisches Menschsein in solchen Absonderlichkeiten wie spaniolischer Gitarrenmusik, ägyptischem Pyramidenbau, italischem oder chinesischem Operngesang, nipponesischer Töpferei oder hindostanischer Tanzkunst artikulierten. Ich habe lange geglaubt, man könnte diesem Unfug durch Verbote ein Ende bereiten. Doch euer Beispiel hat mir gezeigt, daß die Polykultur ein viel effektiverer Weg zur Auslöschung der Kultur ist, indem sie sie frikassiert, nivelliert und bis zur Unkenntlichkeit vermischt, ohne ihren Liebhabern die Illusion zu nehmen, deren Höhen zu erstürmen.

Ähnliche Erkenntnisse habe ich auf dem Gebiet der Agitation und Propaganda gesammelt. So sehr ich das kaiserliche Rot unserer Fahnen und Transparente sowie die einheitliche Kalligraphie der Losungen schätze, so lassen sie doch der Sehnsucht nach anderen Farben Raum. Die amerikanischen Werbetafeln und Prospekte hingegen überfluten die optischen Rezeptoren des Hirns derart mit wechselnden Formen und Farben, daß es auf keinerlei dumme Gedanken kommen kann. Auch habe ich den Eindruck, die von uns praktizierte Wiederholung immergleicher Botschaften sei weniger wirksam für die Gleichschaltung des Rezipienten als eure sich gegenseitig überbietende Überfülle. Allerdings fällt mir eine immer wiederkehrende Konstante in eurem Schriftbild auf, die Präsenz der Ziffer 9 nämlich, sei es als 9,99, als 99,99 oder gar als 999,99.

Hat das eine magische Bedeutung? Habt ihr von der Existenz eines neunten Himmels erfahren, zu dem ihr euch auf diese Weise Zutritt verschaffen wollt?«

»Nicht daß ich wüßte«, bemerkte Bush junior. Er wußte anscheinend grundsätzlich nicht viel. Dann lachte er hell auf. »Ach, du meinst die Preisschilder. Darum mußt du dir keine Sorgen machen, die haben keine tiefere Bedeutung.«

»Wie dem auch sei. Wir dürften uns jedenfalls einig darin sein, daß ein ambitioniertes Individuum die größte Gefahr für die allgemeine Zufriedenheit darstellt.«

»Aber das Individuum ist uns heilig!« widersprach erstmals der Präsident.

»Das soll es auch bleiben. So wie wir dem Kollektiv der Menschheit das Paradies auf Erden versprochen haben, versprecht ihr es jedem einzelnen, wenn er nur bereit ist, seine gesamte Persönlichkeit einschließlich beider Ellenbogen dafür einzusetzen. Das Frappante aber ist, daß sich die Resultate insofern ähneln, als wir auf anscheinend entgegengesetztem Wege vergleichbar uniforme Massen schaffen konnten. Ja, ich bin bereit, den Konsumismus als eine Frühform des Kommunismus zu akzeptieren, da er bereits an der Liquidierung des Besitzes arbeitet, wenn auch auf eine Weise, die ich nicht vorausgesehen habe. Während wir den Kommunismus dahingehend definierten, daß in ihm niemandem etwas außer seiner Zahnbürste gehört,* erreicht euer Konsumismus das gleiche Ziel, indem ihr jeden Tag eine neue Zahnbürste benutzt. Wenn nämlich zu viele Dinge in Gebrauch und, wie es die turbokapitalistische Produktionsweise gewährleistet, innerhalb kürzester Zeit verschlissen sind, kann sich ebensowenig ein Besitzdenken entfalten wie unter Verhältnissen, in denen es kaum Dinge gibt, die man besitzen kann.

Alles kommt schließlich auf die Dynamisierung des Lebens an, wozu eure Erfinder im Tal des Silicons einen wegweisenden Beitrag geliefert haben. Ich wage sogar zu behaupten, daß sie dabei sind, das Ideal der permanenten Revolution zu verwirklichen, indem sie der doch sehr begrenzten gewöhnlichen Welt eine imaginäre übergeordnet haben, in der alles und auch das Gegenteil möglich ist. Ich weiß nicht, welche struktiven Kräfte sie dazu mobilisiert haben, aber wenn ich es richtig verstanden habe, muß man beim Lenken eines Automobils jetzt nicht mehr auf die Straße achten, sondern auf seinen Navigator, muß nicht mehr mit den Menschen in seiner Umgebung plaudern, sondern kann es über sein Schlauphone mit meilenweit entfernten Personen, kann Brett- und Kartenspiele anstatt mit

* Ein unter den Beschwernissen des Langen Marsches geborene Definition, deren genaue Quelle ich unter meinen Papieren nicht wiederfinden konnte, von der ich aber glaube, daß sie den Sozialismus und nicht den Kommunismus meint.

streitsüchtigen Nachbarn mit friedlichen Gespenstern betreiben. Man muß nicht mehr grübeln, sondern kann kugeln! Durch diese Verlagerung des eigenen Innenlebens in das äußere eines Maschinchens ist der Benutzer in der Lage, sowohl seine Hände als auch seine Gehirnzellen derart zu schonen, daß er sie fast unbenutzt mit in sein Grab nehmen kann. Er muß keine Erfahrungen mehr machen außer denen zur Bedienung seiner Geräte notwendigen. Und er kann sich durch diese einer Überfülle von Wissen bedienen, das er nicht erst mühsam erwerben muß, sondern das ihm in Form des Bescheidwissens oder der Information ständig zur Verfügung steht. Will er wissen, wieviel heute die Avocados auf dem Markt von Honolulu kosten – kein Problem. Will er wissen, wieviel Haare das Fell eines Pandabären hat oder in wieviel Milliarden Jahren die Milchstraße sich in eine aus Käse verwandeln wird – er braucht nur die entsprechenden Knöpfchen zu drücken. Man kann dieses Wissen als unnütz denunzieren, aber übersieht damit seine wichtigste Aufgabe, das Überflüssigwerden eigener Gedanken, die zwangsläufig in die Unzufriedenheit führen. Jahrzehntelang haben wir in China und anderen Volksrepubliken mit der Unterdrückung von Informationen experimentiert, um nun zu erfahren, daß ein Übermaß an ihnen viel eher unseren Interessen entspricht. Ihr Verschweigen fordert dazu heraus, sie durch eigene Gedankenoperationen zu ersetzen, während ihre exzessive Handhabung keinen Raum für ein derart destruktives Verhalten läßt. Erst seit der Geburt des Internets kann die Demokratie ihr gewaltiges Potential zur menschlichen Beglückung frei entfalten.«

Bei dem magischen Wort »Demokratie« schlug George W. Bush, der ein wenig eingenickt war, wieder seine Augen auf. »Hand aufs Herz, alter Junge«, sagte er und stellte mir die Gretchenfrage in ihrer modernsten Fassung: »Bist du eigentlich für die Demokratie oder nicht?«

»Wie kannst du daran zweifeln?« antwortete ich entrüstet. »Was bedeutet Demokratie anderes als Volksherrschaft? Und genau dafür habe ich mein irdisches Leben lang gekämpft, für die Herrschaft des Volkes, die Herrschaft der Masse über den einzelnen, der Quantität über die Qualität, des Gewöhnlichen über das Herausragende. Um das unmißverständlich zu klären, haben wir den Begriff der ›Volksdemokratie‹* verwendet, der uns von minderentwickelten Demokratiearten unterscheidet. Denn sosehr ich die amerikanischen Verdienste um diese Regierungsform anerkenne, müßt ihr zugeben, daß ihr die Erben der hellenischen Sklavenhalterdemokratie seid. Was in ihr die barbarischen Kriegsgefangenen waren, sind bei euch die Dunkelwaldmenschen.«

* Chinesisch: *renmin minshu shidu.*

»Wie bitte? Meinst du unsere Afroamerikaner? Die sind längst freie Bürger, wahlberechtigt wie alle anderen.«

»Tja, eure Wahlen. Wie ich gehört habe, steckt höchstens die Hälfte der Amerikaner Zettel in die Urnen und von den Dunkelwäldlern noch viel weniger, weil die meisten in euren komfortablen Gefängnissen einsitzen.«

»Jetzt übertreibst du aber!«

Zwecks Besänftigung meines Gastes versicherte ich, daß ich gegen den wohlorganisierten Betrieb von Gefängnissen nicht das geringste einzuwenden habe. Auch auf diesem Gebiet seien unsere beiden Länder schließlich Weltspitze, ebenso bei der Vollstreckung der Todesstrafe zum Schutze der Allgemeinheit. Allerdings wird sie bei uns in Ermangelung von Amokläufern und Mehrfachmördern vorzugsweise gegen Wirtschaftsverbrecher eingesetzt, die, insbesondere wenn sie dem einheimischen Bankgewerbe entstammen, bei unseren amerikanischen Freunden wiederum hohes Ansehen genießen.

»Aber das«, sagte ich, »sind nur geringe Differenzen, die angesichts des Sieges der digitalen Welt über die reale ohne größere Bedeutung sind. In ihr, der Welt der zwitschernden Gesichtsbücher*, kann

* Mao meint Twitter und Facebook.

die Menschheit besser als in jeder Wandzeitung ihr Recht auf freie Meinungsäußerung ausschöpfen, auf diese Weise die wahre Volksherrschaft errichtend, indem sie über alles und jeden ihre Urteile, Kommentare und Verleumdungen verbreiten darf. Das ist die wahre Kulturrevolution! In ihr kann sich jeder einer Hetzmeute seiner Wahl anschließen, Schandhüte verteilen, Schauprozesse führen und so viel virtuellen Terror ausüben, wie es ihm beliebt.«

»Nun ist es aber genug!« rief Bush der Zweite und spuckte seinen Kaugummi aus. »Du schwadronierst über virtuellen Terror, während die Araber unsere höchsten Wolkenkratzer samt den darin Beschäftigten pulverisiert haben. Das ist echter Terror, und darüber solltest du dir Gedanken machen.«

»Du hast recht, mein Sohn«, sagte ich. »Gerade wollte ich darauf zu sprechen kommen.«

Obwohl ich keineswegs davon überzeugt war, daß wirklich Sandmenschen (selbst wenn einige in Deutschland ausgebildet worden waren) die geflügelten Blechzigarren gesteuert hatten, hatte ich meinen Maßnahmeplan auf diese inzwischen zur Tatsache erklärte Vermutung ausgerichtet.

»Natürlich dürft ihr einen solchen Angriff nicht unerwidert lassen. Was hast du inzwischen unternommen?« fragte ich.

»Den Notstand ausgerufen natürlich. Dann habe ich die Air Force losgeschickt, um die Terroristennester in Afghanistan auszuräuchern, aber dieser Osama bin Laden ist einfach nicht aufzutreiben. Da haben wir auf gut Glück bombardiert.«

»Sehr gut. Um diesen Kameltreiber mach dir keine Sorgen. Der große Krieger, sagt das Sprichwort, wartet am Fluß, bis die Leiche seines Feindes vorbeischwimmt. In der Zwischenzeit solltest du allerdings die Gelegenheit nutzen, ein paar alte Rechnungen zu begleichen.«

»Was meinst du damit?«

»Was wohl? Hast du euren alten Familienfeind Saddam Hussein vergessen?«

»Was hat der damit zu tun?«

»Gehört er nicht auch zu den Sandmenschen?«

»Was weiß ich! Jedenfalls sagen unsere Geheimdienste, daß er keinerlei Verbindungen zu Al-Qaida hat und vollauf damit beschäftigt ist, seine Landsleute unter Kontrolle zu halten.«

Dies sei doch kein Hindernis, erklärte ich ihm, mit einem Krieg gegen den Irak das Werk seines Vaters zu vollenden und, indem er Saddam eliminieren lasse, der Welt zu zeigen, daß kein Mensch vor der Rache Amerikas sicher sei. Als Präsident sei er doch der Chef seiner Geheimdienste und könne von ihnen fordern, Beweise zum Beispiel für die Existenz von Massenvernichtungswaffen zu liefern, mit denen dieser Sohn einer räudigen Hündin die gesamte zivilisierte Welt bedrohe. Dieses Argument und besonders der Hinweis auf seinen Vater, als dessen würdiger Sohn er sich mit einer solchen Strafaktion erweisen würde, stimmten Bush junior nachdenklich.

»Da ist was dran«, gab er zu. »Ich könnte ja Bagdad bombardieren lassen.«

»Damit ist es nicht getan. In diesem Fall müßt ihr schon einmarschieren.«

»Um Gottes Willen!« George hatte sich seit seiner Abkehr vom Alkohol dem Christengott zugewendet. »Denk dran, was uns in Vietnam passiert ist!«

»Hier liegt der Fall völlig anders. Im Irak gibt es keinen Urwald, den ihr erst entlauben müßt. Da gibt es nur Wüste. Da existieren auch keine Partisanen, sondern nur friedliebende Fellachen, die darauf warten, daß ihr sie von Saddams Gewaltherrschaft befreit und ihnen die Demokratie bringt. Ihr braucht ihnen lediglich den Kopf des Diktators zu zeigen, seine Armee zu entwaffnen und freie Wahlen zu veranstalten. Danach könnt ihr wieder abziehen.«

»Und was dann? Dann bricht doch das reinste Chaos aus!«

Damit lag er zweifellos richtig, so daß ich nicht umhinkonnte, ihn in meine weitergehenden Pläne einzuweihen. Dieser von mir so geliebte Zustand des Chaos oder allgemeinen Bürgerkrieges würde sich mit geradezu naturgesetzlicher Notwendigkeit über die mit den Linealen der britisch-fränkischen Kolonisatoren gezogenen Grenzen ausweiten und die benachbarten Völkerschaften animieren, ebenfalls ihre Despoten zu stürzen. Deren militärische Eliten aber, wurden sie nun in Moskau oder Camp David ausgebildet, sind der einzige Garant einer staatlichen Ordnung in dieser von heißblütigen Wüstenkriegern bewohnten Region. Wären jene erstmals beseitigt und ihre Waffen unter dem männlichen Teil der Bevölkerung verteilt, würde sich dieser wieder seiner alten Leidenschaft, der Führung von Stammeskriegen im Namen Allahs, hingeben. Nach den im ahnungslosen Westen bejubelten Bildern von den Demonstrationen und Denkmalstürzen des »Südmongolischen Frühlings« würden die Schlauphones nun Aufnahmen von den Köpfungen Ungläubiger und den Sprengungen ihrer unheiligen Tempel übermitteln. Da durch die unvorsichtige Erfindung des Penicillins und anderer lebenserhaltender Medikamente die Bevölkerungszahl in diesen Ländern so explosionsartig gewachsen ist, daß sich beileibe nicht alle Männer umbringen können, würde sich ein beträchtlicher Teil, einschließlich einiger als Schutzschilde dienender Frauen und Kinder, zu den Salzwasserstränden ihrer Länder begeben, um die dort wartenden Boote zu besteigen.

»Und wohin werden sie fahren?«

»Nach Europa!«

Bush hatte begriffen, wenn auch nicht, welch großartige Chancen sich daraus ergeben würden. Ich mußte ihm erst noch einige grundsätzliche Dinge erklären.

»Du bist dir doch über unsere gemeinsamen Interessen im klaren? Seit Tschu En-lai mit Präsident Nixon an einer Tischtennisplatte die Pingpong-Diplomatie ausarbeitete,* sind wir uns einig darüber, daß die Macht in dieser Welt zwischen uns aufgeteilt werden muß und wir keine Rivalen dulden dürfen. Wer aber sind unsere gefährlichsten Feinde?«

»Die Araber?«

»Nicht doch. Unsere hartnäckigsten Rivalen sind die Europäer, insbesondere wenn sie sich mit den Moskowitern verbünden.«

»Das könnte stimmen.«

»Es ist so klar wie Nudelsuppe und muß unbedingt verhindert werden. Das Problem ist nur ihr neuer Präsident, dieser Tschekist Putin. Als ich ihn zu mir bestellte, preschte er mit bloßem Oberkörper auf einem Pferd heran, machte sämtliche Affen scheu und verschwand lachend auf Nimmerwiedersehen. Stell dir vor, er raucht nicht und trinkt keinen Alkohol.«

»Alle Achtung!«

»Und die Krankenstube von Jelzin hat er in ein Fitneßstudio umbauen lassen. Dieser Mann ist nicht zu unterschätzen. Wir müssen ihn bändigen und vor

* Anscheinend mußte es Tschu En-lai übernehmen, weil der »Zweite Drache« kein Talent zum Tischtennisspielen hatte.

allem von den übrigen Europäern isolieren. Du kennst doch die Krim?«

»Das ist irgend so eine russische Insel.«

»Nicht ganz. Es ist eine Halbinsel, die den Moskowitern gehörte, bis sie Chruschtschow im Trunk den Ukrainern geschenkt hat. Dort liegt Sewastopol und in dessen Hafen die gesamte Schwarzmeerflotte der Moskowiter vor Anker. Wenn wir nun die Ukraine zum Beitritt in die EU und die NATO einladen, kann sich das Putin unmöglich bieten lassen.«

»Wir könnten die Ukraine auch zum einundfünfzigsten Bundesstaat der USA erklären.«

»Das wäre zu offensichtlich. Es genügt, wenn wir die dortige Bewegung für Demokratie und Menschenrechte unterstützen. Da diese Ideen von den ukrainischen Moskowitern gefürchtet werden wie das Weihwasser vom Teufel, werden sie garantiert zu ihren Kalaschnikows greifen, woraufhin wir die Europäer zu heftigen Protesten, Sanktionen und anderen Torheiten bewegen können, die ihnen selbst am meisten schaden. In der Zwischenzeit, mein lieber George, haben die hitzigen Sandmenschen ihre Ben Alis, Gaddafis und Mubaraks in die Wüste gejagt und schicken sich an, die hellenischen und italischen Küsten zu entern. Da die Europäer aber durch Mauer und Eisernen Vorhang eine fast klinisch zu nennende Phobie gegen jede Art von Grenzen entwickelt haben, werden sie die ihren nicht zu schützen wissen.«

Dem jungen Bush mußte ich erst die Chancen erläutern, die in diesem Zustand liegen würden. Als Präsident eines Staates, der von Piraten gegründet worden war und praktisch nur aus Einwanderern bestand, konnte er die Folgen einer solchen Massenmigration für Europa nur unterschätzen. Ich mußte ihm klarmachen, daß auf diesem Kontinent der Fall anders lag als in seiner texanischen Heimat. Da gab es nicht nur Kühe und Bohrtürme, sondern Kühe und Kirchtürme und vor allem massenhaft Menschen, die sich um diese in zahllosen Städten scharten. Und was würde mit ihnen geschehen, wenn sie plötzlich mit den Karawanen der Maghrebiner, Syrer und Babylonier, der hennabärtigen Paschtunen samt ihren verschleierten Frauen und barfüßigen Kindern konfrontiert würden, von den nachdrängenden Dunkelwäldlern ganz zu schweigen? Was, wenn diese nicht nur den Koran schwenken würden, sondern auch ihre Krummschwerter und Kalaschnikows und sich mit ihren Sprengstoffgürteln partout zu Allah und den ihnen verheißenen 72 Jungfrauen katapultieren wollten? Was würde aus der vielgepriesenen Salzwasserkultur werden, wenn sie dem Ansturm von Massen ausgesetzt wäre, die nichts von ihrer Sprache, ihrer Geschichte und den ohnehin nur noch dürftigen Resten ihrer Sitten, Gebräuche und Zeremonien verstehen? – Ein klägliches Mittel des Trostes für die Eliten, wie es die lateinische Kultur für die Ewiggestrigen in den Fluten der letzten Völkerwanderung war. Ein

Archipel von winzigen Inseln der Seligen, die fassungslos auf den ständig steigenden Ozean der Amerikanisierung, Orientalisierung und Mongolisierung starren.

Daß dies das Ende für das von seinem Berater Rumsfeld später so genannte »alte Europa« und der Beginn eines »neuen« sein mußte, von dem der Rest der Welt nichts mehr zu befürchten hätte, begriff selbst mein Freund Bush der Zweite. Um völlig sicherzugehen, ließ ich ihn unseren Maßnahmeplan noch einmal rekapitulieren.

»Zuerst bombardiere ich Bagdad.«

»Gut. Und dann?«

»Dann erkläre ich Saddam und Konsorten zur Achse des Bösen, pfeife auf die UNO, liefere diesem Hussein die Mutter aller Schlachten, werde ihn, den Verlausten und Bärtigen, aus irgendeinem Erdloch ziehen und der Weltöffentlichkeit präsentieren. Dann hauen wir so schnell wie möglich wieder ab.«

»Weiter.«

»Dann rufe ich den ›Mongolischen Frühling‹ aus, bombardiere Tripolis, Kairo, Damaskus …«

»Nicht übertreiben.«

»Na gut. Dann setze ich mich eben ans Mittelmeer und warte, bis die Leichen meiner Feinde und die Nichtleichen meiner Freunde an mir vorbeischwimmen, letztere hinüber nach Europa, um es in ihrer Verzweiflung mit sich in den Abgrund zu ziehen.«

»Und? Hast du nicht etwas vergessen?«

»Richtig, Rußland. Da die entsprechende Stelle gerade freigeworden ist, ernenne ich es zum neuen Schurkenstaat und verfahre mit ihm wie besprochen.«

Zufrieden damit verabschiedete ich George W. Bush. Ein im strategischen Denken unbewanderter Geist mag sich fragen, wieso ich ausgerechnet die Amerikaner zu meinen Partnern gewählt habe. Ich antworte ihm mit dem Verweis auf ihre Pionierrolle bei der Vertilgung der vier Übel: alte Gewohnheiten, Ideen, Sitten und Gebräuche. Sie sind am weitesten fortgeschritten auf dem Weg zur allgemeinen Verjugendlichung, ja Infantilisierung des menschlichen Wesens, wie sie durch den häufigen Gebrauch ihres Lieblingswortes *ying'er** bezeugt wird. Infolge der ständigen Nutzung von Maschinen mit künstlicher Intelligenz haben sich ihre Hände, Hirne und Herzen in einen Zustand der Unschuld zurückgebildet, der ihnen den Übergang ins Reich der unbegrenzten Zufriedenheit leichter machen wird als rückständigeren Erdbewohnern. Auf dem Weg dorthin haben sie in ihrem Lande kaum konfuzianische oder andere Tempel, Kirchtürme und Buddhastatuen zu zerstören. Des weiteren spricht die geographische Lage für unsere Partnerschaft. Obzwar die Beringstraße nicht mehr vereist ist, so ist sie doch schmal genug,

* Baby.

um, falls es sich als notwendig erweisen sollte, meinen Einfluß durch Neusiedler aus Nordchina geltend zu machen.

Alles in allem hatte ich also guten Grund, mich im Vertrauen darauf, daß die Zeit und die Amerikaner für mich arbeiten würden, zurückzulehnen und meiner Entspannung zu widmen. Wenn ich nicht Wolken- und Vogelzug beobachtete oder im Nahsehbecken den planmäßigen Verlauf der Weltgeschichte verfolgte, vergnügte ich mich und meine Kommune mit selbsterfundenen Spielen. Den jungen Affen etwa bereitete ich die größte Freude, wenn ich sie in mein Becken steigen ließ, um die Wasserblasen, die ich durch heftiges Planschen erzeugt hatte, mit ihren dünnen Fingern zu durchstechen.

Mitten in diesem harmlosen Zeitvertreib hörte ich eines Tages ein leises, doch deutlich vernehmbares Rufen der Genossin Merkel. Es klang so flehentlich, daß ich mich nicht auf die akustische Verständigung mittels ihrer zusammengelegten Finger beschränkte, sondern eine Zwiebel opferte, um sie persönlich herbeizurufen. Sie machte einen derangierten Eindruck. Alle Linien ihres Astralkörpers führten nach unten, was ursprünglich den Eindruck besonderer Erdverbundenheit vermittelt hatte, jetzt aber zu einem Bild der Hilflosigkeit auseinanderfloß.

»Ich weiß nicht weiter, Genosse Mao«, stöhnte sie.

»Aber warum denn? Ich bin mit deiner bisherigen Arbeit sehr zufrieden.«

Das stimmte. Durch ihre scheinbar so fürsorgliche Art hatte die kinderlose Frau aus Deutschland einen großen Kindergarten gemacht, in dem jeder Sprößling seiner Erzieherin, die schließlich promovierte Physikerin war, nacheifern wollte. Ihre Herkunft aus der DDR verströmte eine gewisse Stallwärme, die den in der Kälte des kapitalistischen Konkurrenzkampfes zitternden Seelen wohltat. Aber »Mutti«, wie sie bald im vertrauten Kreise genannt wurde, konnte auch böse werden. Wer ihr nicht auf dem Weg in die Alternativlosigkeit folgen wollte, wurde konsequent in den Straßengraben gedrängt. Das Bemerkenswerte dabei war, daß sie nicht nur den ihr so vertrauten Einheitsgedanken in der eigenen Partei durchsetzte, sondern auch fremde Ideen und Vorstellungen absorbieren und zu ihren eigenen machen konnte. Auf diese Weise hatte sie die Mitte der Gesellschaft, als deren leibhaftige Verkörperung sie bald galt, bis zum linken Rand hin ausgedehnt, während man Querulanten mit altbürgerlichem Gedankengut in die rechte Strafecke der Rassisten und sonstigen Chauvinisten expedieren konnte.

Von meinen Komplimenten nicht zu trösten, seufzte Angela tief.

»Hast du wieder Schwierigkeiten mit den Hellenen?« fragte ich nach. »Wollen sie deine Austernpolitik* nicht schlucken, sondern lieber Sardinen frühstücken?«

Die Disproportionen zwischen Nord und Süd hatten sich in der Europäischen Union als ein ähnlich schwerwiegendes Problem wie jene zwischen Ost und West herausgestellt. Um sich von ihrem zermürbenden Arbeitsalltag zu erholen, reisten die Nordländer gern in den Süden, gaben sich Sonnen- und Wasserbädern, den Köstlichkeiten der Küche und den in diesen Breiten hochentwickelten Freuden des Nichtstuns hin. Andererseits meinten besonders die Deutschländer, daß ihre Gastgeber nicht nur von fremdem Geld leben und selbst Plastikdübel, Wasserhähne und Ottomotoren herstellen sollten. Das war schon insofern ein Widerspruch, als so viele Wasserhähne und Plastikdübel niemand gebrauchen kann und es zu den ehernen Gesetzen der Ökonomie gehört, daß, wenn die einen zu viel produzieren, für die anderen nur die Arbeitslosigkeit bleibt. Kurz und gut: die Hellenen hatten sich an ein Leben auf Pump gewöhnt, das ihnen niemand mehr finanzieren wollte.

»Daran denkt schon gar niemand mehr«, bemerkte dazu Genossin Angela. »Wir haben ganz andere Sorgen. Dieser Assad in Syrien will einfach nicht in einem Erdloch verschwinden und wehrt sich mit

* Mao meint Austeritätspolitik.

Faßbomben und Giftgranaten. Seit Jahren schon bestürmen Flüchtlinge unsere Küsten, jetzt hat sich halb Syrien auf den Marsch nach Europa gemacht. Sie sind bereits in Mazedonien.«

»Das ist doch ein schönes Land.«

»Aber sie wollen alle nach Deutschland.«

»Das ist verständlich.«

Sollten sie etwa nach Slowakien oder Estland gehen, um dort am Hungertuch zu nagen, während sie in Deutschland mehr Sozialhilfe bekommen, als in ihrer Heimat ein Lehrer oder ein Bahnhofsvorsteher verdient?

»Was ich dich schon immer fragen wollte, Genosse Mao: Bin ich eigentlich zur Bundeskanzlerin gewählt worden, um in meinem Land für Ordnung und Wohlergehen zu sorgen oder um die Welt zu retten?«

»Das mußt du dialektisch sehen«, antwortete ich. »Sieh mal, Deutschland hat soviel Leid über die Welt gebracht, daß es nun gar nicht genug Freude bereiten kann. Was meinst du, wieviel Freunde du dir machen würdest, wenn du dich von einem der Flüchtlinge in den Arm nehmen ließest, in sein Schlauphone lächeltest und das Foto als Willkommensgruß um die ganze Welt ginge?«

»Aber dann würden doch noch mehr kommen. Man redet schon von einer Million in diesem Jahr.«

»Was ist eine Million? Habt ihr nach dem letzten Krieg nicht fünfzehn Millionen aufgenommen.«

»Das war etwas anderes, das waren Deutsche. Die jetzigen Flüchtlinge kommen aus islamischen Ländern.«

»Na und?«

Geduldig erklärte ich Angela die progressive Rolle der Muselmannen und -frauen. Schließlich gehörten sie der modernsten der großen Weltreligionen an, 600 Jahre jünger als das Christentum. Als an Wanderschaft gewöhnte Sandmenschen würden sie sich gut in das moderne Nomadenleben einfügen, zumal ihr Gott ein Bilderverbot erlassen hat, so daß sie sich nicht mit unnötigem Ballast abschleppen müssen. Ihnen genügt ein Gebetsteppich, auf dem sie sich fünfmal am Tag zum Kotau in Richtung Mekka niederlassen können. Sollten sie das Bedürfnis nach Seßhaftigkeit verspüren, so könnte man ihnen Container zur Verfügung stellen, die sie an die Kaaba von Mekka erinnern würden, welche bekanntlich der zeitgenössischen Architektur ihre kubistische Urform geliefert hat. Auch und gerade in den menschenleeren Regionen Ostdeutschlands wäre das möglich, deren Bewohner sicher den Zustrom begrüßen würden.

»Sollen etwa durch Templin* verschleierte Frauen laufen?«

* Die Heimatstadt der Kanzlerin.

»Du mußt deine Vorurteile überwinden, Angela«, ermahnte ich sie und beteuerte, daß die Verschleierung eine durchaus zukunftsweisende Kleidungsart darstelle. Als Antwort nämlich auf die Übervölkerung unseres Planeten, indem sie die Hälfte der Menschheit unserem Anblick entziehen und damit dieses Problem, samt der damit verbundenen Reizüberflutung, minimieren würde. Die chinesische Lösung mit Atemschutzmasken sei demgegenüber nur halbherzig. Allerdings, gab ich zu, wäre es mir aus nicht nur ästhetischen Gründen angenehmer, wenn statt der Frauen die Männer verschleiert gingen, was aber vorläufig schwer durchzusetzen sein dürfte.

»Was die Kopftücher anbetrifft, so finde ich sie außerordentlich praktisch. Die moderne Frau kann damit ihr Schlauphone am Ohr fixieren, ohne daß sie die Hände ihren zahlreichen Kindern entziehen muß. Du bist dir doch bewußt, Genossin Merkel, daß die Kinderarmut das zentrale Problem der Salzwasserländer und ohne Unterstützung zeugungsfreudigerer Einwanderer nicht zu lösen ist?«

»Darüber habe ich auch schon nachgedacht und sogar überlegt, ob ich mir nicht Drillinge anschaffen soll. Medizintechnisch wäre das ja kein Problem. Wenn die jungen Frauen nicht wollen, sollten vielleicht die älteren mit gutem Beispiel vorangehen.«

»Oder eure Männer mit ausgeprägten Yin-Instinkten. Was die Seepferdchen können, muß doch auch für die Menschen möglich sein. Bei jenen tragen nämlich die Männchen den Nachwuchs in sogenannten Brutbeuteln aus.«

Anhand dieses Beispieles begriff die Kanzlerin, daß die demographische Problematik von den Deutschländern allein nicht zu bewältigen war und sie dazu Hilfe von außen brauchten.

»Am besten ist es deshalb, aus der Not eine Tugend zu machen und eine Willkommenskultur zu entwickeln, die euch die Bewunderung der ganzen Welt einträgt. Die Mehrheit der Deutschländer, die es nicht erträgt, mit sich allein zu sein, wird es dir ebenfalls danken. Wer außerdem soll in Zukunft eure Alten und Dementen pflegen, die Straßen pflastern, sie von Bananenschalen und anderem Unrat befreien und mit der Waffe in der Hand als Bundeswehrsoldat die Demokratie verteidigen, wenn nicht eure Einwanderer?«

Die Bundeskanzlerin sah jetzt schon etwas hoffnungsvoller in die Welt.

»Und wer soll, wenn du einmal pensioniert sein wirst, deine Rente finanzieren? Glaube mir, es gibt keinen anderen Weg, als das junge Blut, das da Einlaß ins alte Europa begehrt, hereinströmen und somit euren ermatteten Kreislauf wiederbeleben zu lassen. Du mußt nur fest an dich und deine Mission glauben und dir immer wieder sagen: ›Wir schaffen das!‹«

Ich versicherte ihr, daß sie mich dabei immer an ihrer Seite haben würde.

»Leg einmal die Fingerspitzen aneinander, daß du meine Kraft dich durchströmen spürst, und sprich mir nach: ›Wir schaffen das!‹«

Sie schloß kurz die Augen, formte die Hände zur Raute und sprach: »Wir schaffen das!«

Utopia

Wenn ein Vogel sein Nest zerstört, wie das der Bergstar tat, nachdem die Affen den Maulbeerbaum geplündert hatten, so ist das ein Zeichen, daß auf der Erde wieder einmal ein Staat zerfällt. Ich betrachtete es mit Wohlgefallen. Mit Wohlgefallen betrachtete ich den leeren Maulbeerbaum und die vollen Affen, die sich an seinen überreifen Früchten berauscht hatten und nun unter ihm lagen, schnarchend mit offenen Mäulern, dunkelrot wie von Blut.

Nur Bruder Rothand hatte sich nicht an der Orgie beteiligt. An meine Brust geschmiegt, schnurrte er wie ein Kätzchen. Dann zog ich ihn sanft am Ohr und bedeutete ihm mit einem Blick auf seine drei Kleinodien, daß die Zeit zur Arbeit gekommen sei.

Es war die Zeit gekommen, ihm diese meine Erinnerungen zu diktieren, denn so wie mich einerseits eine himmlische Ruhe umfing, hatte andererseits die irdische Unruhe solche Ausmaße erreicht und entwickelte sich auf die vorgeschriebene Weise, daß es meiner Einflußnahme nicht mehr bedurfte. Wenn ich in einer Schreibpause das Nahsehbecken einschaltete, so nahm ich erfreut zur Kenntnis, wie enthusiastisch die Menschheit an der Erfüllung meines Zehnjahresplans zu ihrer Befreiung mittels der Destabilisierung ihrer staatlichen Organisation arbeitete.

Insbesondere in Europa machte dieser Prozeß atemberaubende Fortschritte. Dank der Willkommenskultur Deutschlands und der Bombardierungskultur der Amerikaner, der sich erfreulicherweise auch die Moskowiter anschlossen, schwoll der Strom der Kriegsflüchtlinge ins Unermeßliche. Die mir willkommene Folge war, daß nicht nur der sogenannte fruchtbare Halbmond, von dem sowohl die morgen- wie die abendländische Zivilisation ihren Ausgang nahmen, zu einer menschenleeren Trümmerwüste wurde, sondern auch Europa unter diesem Ansturm in die Knie gehen würde. Es machten sich alle biblischen Stämme auf in das neue Gelobte Land. Es kamen die Hethiter und die Amalektiter, die Aramäer, die Ptolemäer und die Philister, die Babylonier, Nubier, Somalier, es kamen die Söhne des Dunkelwalds, der Heißwüsten und der kahlen Bergeshöhen bis hin zum Hindukusch. Nur die Hebräer, müde der tausendjährigen Wanderschaft, verharrten in ihrem Land, umgeben von Stacheldraht und Betonmauern, mit denen zu leben sie in den Lagern der Unbeschnittenen gelernt hatten.

Dies wiederum, nämlich ihre Salzwasserküsten mit einer Mauer und Stacheldraht zu sichern, war allein schon wegen deren Länge und Unübersichtlichkeit den Europäern unmöglich. Dem standen obendrein moralische Bedenken großer Teile der Bevölkerung entgegen. Ihre Spaltung in Befürworter einerseits des Mobilismus und andererseits des Immobilismus machte sowohl in den einzelnen Ländern als auch zwischen ihnen Fortschritte. Die slawonischen Staaten* etwa waren nicht bereit, die Anhänger einer Religion aufzunehmen, die den Alkoholkonsum verbietet und damit Glaubenskriege provoziert. Sie brachen dennoch aus, denn Deutschland, das sich durch seine Politik der offenen Arme bei seinen Nachbarn unbeliebt gemacht hatte, konnte die Flüchtlingsströme allein nicht mehr bändigen, so daß sie allmählich den Kontinent überschwemmten. Jetzt trat die für eine Revolution so günstige Situation ein, daß sich niemand mehr zu Hause fühlen konnte, weder die Fremdlinge noch die Einheimischen. Jene waren ohnehin heimatlos, und diesen wurde, nachdem die Zeit aus den Fugen geraten war, nun auch der vertraute Ort genommen. Eine Verständigung untereinander war trotz staatlich geprüfter Kommunikatoren kaum möglich, denn babylonisch war nicht nur die Verwirrung der Sprache, auch die der Blicke und der Gesten. Bei den einen bedeutete ein Kopfnicken ein »Ja«, bei den anderen ein »Nein«, ein Handwinken konnte »Komm her« oder

* Er meint die slawischen Staaten.

»Geh weg« heißen, wer einem fremden Kind über den Kopf strich, erntete dafür ein Lächeln oder Empörung, weil er es damit verfluchte. Man konnte nicht mehr in den Gesichtern lesen. Es gab keine gemeinsame Vergangenheit mehr, keine verbindlichen Gewohnheiten und Sitten.

Die Wüstensöhne etwa, die nicht ahnten, was für Kostbarkeiten sich unter einer Burka verbergen können, waren vom Anblick nackter weiblicher Beine, Arme und Schulterblätter derart verwirrt, daß sie bei passender Gelegenheit danach zu greifen begannen. Das mißfiel sogar den fortschrittlichsten Salzländerinnen, obwohl sie durchaus bereit waren, in ihrem Kampf für die Emanzipation ihrer Geschlechtsgenossinen religionsbedingte Ausnahmen zu machen. Es muß aber auch von einer gewissen Faszination durch die ausgeprägte Maskulinität der Orientalen gesprochen werden, die einige Frauen dazu verführte, den Schleier nicht eines Nonnenordens, sondern den in einer Mehrfrauenehe zu nehmen. Dies nun befeuerte manch Einheimischen, seine in Bürosesseln oder von Arbeitslosenämtern unterdrückte Mannhaftigkeit zu reanimieren, indem er seine Fäuste auf Demonstrationen schüttelte, mit ihnen Eindringlinge verprügelte oder ihre Wohnheime in Brand steckte. Diese aber, gestählt durch die Kämpfe in ihrer Heimat, nahmen bereitwillig die Herausforderung an. Ja, unter ihnen gab es etliche Hakkas, die in der sogenannten ISIS-Organisation (welche sich als islamistisch ausgab, doch, wie ihr Name schon sagt, die Todesschwadron einer ägyptischen Göttin war) gelernt hatten, mit einem Schwertstreich Menschen zu enthaupten oder sich gemeinsam mit ihnen in die Luft zu sprengen. Kurz, der zwischen den verschiedenen Staaten, Wirtschafts- und Finanzverbänden seit längerem herrschende Weltbürgerkrieg faßte nun Fuß innerhalb der einzelnen Länder und schuf einen Zustand, der von manchen als Barbarei verunglimpft werden mag, aber unabdingbar für die Geburt einer neuen Weltordnung ist.

Staatspolitisch betrachtet, kündigte sie sich mit dem Zerfall der Europäischen Union an. Zuerst sagten sich von ihr die slawonischen Staaten einschließlich der Magyaren los und wurden assoziierte Mitglieder der Vereinigten Staaten von Amerika. Erfreut, das nordländische Joch der Effizienz abschütteln zu können, schlossen sich die Südländer zu einem Staatenbund namens Mediterranien zusammen, dem später auch das Frankenreich beitrat. In Kleinbritannien erklärte sich das Schottenland für unabhängig, restaurierte den römischen Limes und versah ihn mit Stacheldraht, woraufhin England die Monarchie abschaffte und sich zu einer Kolonie von China erklärte. Die Moskowiter annektierten Finnland.

Luxemburg wurde die Hauptstadt einer zentraleuropäischen Republik, zu der sich die deutschsprachigen Länder mit den Benelux-Staaten vereinigten, bevor sie, wie der gesamte Kontinent, in noch kleinere politische Einheiten und völlig unregierte Regionen zerfielen. Europa wurde zu einem Flickenteppich gefallener Staaten, für den man getrost den Begriff der Balkanisierung anwenden kann, ohne damit eine negative Wertung zu implizieren. Denn Großalbanien mauserte sich prächtig und bildete zusammen mit den süditalischen Mafia-Herzogtümern einen zeitweise blühenden Staatenbund.

Grundsätzlich darf man konstatieren, daß an die Stelle der Demokratie, von der die Europäer längst gelangweilt waren, eine Vielfalt von alten und neuen Regierungsformen trat, wie man sie seit dem goldenen Mittelalter nicht mehr gesehen hatte. Im Norden des Frankenreichs hatte Marine Le Pen einen matriarchalischen Ständestaat gegründet (dem sie allerdings infolge einer Vergiftung durch ihre Nichte Marion nicht lange vorstand), während der Süden von einem Scheich Houelle-Beg regiert wurde, der die Tempelprostitution zur weiblichen Bürgerpflicht erklärte.

In Köln entstand ein Kalifat (mit einer Außenstelle in Neu-Köln), dessen Herrscher mit den Kalifen von Córdoba und Brüssel um die Auslegungshoheit des Korans stritt. Der Vatikan wurde von italischen Kommunisten erobert und zur Volksdemokratie erklärt. Der Papst fand Exil in Bajuvarien und ließ sich dort zum Monarchen eines allerkatholischsten Königreiches krönen. In Dithmarschen und verschiedenen

Tälern der Schweiz etablierten sich wieder Bauernrepubliken, im Ruhrgebiet herrschten Arbeiter- und Soldatenräte, in den Universitätsstädten rot oder schwarz gesinnte Studenten. Angela Merkel zog sich gemeinsam mit dem Genossen Gauck nach Mecklenburg-Vorpommern zurück, das sie zu einer großen Kolchose mit protestantisch-ökologischer Landwirtschaft umgestalteten. Die Anwohner der norwegischen Fjorde beschlossen auf ihren Things, sich wieder dem Holzschiffbau und der Piraterie zuzuwenden.

Ich habe die europäischen Wirren so ausführlich behandelt, weil sie zugleich Auslöser und Spiegelbild der anschließenden Weltentwicklung darstellten, wie sie im Zeitalter der Globalisierung nicht ausbleiben konnte. Wo auf unserer Erdscheibe nicht bereits Anarchie und Chaos herrschten, hielten sie nun ihren triumphalen Einzug. Was Nordamerika betrifft, so erfüllten sich alle meine Erwartungen, obwohl ich eine gewisse Zeit brauchte, um die richtige Strategie zu entwickeln. In Erinnerung der glorreichen Rolle, die Frauen bei der Zerstörung großer Reiche gespielt hatten, tendierte ich anfangs zu Hillary, der Gattin des früheren Präsidenten Bill Clinton, als neuer Staatslenkerin, doch dann wurde mir klar, daß ich neben Genossin Merkel unmöglich eine zweite Frau mit Hosenanzug im Nahsehen ertragen konnte, da dies mich zu sehr an die glücklicherweise verblichene Jiang Qing erinnern würde. Also sah ich mich nach einem neuen

Kandidaten um und fand ihn in einem Hallodri namens Trump, der den Vornamen einer Ente und sehr lange Schlipse trug. Mir gefiel das, und tatsächlich sorgte er für Abwechslung in meinem Nahsehbekken. Allerdings dauerte es bis zur zweiten Präsidentenwahl, daß sich die erwünschte Teilung des Landes einstellte. Ich hatte zu diesem Zwecke die Wahlcomputer so manipulieren lassen, daß sich für jeden Kandidaten die gleiche Stimmenanzahl ergab, worauf sich ein Schisma mit zwei Präsidenten wie in den wildesten Zeiten des Papsttums ergab. Donald Trump, der Republikaner, behauptete Washington für sich, während der demokratische Gegenpräsident in San Francisco ein neues Weißes Haus, identisch mit dem alten, bauen ließ. Das war der Anfang vom Ende der nun alles andere als Vereinigten Staaten. Zuerst erklärte sich im sogenannten Bibelgürtel ein weißer Farmerstaat nach dem anderen für unabhängig, und Utah kehrte zur mormonischen Mehrfrauenehe zurück. Daraufhin fielen zwangsläufig der pazifische Westen den chinesischen Floristen und Pianisten, der Süden den Latinos und die meisten Großstädte den Nachkommen afrikanischer Sklaven in die Hände.

Moskowitien und seinen wenigen verbliebenen Vasallen erging es nicht besser. Als der übermütig gewordene Tschekist Putin in Sibirien bei der Jagd vom Pferd fiel und, ohne mein Zutun, von einem Amurtiger zerfleischt wurde, war dies das Signal für einen

Aufstand der Tschuktschen, Tscherkessen, Turkmenen, Tartaren, Mordwinen, von den Tschetschenen ganz zu schweigen. Moskau wurde wieder Zarensitz, fiel aber bald darauf, wie die meisten benachbarten Fürstentümer, an die Goldene Horde zurück.

Daß Putin einem Tiger aus dem chinesischen Grenzland zum Opfer gefallen war, hatte Symbolkraft. Ich kann die Befriedigung nicht leugnen, die ich angesichts des Umstands verspürte, daß das Reich der Mitte mit einem ungeheuren Machtzuwachs aus dem Zerfall der alten Weltordnung hervorging. Aus Furcht, als ausländische Teufel in die Teigtaschen unserer Suppenköche zu wandern, schlugen die Völkerwanderer um China einen weiten Bogen. Mit der allgemeinen Übervölkerung hatten wir seit Jahrtausenden zu leben gelernt und Gegenstrategien entwickelt, wie Atemschutzmasken, das Verbot, sich in die Augen zu sehen, und das Gebot, überfahrene Passanten der Entsorgung durch Hunde zu überlassen. Andererseits konnte ich natürlich den Triumph des konfuzianischen Regimes nicht billigen, es wurde zu einem Haupthindernis auf dem Marsch der Menschheit in eine glücklichere Zukunft.

Letztendlich hatte dieses Regime das Land zu weit den fremdländischen Invasoren geöffnet, die zwar nicht mehr persönlich unsere Grenzen überschritten, aber dies mittels ihrer Gedanken und Ideen, Produktionstechniken, Konsumartikel, Handelsbeziehungen und ihres jede Beschränkung überwindenden

Digitalismus taten. Die Verknüpfung war so eng, daß sich auch meine geschätzten Landsleute dem allgemeinen Fortschritt nicht entziehen konnten und in seinen Strudel gerissen wurden.

Er, dieser Fortschritt, bestand nicht nur im Verfall staatlicher Institutionen und bürgerlicher Organisationen, einem Zustand allgemeiner Gesetzlosigkeit, der sich zu einem fruchtbaren Kampf aller gegen alle entfaltete, sondern auch in der Verrohung und Verarmung der einzelnen Individuen. Das zeigte sich besonders, als technisch begabte Hakkas aus Nordkorea die Computersysteme der Wirtschaftskonzerne, die den Zerfall diverser Staaten überlebt hatten, zerhackten und damit einen totalen Cyberkrieg auslösten, in dessen Folge große Teile der Weltwarenproduktion zum Erliegen kamen. Die Entwicklung der künstlichen Intelligenz, die diese Produktion in Form von Computerprogrammen steuerte, hatte zu einer Verkümmerung der natürlichen Intelligenz geführt, die eine Reparatur jener durch diese unmöglich machte. Nun zeitigten die zahlreichen Bildungsreformen, die ihr Ziel in der Anpassung an das Niveau der Minderbegabtesten sahen, ihre schönsten Erfolge. Es erwies sich, daß die Gleichheit unter den Menschen doch keine Illusion darstellte. Ihnen gemeinsam war die Unfähigkeit, in dem Augenblick, da ihre Maschinen den Dienst verweigerten, selbständig ihre Hände und Hirne zu benutzen.

Niemand war mehr in der Lage, einen Schuh zu verfertigen oder ein Brot zu backen. Niemand konnte Hufeisen schmieden, niemand eine irdene Schale auf der Töpferscheibe formen, niemand ein Schaf* schlachten oder es scheren, niemand seine Wolle verspinnen, die Fäden zu Stoffen verweben und niemand daraus Gewänder schneidern, um die täglich immer offenbarer werdende Blöße der Menschen zu bedekken. Niemand vermochte einen Koksofen zu heizen, einen Ottomotor, eine Stromleitung oder eine der unzähligen Arten von Wasserhähnen zu reparieren, damit daraus wieder Wasser flösse.

Es floß kein Wasser mehr, kein Strom und damit kein Verkehr mehr in den Straßen. Auch der Nachrichtenstrom versiegte. Das letzte, was ich in meinem Nahsehbecken sah, war der Einsturz der Drillingshochhäuser von Peking, in die sich, Feuerbälle auslösend, fünf Flugzeuge unbekannter Herkunft bohrten. Danach nahm das Wasser zu meinen Füßen wieder seine gewohnte kalkig-weiße Färbung an. Ich wußte dennoch, was geschah.

Es stürzten nicht nur die Wolkenkratzer von Peking ein, auch die von Shanghai, Sydney, Los Angelos, Sao Paulo, Paris und selbst die in Kalkutta. Es stürzten die Kirchtürme und die Bohrtürme, die Schornsteine und

* Oder eine Ziege.

die Windflügelmasten, es stürzten die vom Rost zerfressenen Fernleitungsmasten. Es zerfielen die Beton- und die Ziegelbauten, die Holzhütten und die Wellblechbaracken. Es zerbarsten die Wasserleitungen und überschwemmten die Städte, es barsten die Öl- und Gasleitungen und ließen, entflammt, den Asphalt in den Straßen schmelzen, dessen Qualm den Himmel verdunkelte und alles Leben zu ersticken drohte. Die Asche verbrannten Papiers durchwehte die Häuserschluchten.

Nun machten sich allenthalben die Überlebenden des Infernos auf zur Flucht aus den Riesenstädten, die sie mit soviel eitler Hoffnung besiedelt hatten. Gezwungen zu Fuß zu gehen, bildeten sie riesige Lindwürmer, die sich über die einst von ihnen verlassenen Landgebiete schlängelten, bevor sie auf der Nahrungssuche in kleinere Kolonnen zerfielen. Die Geflügelfabriken und die Schweinemastanlagen mit ihren verendeten Tieren boten nur wenig Essbares, doch auf den Feldern fanden sie anfangs noch genügend Früchte, insbesondere Kürbisse, von denen sie sich ernähren konnten. Gewiß, es war ein Langer Marsch, den sie zu absolvieren hatten, und wenn ich von der Todesrate des unsrigen ausgehe, dürfte ihn kaum ein Zwanzigstel der Erdbevölkerung überlebt haben. Nur die Stärksten waren dazu in der Lage, doch ihnen würde ein freieres und zufriedeneres Menschengeschlecht entsprießen.

Diese Hoffnung wurde für mich zur Gewißheit, als ich in den Tälern unter mir eines Nachts Feuer aufflammen sah. Lange Zeit war es, nachdem auch die Bewohner des Shaoshan-Tales ihre Dörfer verlassen hatten, dort finster geblieben. Doch jetzt zeigten die Feuer, die in den wieder in Betrieb genommenen Hochöfen glommen, neues Leben an. In regelmäßigen Abständen waren sie über das Tal verstreut, so daß jeder aus der Nachbarsiedlung das Bellen der Hunde und das Krähen der Hähne hören konnte, aber nicht das Bedürfnis verspürte, seinen wärmenden Schmelzofen zu verlassen und einen anderen aufzusuchen.

Zweifellos hatte sie meine struktive Gewalt hierhergezogen und veranlaßt, sich zu Volkskommunen von je 72 Personen zusammenzuschließen und bei Tage der Suche nach Bananen, Avocados und in niederen Lagen auch Kürbissen zu widmen. Besonders erfreuten sie mich jedoch in den Nächten. Hatten sie überreife Maulbeeren gefunden, flammten die Feuer besonders hoch auf, hörte ich Trommelschläge, gesangartige Laute und, wenn sie verstummt waren, die lange vermißten Lustschreie von Frauen, die auf ihren Höhepunkten in den verzückten Ruf »Zehntausend Jahre lebe unser Großer Vorsitzender!«* mündeten.

* Im Original: *Wan tui, wan tui Mao Tse-tung!*

Damit verabschiede ich mich von den Lesern. Ich sehe mich außerstande, das versprochene Wörterbuch zu liefern, da ich sofort eine geflügelte Blechzigarre nach Shanghai nehmen und mich ins Shaoshan-Gebirge begeben muß, um noch rechtzeitig dem Großen Vorsitzenden das Handwerk zu legen.

Ein pandämonisches Gespräch

Das Flugzeug landete pünktlich in Shanghai. Zu diesem Zeitpunkt waren mir noch keine Besonderheiten aufgefallen, doch als ich den Anschlußflieger in Wuhan, der Hauptstadt der Maos Heimat benachbarten Provinz Hubei, verließ, wunderte mich die Leere in den Terminals. Nur wir, die Passagiere der wohl letzten gelandeten Maschine, wurden abgefertigt, von anderen Fluggästen keine Spur. Alle Flughafenangestellten trugen Atemmasken, und auch uns wurden bei der Paßkontrolle welche ausgehändigt, die wir sofort umzubinden hatten. Da ich, überbeansprucht durch meine Übersetzungsarbeit, in der letzten Woche keine Nachrichten gesehen oder gehört hatte, wußte ich das genausowenig zu deuten wie die fast vollkommen leeren Straßen der Stadt, durch die mich der ebenfalls maskierte Taxifahrer chauffierte. Angesichts der mangels Auspuffgasen klaren Spätwinterluft fiel der sonst hier übliche Smog als Ursache der Maskenpflicht aus. Als das Taxi vor dem Kempinski-Hotel, einer vom Reisebüro für mich gebuchten Anlage im Tempelstil der Ming-Dynastie, hielt, erwartete mich die nächste Überraschung. Vor dem Portal standen vier schwerbewaffnete Milizionäre, die mich unmißverständlich zurückwiesen.

Ich ging in den nahen Park, riß eine Packung der Stange »Pall Mall« auf, die ich im Flughafenshop von Shanghai als Gastgeschenk für Mao gekauft hatte, und rauchte. Dabei bemerkte ich, daß aus einem noch im Rohbau befindlichen Hochhaus neben dem Hotel eine Masse Männer quoll, mit Bauhelmen auf den Köpfen und zum Teil schwer bepackt. Die Männer wurden von Soldaten zu Dreierreihen formiert und eine Weile eskortiert, bis sie allein weitermarschierten. Als sie bei mir vorbeikamen, schloß ich mich ihnen an, denn gerade in Notzeiten braucht der Mensch Gemeinschaft, und diese hier war die einzige, die sich mir bot.

Wir kamen zum Zentralbahnhof von Wuhan, von dem auch die Hochgeschwindigkeitszüge abgehen, mit denen die Pilger aus ganz China bis ins Heimattal von Mao gelangen. Doch auch der Bahnhof war bis auf einige Uniformierte vollkommen leer, weder von Reisenden noch von Zügen belebt. Unser Trupp verharrte einen kurzen Moment, dann bewegte er sich am Bahnhofsgebäude und den Bahnsteigen vorbei, bis er von der Straße abbog und über freies Feld in das Gleisbett stieg, um mit den Schienen weiter in Richtung Süden zu ziehen. Da dort auch mein Ziel lag, verblieb ich weiterhin in der Gruppe, ohne daß ich von jemandem angesprochen wurde. Überhaupt geschah alles schweigend: der Marsch auf den Betonschwellen, deren kurze Abstände den Einheimischen weniger Schwierigkeiten bereiteten als mir mit meinen längeren Beinen, das Wegwerfen der Atemmasken, das ebenfalls gemeinsame Pinkeln während der kurzen Pausen.

Als es bereits dämmerte, gesellte sich dann ein kurzgeschorener Mann zu mir, der mit dem Zug infolge eines leichten Hinkens nur mühsam Schritt halten konnte. Anders als die meisten anderen trug er keinen Rucksack, sondern zwei Bündel an einer Bambusstange. Da er bei einem Seitenblick bemerkt hatte, daß neben ihm eine Langnase marschierte, stellte ich mich vor.

»Mein Name ist Ben Ba*, und ich bin unterwegs zum Geburtsort des Großen Vorsitzenden.«

Obwohl ich von seinem Dialekt nur so wenig verstand wie er von meinem Mandarinchinesisch, bekam ich doch mit, daß er ebenfalls aus Shaoshan-chong stammte, ja daß er als Kind Mao bei dessen letztem Besuch zusammen mit Tschu En-lai die Dorfstraße hatte entlanglaufen sehen, während er mit seiner aus einem Stück Stromleitung gefertigten Peitsche die Wasserbüffel gehütet hatte. Von ihm hörte ich auch zum erstenmal das Wort *wenyi,* Seuche, die für die Leere der Stadt und die der Zugstrecke verantwortlich war,

* Chinesisch für Wagenbauer.

auf deren Gleise die Arbeiter in ihren Heimatdistrikt flohen. Die Nacht verbrachten wir wegen einsetzenden Nieselregens in einem Tunnel, und ich beteiligte mich an der Suche nach Holz, mit dem wir die kleinen Feuer unterhielten, an dem die Abendmahlzeiten zubereitet wurden. Auch der ehemalige Peitschenjunge, sein Name war Wang, holte einen Topf aus seinen Bündeln und warf, als das Wasser kochte, zwei Handvoll Reis hinein, eine für mich bestimmt.

Als wir mit dem ersten Tageslicht aus dem Tunnel traten, wurde vorn das Lied »Rot glüht die Morgensonne«* angestimmt, das mir noch oft den Marsch erleichtern sollte. Da ich, wie stets auf Reisen, nur mit einem Jägerrucksack unterwegs war, nahm ich meinem Gefährten, dessen linker Fußknöchel infolge eines Bauunfalls noch immer geschwollen war, eines seiner Bündel ab. In den folgenden Wochen erfuhr ich zur Genüge, was es bedeutet, ein »Wanderarbeiter« zu sein, werde aber meine Erlebnisse für ein eigenes Buch aufbewahren. Nach und nach bogen Männer einzeln oder in Gruppen von der Bahnstrecke ab, um ihren Dörfern zuzustreben. Wir anderen hielten uns weiterhin an den Schienenstrang, weil er die kürzeste Verbindung in den Süden darstellte und nicht von Milizionären kontrolliert wurde. An einem kalten, nebel-

* *Zaochen de yangguang zhaoyaozhe hongse.*

verhangenen Morgen konnte Wang beim besten Willen nicht mehr auftreten. Er wühlte aus seinem Bündel ein unansehnliches kleines Handy hervor und bekam tatsächlich Verbindung zu seiner Familie. Wir ließen das restliche Dutzend der Männer weiterziehen und warteten fröstelnd auf dem Bahndamm, bis auf der ihn kreuzenden Straße ein Pritschenwagen auftauchte. Wang war mit seiner Familie inzwischen in die Kreisstadt von Shaoshan umgezogen, und dort, nach einer dreiviertelstündigen Fahrt, hielt der Wagen auf dem Platz mit der großen Mao-Statue, ich sprang von der Pritsche, verabschiedete mich und folgte der Straße in das sich immer mehr verengende Shaoshan-Tal.

Menschen sah ich erst wieder in Maos Heimatort. Es waren Milizionäre, die das zu einem Memorial aus Feuchtlehmziegeln wiederaufgebaute Geburtshaus des Großen Vorsitzenden bewachten. Ich umging es durch die Reisfelder und kam am Friedhof heraus, auf dem noch immer einige Kampfhähne in ihren Körben krähten. Hier fand ich auch den schmalen Pfad, über den Bruder Hängeohr seinen ehemaligen Schüler in die Berge geführt hatte. Der Aufstieg war mühsam, besonders im Schatten, wo das die Felsenstufen überspülende Wasser zu Eis gefroren war. Doch je höher ich kam, desto mehr lichtete sich der Nebel, und als ich die Rhododendron- und die verbrannte Eukalyptuszone überwunden hatte, strahlte der Jadefelsen wie eine von der Sonne durchleuchtete grüne Flasche vor mir. An seiner Flanke wölkte Dampf empor, der zweifellos den Heißwasserbecken entstieg, in denen sich Mao und seine Affen aufhielten.

Deren gedämpfte Schreie ließen auf Wohlbehagen schließen; sie verstummten, als ich, um eine Felsnase biegend, ihr Reich betrat. Auch Maos Miene verriet Erstaunen beim Anblick eines Fremden, der sich ihm nicht als Astralkörper, sondern leibhaftig näherte. Er saß gemeinsam mit Bruder Rothand im obersten Bekken und nahm wortlos meine Verbeugung, die angerissene Stange »Pall Mall« und meine Erklärung entgegen. Ich stellte mich ihm als sein Übersetzer vor, der beim Angeln in der Spree auf eine Flaschenpost mit seinem Manuskript gestoßen sei und dieses nun aller Welt zugänglich machen und zur Ergänzung ein Interview mit ihm führen wolle. Er reagierte freundlich. Als ich mich auf seine Einladung hin meiner Kleidung entledigte und ins warme Wasser gleiten ließ, mußte ich mir in Erinnerung rufen, daß ich gekommen war, um Mao Tse-tung das Handwerk zu legen, so wohlig empfand ich die Lösung der Kältestarre in meinen Gliedern und die mich umwehenden Düfte. Nun, wir werden sehen. Die Affen hatten einen Kreis um uns gebildet, und ich drückte auf die Taste des Aufnahmegeräts, das ich auf dem Beckenrand abgelegt hatte.

Im folgenden gebe ich die wichtigsten Passagen unseres Gesprächs wörtlich wieder:

WAGNER: Herr Großer Vorsitzender, auf meiner Reise durch die Provinz Hubei habe ich, wenn überhaupt, nur maskierte Menschen gesehen, die als Grund ihrer Vermummung eine gefährliche Seuche *(wenyi)* angaben. Können Sie mir darüber nähere Auskunft geben?

MAO: Kann ich darüber Auskunft geben? Ich denke, ja, Genosse Ben Ba, denn in mir hast du den Initiator und in meinem Stellvertreter, dem Genossen Rothand, hast du den Auslöser der Maßnahme »Große Reinigung« vor dir, die das einfache Volk als Seuche und die Wissenschaft als Corona-Pandemie bezeichnet.

WAGNER: Wie ist das zu verstehen?

MAO: Das ist folgendermaßen zu verstehen: Auf der letzten Tagung des aus mir und Bruder Rothand bestehenden Politbüros haben wir einstimmig festgestellt, daß die in unserem Perspektivplan »Utopia« angestrebte Entwicklung zwar gewisse Fortschritte zeigte, doch eines neuen Großen Sprunges bedurfte, um in absehbarer Zeit zum Erfolg zu führen. Der Mensch ist nun mal ein träges Wesen und muß zu seinem Glück gezwungen werden. So diskutierten wir verschiedene Maßnahmen und kamen zu der Überzeugung, daß eine der Virusepidemien, wie sie in China ohnehin von Zeit zu Zeit auftreten, am erfolgversprechendsten wäre.

WAGNER: Aber die wird doch Tausende von Menschenleben fordern. Wie können Sie das verantworten?

MAO: Du mußt das dialektisch sehen, Genosse. An unserer Generallinie, die darin besteht, alle Menschen gleich glücklich zu machen, ändert sich grundsätzlich nichts. Aber was verhindert das Glück der Menschen? Natürlich ihr Unglück. Und was anderes ist verantwortlich für dieses Unglück als ihre drei oberen Seelen. Diese müssen wir, wenn nicht töten, so doch derart betäuben, daß sie das Unglück nicht mehr und somit ihr Glück ungetrübt zu empfinden in der Lage sind. In welchem Zusammenhang steht diese anzustrebende Bewußtlosigkeit nun mit unserer Epidemie? Ich werde es dir sagen, Genosse. Anfangs diskutierten wir die Möglichkeit eines großen heilsamen Schocks in der Art der Spanischen Grippe, die, übrigens ohne mein Zutun, mehr Tote forderte als der gerade zu Ende gehende Weltkrieg, nämlich 50 Millionen. Welches Resultat aber hatte dieses Opfer – vornehmlich junge Männer, deren Immunsystem so stark war, daß es überreagierte und sich selbst vernichtete? Kein nachhaltiges. Inmitten der Kriegs-, Nachkriegs- und Revolutionswirren fielen die Seuchentoten kaum auf und waren bald vergessen. Inzwischen haben wir eine vollkommen andere Situation. Die Menschheit hat sich auf eine beispiellose Weise vermehrt und befindet sich, mit einigen Ausnahmen, in einer so lange wie noch nie andauernden Ära der Prosperität und des Friedens. Darauf heißt es sich einzustellen und angemessen zu reagieren. Auf Vorschlag von Bruder Rothand *(der lächelte schief, sagte aber kein Wort, denn der menschlichen Sprache scheint er nur in schriftlicher Form mächtig zu sein)* setzten wir vorerst ein recht schwaches Virus aus der Familie der Coronas ein, das nur für Alte und Kranke tödlich ist … Du bist erstaunt, Genosse?

WAGNER: Ich muß an *1-2-3 Corona* denken, den Lieblingsfilm meiner Kindheit, in dessen Hauptdarstellerin wir Jungs alle verliebt waren. Es war ein Zirkusmädchen, das über ein Seil zwischen den Trümmern Berlins balancierte.

MAO: Sehr schön. Wie Konfuzius schon bemerkte, ist die Benennung einer Sache äußerst wichtig. Wir haben uns für eine Corona entschieden, weil ihr Name zwar majestätisch, doch auch so anheimelnd klingt, daß man gern mit ihr lebt und der Schrecken um so größer ist, wenn sie eine derart finster klingende Angelegenheit wie die Lungenkrankheit Covid-19 gebiert … Doch dazu später. Vorerst ließ sich unser Bruder Rothand mit einem Bananentransporter auf den Markt von Wuhan bringen und nutzte dort einen Moment, in dem der Kessel mit der Hufeisennasenfledermaus-Suppe unbeaufsichtigt war, um in ihn hineinzuspucken.

WAGNER: Pfui!

MAO: Was sollen die bürgerlichen Sentimentalitäten, Genosse Ben Ba? Kennt nicht auch ihr Deutschländer die Weisheit, daß der Zweck alle Mittel heiligt? *(Ich nickte.)* Siehst du. Nun, da das Virus in Umlauf gebracht war, konnten wir in Ruhe abwarten und den Astralkörper von Generalsekretär Xi Jinping hierherbestellen, um das weitere Vorgehen gemeinsam abzustimmen. Mein Nachfolger ist ein so einfältiger wie einsichtiger Genosse, daß ich inzwischen durchaus zufrieden mit ihm bin. Wir einigten uns, daß der Ausbruch der Epidemie anfangs Geheimsache bleiben muß und erst der Weltöffentlichkeit präsentiert werden darf, wenn genügend abschreckende Bilder von röchelnden Kranken, Leichnamen in Plastiksäcken und überfüllten Krankenhäusern zur Verfügung stehen. Dann aber müsse mit eiserner Hand durchgegriffen werden, um der Welt ein Beispiel zu geben, wie sie mit einer solchen Krise umzugehen habe. Totales Ausgangsverbot in Wuhan, Isolation der Provinz Hubei, Aus- und Einreiseverbot in ganz China, allgemeine Maskenpflicht und flächendeckende medizinische Untersuchungen, die rasant steigende Zahlen von Infizierten, Kranken und Toten zu liefern hätten. Der Anfang gestaltete sich schwierig, indem die Zahl der Todesopfer kaum über die 3000 steigen wollte, und insbesondere weil die erhoffte Ansteckungswelle in unseren Nachbarländern unter den Erwartungen blieb. Nipponesen, Koreanesen und Taiwanos schlossen sofort die Flughäfen für meine Landsleute, isolierten die wenigen Infizierten und brachten die Epidemie mit Hilfe widernatürlicher digitaler Methoden unter Kontrolle, ohne nach unserem Beispiel die Schulen, Universitäten, Fabriken und alle anderen Örtlichkeiten zu schließen, an denen sich Menschen versammeln. Dafür waren aber unsere Erfolge in Europa um so durchschlagender.

WAGNER: Wie, das Virus hat es bis nach Europa geschafft!?

MAO: Aber natürlich. Und hat auf eine so grandiose Weise seine Wirkung getan, wie es Bruder Rothand prophezeit hat und ich es kaum für möglich gehalten habe. Wir sollten uns daran gewöhnen, Genosse Ben Ba *(fügte Mao lachend hinzu)*, daß die Affen womöglich mehr über uns Menschen wissen als wir selbst. *(Bruder Rothand neigte sein haariges Haupt. Er wurde mir immer unsympathischer. Dann aktivierte er auf einen Wink Maos hin das Nahsehbecken und schaltete das ZDF ein, damit ich mich von den Zuständen in meiner Heimat selbst überzeugen konnte. Ich sah die Berliner Straßen so menschenleer wie nach einem Neutronenbombenschlag, mit rotweißen Bändern abgesperrte Spielplätze, verwaiste Sportanlagen, bewegungslose Autos an den Straßenrändern. Als ich die Stimme von Claus Kleber vernahm, bat ich, den Ton abzudrehen.)*

WAGNER: Wie konnte das passieren?

MAO: Nun, wie konnte das passieren? Ich werde es dir sagen, Genosse. *(Mao holte zu einer Rede wie auf einem Parteitag aus, so daß mir kaum noch Gelegenheiten zu Gegenfragen blieben.)* Nach eingehender Beratung wählten wir das obere Italia als Einfallstor für die Seuche, so wie die Pest es im Jahre 1562[*] getan hatte, als sie im Hafen von Venedig zusammen mit chinesischen Handelsgütern erstmals das europäische Festland betrat. Diesmal waren es unsere Gastarbeiter, die nach dem Neujahrsfest das Virus von ihren Heimatbesuchen mitbrachten. Für eine rasche Ausbreitung ist die Poebene besonders gut geeignet. Sie hat eine ähnlich hohe Bevölkerungsdichte wie die Provinz Hubei, wie diese ist ihre Himmelssphäre stark verschmutzt, so daß, besonders unter den Alten, Lungenkrankheiten weit verbreitet sind, an denen in jedem Winter zahlreiche Patienten sterben. Und wie wir Chinesen sind die Italier ausgesprochene Familienmenschen, die in ihren Wohnungen eng zusammenleben und es sich nicht nehmen lassen, ihren sterbenden Großeltern in den Kliniken beizustehen und, nach einer uns unbekannten Sitte, sie mit einem Kuß auf die Wange oder gar den Mund zu verabschieden. Wenn nun einer der Angehörigen mit dem für ihn selbst ungefährlichen Corona-Virus infiziert war, übertrug er es auf den Sterbenden, und dort wurde es bei den abschließenden Untersuchungen von den Ärzten entdeckt. Da man, um das medizinische Personal zu schützen, keinerlei Obduktionen vornahm und somit die Todesursache nicht zweifelsfrei ermitteln konnte, faßte man sicherheitshalber alle Toten, bei denen das

* 1347.

Virus gefunden wurde, als dessen Opfer zusammen, was zu einem die ganze Welt erschütternden explosionsartigen Anstieg der entsprechenden Zahlen führte.

An diesem Punkt seien mir einige grundsätzliche Ausführungen zur Zahl und ihrer Messung erlaubt. Was ist die Zahl? Nun, vom wissenschaftlichen Standpunkt aus betrachtet, ist sie Symbol einer Quantität und mithin das einzig Objektive, einzig Zuverlässige in unserem Leben. Das sogenannte Qualitative hingegen, Werte etwa wie Schönheit, Intelligenz oder Lieblichkeit irgendeines Wesens, ist für einen klaren Verstand völlig uninteressant, weil unfaßbar. Freilich wurden die Qualitäten, als das Meß- und Zählungswesen noch unterentwickelt war, unter dem Namen des Göttlichen angebetet, doch damit hat der Mensch im Laufe seines Fortschrittes Schluß gemacht. Seit er an nichts Jenseitiges mehr glauben kann, glaubt er an Zahlen, seit er die Qualitäten nicht mehr anbeten kann, betet er die Quantitäten an, die Statistik. Ich behaupte nicht, daß diese von uns Kommunisten erfunden wurde, aber sie wurde als Zeugnis überwältigender Ernte-, Produktions- und sonstiger Erfolge auf den Titelseiten unserer Zentralorgane erst zur vollen Massenwirkung gebracht und beherrscht seitdem die weltweite Kommunikation. Zu unser aller Glück ist die gesamte Welt in Einzelteile zerleg- und somit zählbar. Das fängt beim Wetter an, dessen Luftdruck man in Millibar, dessen Windstärke man in Stundenkilometern, die Temperaturen in Celsius-

und Fahrenheitgraden messen kann, geht über das Phänomen der Zeit, das nicht zu fassen wäre, könnte man sie nicht in Jahre, Monate, Wochen, Tage, Stunden, Minuten und Sekunden teilen, bis hin zu der nur in Potenzen mitteilbaren Zahl von Viren, Bakterien, Krebs- und anderen Zellen, die unseren Körper wie Sterne den Kosmos bevölkern. Dabei habe ich noch nicht einmal die Dunkelziffern erwähnt, die …

WAGNER: Chmmm…

MAO: Kurz, die Möglichkeiten der Meßbarkeit sind unermeßlich. Die Schöpferkraft des Menschen bestimmt, was er mißt und zählt, womit er es vergleicht und welche Schlußfolgerungen er daraus zieht. So war es, um zum Thema zurückzukehren, ein in unserem Sinne sehr wirksames Verfahren, alle mit dem Corona-Virus infizierten Toten als dessen Opfer zu deklarieren, gleichgültig, ob es dafür verantwortlich war oder nicht; genauso wichtig war es, die Ärmsten *nicht* zu zählen oder zumindest nicht miteinander zu vergleichen, die in dieser Jahreszeit ansonsten einer Influenzainfektion erlagen. Auf diese Weise gelang es, ein ständig wachsendes Zahlenheer von Infizierten, Erkrankten und Toten aufmarschieren zu lassen, das die Menschenmasse in Angst und Schrecken versetzte. Da die Masse, der meine größte Verehrung gilt, selbst Zahl ist, liebt und verehrt sie ihrerseits die Zahlen und nimmt es als Beweis einer unverbrüchlichen Wahrheit, wenn sie in Zahlen ausgedrückt wird. So kam es, daß mit ihrem rapiden Wachstum auch die Todesangst der Menschen wuchs, zumal die Suggestionskraft der Zahlen sich erhöht, wenn diese durch die passenden Bilder ergänzt werden. Was aber waren die passenden Bilder? Natürlich die von Kranken, Sterbenden, Leichenwagen. Minütlich sterben in unseren Kliniken Diabetiker, Leukämisten und Krebskranke unterschiedlichster Art, aber diese werden wohlweislich nicht gezählt, geschweige denn, daß man sie im Nahsehen betrachten kann. Jetzt zahlte sich aus, daß wir den Tod aus unserem Leben verbannt haben, zu dem mir nun einige grundsätzliche Worte erlaubt seien. Kommunismus und Konsumismus sind sich einig in dem Ziel, nicht erst im Jenseits, sondern im irdischen Leben das Höchstmaß an Glück zu erreichen und damit die Ewigkeit vorwegzunehmen. Alles außerhalb von ihm Liegende, ob man es nun Himmel oder Hades, Paradies, Fegefeuer oder Jenseits nennt, ist genauso vernachlässigenswert wie der Tod, der angeblich dorthin führt. Allerdings ist es nun mal so, daß nur ich unsterblich bin und alle anderen Menschen weiterhin dem Tod geweiht sind. Diese aber haben, wie sich nun zeigt, eine unüberwindliche Angst vor ihm entwickelt, die desto stärker wird, je mehr man ihn in Hospitälern und Hospizen vor ihnen verbirgt und je weniger Rituale, Zeremonien und Festlichkeiten seinen Schrecken zu bannen versuchen. Obwohl er doch das einzig Zuverlässige im Leben ist, sorgt man sich permanent um ihn. Und diese Sorge gilt vor allem dem Umstand, *daß* man lebt, und nicht dem, *wie* man es tut.

Wie sonst ist zu erklären, daß sich die europäische Bevölkerung, einig wie selten, so willig den Zwangsmaßnahmen der sie Regierenden unterwarf? Deren Eifer, endlich einmal den ganzen parlamentarischen Unsinn ignorieren und sich zu diktatorischen Maßnahmen aufschwingen zu können, ist wiederum allzu verständlich. Die glorreichen Taten, zu denen sie dabei fähig waren, beweisen, daß das zuerst in den Volksdemokratien praktizierte Prinzip, die Partei- und Regierungskader mittels einer Negativauslese zu rekrutieren, auch in den herkömmlichen Demokratien von Erfolg gekrönt war. Seit in der Politik ein Personal dominiert, das für eine anspruchsvollere Berufskarriere zu wenig Ausdauer, Fleiß und Intelligenz besitzt, dafür aber die für die Regierungstätigkeit unabdingbaren Eigenschaften wie ausdauerndes Sitzfleisch, Rückgratlosigkeit und scharfe Ellenbogen, sind solche Leistungen wie bei der Bekämpfung der Corona-Pandämonie möglich. Wenn dazu noch wissenschaftliche Berater kommen, die die Menschen ebenfalls nur noch als statistisch erfaßbare Größen ihres jeweiligen Fachbereichs kennen, sind solch glänzende Lösungen möglich, bei denen man, um den Tod einer begrenzten Bevölkerungsgruppe zu vermeiden, diesem durch kollektiven Selbstmord zuvorkommt. Wie nun wurde diese Strategie umgesetzt?

WAGNER: Ja, wie?

MAO: Um eine Gesellschaft zu einen, Genosse, braucht sie einen gemeinsamen Feind. Die bekannte Methode, sie zum Ausgleich der Spannungen in zwei Lager zu spalten – nenne man sie nun Optimisten und Pessimisten* wie die Romanen, Grüne und Blaue wie die Byzantinier oder Linke und Rechte wie unsere Väter –, ist veraltet und für die globale Massengesellschaft nicht mehr zu verwenden. Erste Versuche zu einer Einheitsfront, indem man die Leugner der menschlichen Kraft zum Klimawandel sowie anderer Gesetzmäßigkeiten, wie etwa der beglückenden Wirkung geöffneter Grenzen, als außerhalb der humanen Gesellschaft stehende Verschwörungstheoretiker und Rechtspopulisten brandmarkte, waren vielversprechend, doch längst nicht so wirkungsvoll wie der gemeinsame Kampf gegen eine Seuche. Was für einen besseren Feind als Tod und Krankheit kann man finden? Befriedigt konnten die Verantwortlichen feststellen, daß die von ihnen Verantworteten jede ihrer Maßnahmen widerstandslos befolgten. Es fing bei den an sich auch von mir geliebten Massentreffen wie Parteitagen, Sportveranstaltungen, Kongressen und Konzerten an, die aus begreiflichen Gründen für schädlich befunden wurden. Nach der selbstverständlichen Schließung von Museen, Universitäten, Hoch- und niederen Schulen sowie der

* Er meint Optimaten und Popularen.

Kindergärten und der Kirchen folgte nach und nach auch die von Betrieben, Büros, Gaststätten und sämtlichen Geschäften, die nicht der Stillung des Überlebensbedarfs dienten. In manchen Ländern gab es außer für die notwendigsten Einkäufe Ausgangssperren, in anderen Passierscheine für gewisse Stunden, in denen aber ein Mindestabstand von anderthalb bis zwei Metern voneinander eingehalten werden mußte. Eine herrliche Stille zog in die Städte ein, und die Bevölkerung konnte sich ungestört dem von mir so geschätzten Nahsehen hingeben. Dabei war es von Vorteil, daß sich diese Erfindung den Namen »Massenmedium« redlich verdient hatte und ihm alle Ehre machte, indem es sich ausschließlich der Mobilisierung dieser Massen im Kampf gegen das Corona-Virus widmete. Stimmt es übrigens, daß in Deutschland auch Blinde und Taube Nahsehgebühren zahlen müssen?

WAGNER: Ja.

MAO: Sehr gut. Aber warum *(sein Blick war auf das Nahsehbecken gefallen, das eine sehr disziplinierte Supermarktschlange vor einer Kasse zeigte)* horten die Deutschländer so viel Toilettenpapier? *(Mir fiel jetzt auch auf, daß fast alle Einkaufswagen mit Klopapierpackungen überladen waren.)*

WAGNER: Ich weiß es nicht.

MAO: Nun, alles in allem bin ich mit der Reaktion der europäischen Genossen sehr zufrieden. Es zeigte sich, daß auch in ihnen ein tiefes Bedürfnis nach Gehorsam und Pflichterfüllung lebt, auf das vor allem im Kriegszustand, den auszurufen etliche Regierungschefs nicht versäumten, Verlaß war. Besonders freute mich, daß die Mittelmeervölker, auf die als das historische Herz des Kontinents unser erster Angriff zielte, sich als würdige Erben des Romanischen Reiches bewährten und mit gutem Beispiel vorangingen. Laßt sie doch nachts auf ihren Balkonen singen, wenn sie am Tag im Hause bleiben und bei ihren seltenen Einkäufen Masken tragen. Daß das Vorbild der chinesischen Maskentragepflicht willig nachgeahmt wird, bürgt für weitere Erfolge bei der Überwindung des bürgerlichen Individualismus. Die Wirkung der Maske ist so tiefgreifend wie vielfältig. Zum einen macht sie die Menschen so gleich, wie sie es schon längst zu sein wünschen. Zum anderen markiert sie noch deutlicher als ein Parteiabzeichen oder eine rote Armbinde all diejenigen, für die Disziplin das oberste Gebot ist. Und drittens ist sie über die Funktion als symbolischen Maulkorb hinaus auch recht effektiv bei der Seuchenintensivierung, indem sie Bakterien, Viren und Kohlenstoffdioxid im Atembereich des Maskenträgers zurückhält und leicht zu Erstickungsanfällen und Panikattacken führt. Denn unsere wichtigste Waffe im Kampf um die allgemeine Glückseligkeit ist der Drang des Menschen zur Selbstauslöschung. Er hat in dem Maße zugenommen, in dem sich die Zahl der Erdbewohner erhöht hat. Nehmen wir deine Landsleute, Genosse Ben Ba …

WAGNER: Ja, bitte! Wie sieht es in Deutschland aus?

MAO: Objektiv betrachtet sind die aufgrund des vergleichsweise ordentlichen Gesundheitssystems geringen Opferzahlen steigerungsfähig. Es starb etwa ein Drittel soviel Menschen wie bei der letzten Grippewelle im Winter 2018. Das Durchschnittsalter liegt bei 81 Jahren, die Hälfte der Toten war in Heimen untergebracht, was die Effektivität der kollektiven Verwahrung von Nicht-mehr-Berufstätigen unterstreicht. Da man nicht mehr weiß, wie man Kranke auf eine Weise sterben lassen kann, die Heuchler als würdevoll bezeichnen, isolierte man sie vollkommen, ließ statt ihrer Angehörigen nur noch Pfleger in Schutzanzügen an sie heran und ihre letzten Atemzüge unter den Masken von Sauerstoffgeräten tun. Denn, wie ich schon ausgeführt habe, die absoluten Zahlen sind nur die eine Seite der Medaille, ihre psychischen Auswirkungen dagegen die wichtigere. Niemand hat zum Glück die Opfer gezählt, die nicht dem Corona-Virus, sondern dessen Bekämpfung geschuldet sind, also die Krebs- und anderen Patienten, die nicht operiert wurden, die Selbstmörder in dieser Zeit, die alleingelassenen psychisch oder geistig Kranken, die den Depressionen verfallenen Arbeitslosen und die bankrott gegangenen Kleinunternehmer. Daß dies nicht den weltweiten Elan beim Kampf gegen die Pandämonie bremsen konnte, ist einerseits dem Nachahmungstrieb aller Primaten *(Mao blickte lächelnd auf die Affen, die sich Bananenwedel vor die Gesichter hielten),* andererseits dem schon erwähnten Todesdrang der menschlichen Spezies zu verdanken. Nur von den alten Schweden, unseren ehemals treuen Freunden, bin ich enttäuscht. Aus unbegreiflichen Gründen setzen sie ungerührt ihr Alltagsleben fort und denken trotzdem nicht daran, häufiger zu sterben als andere. Doch zurück zu den Deutschländern. Für sie ist das Abstandhalten kein Problem, da sie sich ohnehin gern aus dem Weg gehen und ihre Kontakte lieber auf digitaler Ebene pflegen. Die revolutionäre Ungezwungenheit ihrer Sitten hat den Handschlag längst aus der Mode gebracht; daß sie nun auch auf Bruder- und Schwesternkuß verzichten müssen, verschmerzen sie leicht angesichts ihrer Neigung zu Distanz und Pflichterfüllung. Diese Neigung gibt auch der von ihnen gern beschworenen Solidarität einen neuen Sinn, nämlich den von »Paßt aufeinander auf!«, was zu einem erfreulichen Anstieg der Meldungen an die staatlichen Organe über ungenehmigte Zusammenrottungen, heimlich genutzte Kinderspielplätze und die Mißachtung der Hygienebestimmungen geführt hat. Der Genossin Merkel habe ich die Wiedereinführung von Schandhüten empfohlen, konnte sie aber noch nicht davon überzeugen.

WAGNER: Sie haben mit der Kanzlerin über dieses Thema gesprochen?

MAO: Natürlich. Über ihre zusammengelegten Fingerspitzen stehen wir in ständigem Kontakt.

WAGNER: Auch mit Donald Trump?

MAO: Da liegt der Fall anders. Zwar amüsieren mich seine langen Schlipse noch immer, aber er hat sich als so unzuverlässig erwiesen, daß ich unsere Treffen eingestellt habe. Was kann ich mit einem Mann anfangen, der all unsere Vereinbarungen vergißt oder ignoriert, jedenfalls an einem Tag das Gegenteil von dem verkündet, was er am vorigen gesagt hat? Aber im Genossen Gates habe ich einen Mitarbeiter gefunden, mit dem sich ausgezeichnet planen läßt. Seine Verbindungen zur Weltkrankheitsorganisation* und ihrem äthiopischen Präsidenten, der wiederum meinem Kampfgefährten Mengistu freundschaftlich verbunden war und gute Beziehungen in die Volksrepublik China unterhält, eröffnen uns leuchtende Perspektiven. Das für den nächsten Fünfjahresplan anvisierte Massenimpfprogramm wird die Weltgemeinschaft zu einem vertrauensvollen Heer der Geheilten und jederzeit Heilbaren zusammenschließen. Schon ihr Kampf gegen die Pandämonie beweist, daß sie reif ist für eine glorreiche Zukunft unter meiner Führung, aber wenn erst …

An dieser Stelle war das Band zu Ende. Ich holte tief Luft und tauchte unter.

2015/2020

* Er meint die Weltgesundheitsorganisation.

Biographie

Bernd Wagner wurde 1948 in Wurzen geboren. Nach Abitur und Studium in Erfurt als Deutsch- und Zeichenlehrer in der Mark Brandenburg tätig. Ab 1977 freiberuflicher Schriftsteller in Berlin. Erste Veröffentlichungen im Aufbau-Verlag. Protest gegen die Biermann-Ausbürgerung. 1983 bis 1985 Mitherausgabe der Untergrundzeitschrift *Mikado.* 1985 Übersiedlung nach West-Berlin. Seitdem in Berlin-Kreuzberg wohnhaft. Auszeichnungen u. a.: Stadtschreiber 2019 in Dresden.

Bibliographie (Auswahl)

Das Treffen, Erzählungen, Aufbau, Berlin 1976
Zweite Erkenntnis, Gedichte, Aufbau, Berlin 1978
G. in B., Prosa, Aufbau, Berlin 1979
Das neue Lumpengesindel, Kinderbuchverlag, Berlin 1981
Reise im Kopf, Prosa, Aufbau, Berlin 1984
Ich will nicht nach Österreich, Erzählungen, Luchterhand, Darmstadt 1987
Der Griff ins Leere, Prosa, Transit, Berlin 1988
Mein zu großes Auge, Gedichte, Luchterhand, Darmstadt 1988
Die Wut im Koffer, Kalamazonische Reden 1 – 11, Rowohlt, Reinbek bei Hamburg 1993
Paradies, Roman, Ullstein, Berlin 1997
Schattenmorelle, Erzählungen, Ullstein, Berlin 1999
Club Oblomow, Roman, Ullstein, Berlin 1999
Wie ich nach Chihuahua kam. Eine amerikanische Reise, Steidl, Göttingen 2003
Berlin für Arme. Ein Stadtführer für Lebenskünstler, Eichborn, Berlin 2008
Den Berliner Blinden. Gedichte und Epigramme, Projekte-Verlag, Halle (Saale) 2013
Die Straße kräht Coqui. Magdeburger Journal, bibliothek forum gestaltung 12, Magdeburg 2013

Die Sintflut in Sachsen, Schöffling & Co., Frankfurt am Main 2018

Poesiealbum 345, Gedichte mit Graphiken von Lutz Leibner, Märkischer Verlag Wilhelmshorst 2019